玄 武 著

# 种花吉

——自然观察笔记

人民文学出版社

图书在版编目（CIP）数据

种花去：自然观察笔记/玄武著.—北京：人民文学出版社，2017
ISBN 978-7-02-012908-9

Ⅰ.①种… Ⅱ.①玄… Ⅲ.①散文集—中国—当代 Ⅳ.①I267

中国版本图书馆 CIP 数据核字（2017）第 119198 号

责任编辑　杨新岚
装帧设计　黄云香
责任印制　王景林

出版发行　人民文学出版社
社　　址　北京市朝内大街 166 号
邮政编码　100705
网　　址　http://www.rw-cn.com

印　　刷　三河市鑫金马印装有限公司
经　　销　全国新华书店等

字　　数　274 千字
开　　本　880 毫米×1230 毫米　1/32
印　　张　12.125　插页 7
印　　数　1—5000
版　　次　2018 年 3 月北京第 1 版
印　　次　2018 年 3 月第 1 次印刷

书　　号　978-7-02-012908-9
定　　价　49.00 元

如有印装质量问题，请与本社图书销售中心调换。电话：010-65233595

　　摘一束花插于阳台窗前。这房子装修时，对光线稍做了研究。盛夏时阳光只能打在落地窗的窗台上，到了冬天，阳光移入室内，可以照到我置于书房当中的桌子，正好晒在我的背和屁股上，但不能照到电脑屏幕。

冬日剪来,准备给儿子臭蛋洗鲜花浴的花朵。

夜观花

　　腊月，室内玫瑰反季盛开。我将一部分盆栽玫瑰育作年宵花卉了。我的书房连着一个18平方米的阳台，阳台是正面朝南的落地窗，阳光充足，兼有地暖。装修时已为养花作虑，专门拆掉原阳台重修打造了这个大阳台，就是为利用其空间及其采光。阳台另外加了换气扇。这似乎可以说是书房兼花房。

树玫,自己嫁接,砧木为炼金术士。枝条品名为结爱,日本玫瑰。我钟爱的品种。在枝头为深粉。花型不散,始终包。室内开败后直接在枝头干掉,竟变深紫。剪后依旧成型,馥郁难言。有一年我忍不住,用它做包子吃了。

品名为美咲的日本玫瑰,室内盆栽,冬季,花苞微张之时。这个花特别娇艳,花初开时张开两个花瓣,犹如作势欲飞。只是爱患白粉病。花朵竟似也有了一种病态的美。

明晃晃的阳光下,一阵急雨倏忽来去。

蓝雪花，原产非洲。另有色泽不同而秉性相同的白雪花。蓝雪花母株已近三米高，从母株分盆已分出20盆以上，分赠给了许多朋友。这真的是一种既皮实又勤开的花。作旧诗《蓝萼》曰："夜携凛冬至，微雨自漠漠。久厌薄酒昏，驻笔下高阁。并州快剪刀，疾向长枝跃。蓝萼意盈盈，粉花艳灼灼。香重寒愈深，寂寂黄金络。却惊北风动，铁幕不可斫。四野悄无人，唯见犬目烁。秋悲当噤声，铁靴宜相著。奋起唱雄鸡，何乃坐错愕。"

题记：

这是一个人文主义者的自然观察笔记。作家本人奉行身体力行的原则，所书为所行亲见，笔下之花为自己亲种。作家由自然而反照人类、社会、时代，于细节中见情怀，于微观中见苍茫。

# 序：鸟人说

做原创纯文学微信公众号"小众"，养大狗，带小儿，牧一群花。这些成为我一种生命状态，成为一种生命价值观。它们也成为力量，让我可借以抗拒当下的种种浮嚣。

这种生命状态，又随时映现在笔下。它成就我一些作品，它支撑我的写作价值认知。

总有或生或熟的朋友，对我的生活忍不住好奇，问这问那，或者认为我是在微信上飙图炫富一般。所以，今天要郑重总复一下。

1. 估计我永远不会成为阔佬，因为我从不以赚钱为第一要务。我始终是因做什么事需要多少钱，这才设法去搞。我不赚莫名其妙的钱。同时，我的个人欲望是节制和有限的。微信里从商的朋友请见谅，我只是说明自己对获取财富的一个态度。我并不仇视财富，钱财当然越多越好，来路越正越好。

可能有人说我矫情，但这是确真的事，熟的朋友可证实这一点。

2. 我本人并无太多花销。若说我三年了没去过商场，我妻子至少一年半没去过，有人肯信么？当然我们也不会寒碜。我们夫妻对城市文明的诸多消遣没多大兴趣。比如K歌，我很少去，偶尔从众而已。比如演唱会，无论谁唱，即便是我喜欢的乐队和歌手，我同样没兴趣。在我看来，现场听他们唱歌，远不及酒酣之际,听我的朋友鲁顺民清唱民歌来得爽。偶尔太高兴或太不高兴时,我也会吼两下,怕什么。当然话剧歌剧还是好的。

我不打麻将,不爬三,不斗地主,只偶尔下象棋。我是非常农夫的人,只要在本地,无论如何在外面饮酒作乐,每天我都必须吃一顿家里饭,哪怕到深夜(我总深夜加餐),否则我觉这一天白活了。我自己能做我喜欢吃的饭菜,能做得非常好吃。哈哈。尝过的朋友可以作证。

年轻时,至少在七八年前,我还在给自己做衣服。现在买衣物网上就解决了,所以更不逛商场。我每进商场就觉天旋地转,觉那些商品塞满了脑袋让我头痛欲裂。我自己的衣物单调,不外是骆驼、吉普,或者柒牌,而且多有折扣,并不贵。我不穿正经八百的衣服比如西装,因穿上连路都不会走了。我甚至不能穿擦得闪闪发光的皮鞋,因脚肥且脚弓高,皮鞋让我太痛苦,即便忍着,那鞋也会被脚撑得七扭八歪。鞋子,我基本只穿运动鞋。

烟、酒、茶、书,是较大消费。烟的花销对我来说一般化。我只抽一种烟,抽20年了,抽的量大。出门我总带两盒烟,在饭桌上抽完自己的,才开始抽别人任何牌子的烟。我知道有人充面子出门要带较好的烟。但我不要这个面子。何必呢,嗯?最近有人介绍抽烟斗,或许我会一试。其实我很想戒烟,但戒烟于我太容易了,我每天要戒十多次呢。

我自己给自己剃光头,三天一次,运刀如风,三分钟搞定,气定神闲,从未剃破过。每见那么多中年男人费尽心机,染发、治疗脱发,或者竭力遮掩秃顶,我就不由自主,对他们充满深刻同情。何必啊,为头上那几根毛每天胆战心惊?而我剃光头,连理发的钱都省了。

茶讲究一些,差的茶实在喝不下去。我以前只喝绿茶,白茶居多。我能买到靠谱又价格不高的上好白茶,听我推荐买过的朋友可以作证。今年我听朋友劝喝一点普洱,价格都正常。像传说中那种昂贵的普洱曼松,我是永远不会买的。

书,花钱无度,但却越来越有度,因值得购的书越来越少了。我读书总先找电子版翻一下,觉得值才买。最讨厌一册书看完大悔,既浪费时间又浪费钱,太不值。书架也挤满了,把这书扔掉或卖废纸,又觉它多少有点价值,这样的情况让人太难受。

酒钱花得稍多一些。没办法。但我很快自己酿酒了,一种柿子酒。后来我又学会用酒赋换酒,比如用千字文换到一斤汾酒原浆,但大喜之下又广赠朋友,于是不到一年就光了。

3. 我其实有意无意地,在实践一种半乡村文明的生活方式。我日渐迷恋泥土的芳香、腥味,阳光的气息,夜色里月光的气息,沉迷而不能自拔。我认为这些是生命的最重要意义,怎么可以放弃呢?我会想尽办法,将这些事物存留在生命的每一处。

住楼房那些小格子,把自己高高挂起来像鸟一样但又不能飞,我觉得是糟糕的事。中国人几千年来,只有在我的时代才普遍变成这样。几千年来,人们的居所都是有院子能够脚踩实地的,院子已沉淀入我们血液中,成为像基因一般强大和会遗传的事物。我们需要接近泥土。很多人可以感知到泥土的召唤,随时心生对泥土的渴望,这难道与遗传基因没关系吗?

我身体力行,去实践我想要的生活方式。我想要院子,想好了就去做。若说我买小院子的钱最初都是借来的,有人愿信吗?我那时只有6000元,当天在朋友处拿了两万元交订金,然后陆续把房款交清。这些事,借给我钱的朋友可以作证。当然,借款早已还清,借给我钱的朋友同样可以作证。

我无论开什么车,都从来不进洗车店,自己洗车。我喜欢这种感觉,就像给喜爱的马匹梳理毛发一样。很抱歉我这样做,使洗车店的小伙子少了一点点收入。

养花、养狗,维持这样的生活开支大吗?不大的。

一一来说,我园中有一些名贵的花,当初养时,确是不惜成本,但无论贵贱,我相信微信里的众多朋友,大多都买得起,关键在于肯不肯花那个钱来买一棵花。我买花后来用不着花钱,全国花友有的是,大家乐意给我,有什么办法。当然,我是不肯占人便宜的。上面说过凡事我身体力行去做,我自己学会了嫁接和高压繁殖,也就是说,好的花,我可以用一个枝条来繁殖,这当然就省钱了。

养狗,狗每天只吃肉、骨头以及少量鸡蛋,但每月300元的生活费可以搞定。我就是能办到。冬天狗饭量增大,狗伙食费稍有增加。我邻居去买喂狗的骨头,4块3一斤,我买是1块2一斤,但经常给人家5块钱提走10斤骨头。卖肉的有时趁人少还悄悄跟我说,某肉是我家吃的,给你割一刀要不要?

最近鸡蛋价格猛涨,我因家有幼子,总买笨蛋。鸡场的笨蛋18元一斤了,我去买仍然10元。别人去超市买笨蛋,价格高许多,但质量一定不及我买的这个。同样没办法,我就是办得到。

总之,我的生活成本,真的非常低。

4. 有人问:你不上班吗?我有单位的。要去工作。我想说的是,单位工作对人造成的异化和扭曲,我深恶痛绝。我二十年来不断换工作,主要的反抗对象,就是这个。后来我找到一些狭窄的通道,它未必能容纳任何人过去。这通道是:放弃职务来换得一些个人自由,我对职务这类东西毫无兴趣,也没那个虚荣心。

我说过我不肯占人便宜的,对单位也一样。我所做的回报是,我尽可能为单位做事,使我值得享受这些。我相信我有这个能力。

5. 我爱交友,朋友五花八门。但有一点,无论什么人,我都一视同仁,给予同等尊重。当然,对有才华的朋友我格外尊重一些。有一些官员朋友,不是因为他们的职位我尊重他们,而是因为他们的才华、他们的为人,首先赢得我的尊重。以前我甚至有仇官意识,觉凡入仕道者都交过投名状,这投名状便是道德底线。但现在我认识到这想法的偏激。以前在饭桌上遇到官员,我时而忍不住设法揶揄嘲弄。现在不会了,官员中也有正直之辈,以及有才华之辈。

我憎恶不知恩遇之徒、趋炎附势者、虚伪的人、市侩者以及阔了就变脸的小人。若谁自认是这类人,请远离我。因我是何等敏感之人,一经交往便很快察觉,届时会给予很大难堪,那么何必呢。

我特别喜爱:有正义感并有行动的人;有才华尤其是有风骨的知识分子;能直言的人;真诚的人;在任一方面比我强能让我学习的人;豪迈不计小节或优雅敏感的人。我也喜爱美女。美的事物和美的人谁不喜欢呢,连我喜爱的美女,望见帅哥也不禁多瞅两眼。但相貌仍然是其次的。我印象很深的一件事是某次看视频,一女,一脸雀斑。她搞野外动植物研究,当她讲到发现大象的过程——她将手插入大象粪便,热乎乎的,因此判断大象没有走远——她一脸灿烂的回忆神往的笑。我不禁动容,那一刻,觉她美得不可方物。

我是个浑身上下全是毛病的人,唯一的好处是真诚待人。以往若与人有误会,我甚至不屑解释。听到有人说我什么,我压根懒得搭理。也许因为骄傲,也许因为不好意思……这当然不对,但我就是做不到去解释。初见我的人会想,我擦,这是个什么鸟人啊,怎么这个样子?前天还有率真的女士在酒席上说,哎呀,玄武原来这样子,说实话,以前我真的对你非常不感冒……

处久了,大家自知玄武是个何等样的男子。我的毛病大家不计较,这让我何等惭愧。这些年,有些旧友因志趣不同、为人准则不同、从事职业不同,乃至渐行渐远,也是伤感的事。好在各自会有新的友人圈。

我的朋友仍以老友居多。如果说我时而能有一点额外收入,那就是朋友们若看到有点赚小钱的机会,他们会想到玄武这个人,他们乐意帮我。我当然充满谢意,但同样,我懒得说出来。

总之,我现在的状态并非完美,它一定有严重缺陷,但我比较满意。我倡导朴素的生活方式,尽量避免浪费,并认为城市文明的诸多消遣并非必要。我这样的生活,与个人财富关系不太大,相信如果愿意,很多朋友可以做到比我好许多。

近日我微信中不少朋友,总有"不如归去"之叹。虽然我认为大家只是说说而已,但也不妨就此认真思考一下。愿拙文能起微小的参考作用。

最后补充最重要的一点:我首先是一个写作者。我的生活状态、生命状态,会像植物一样疯狂生长在我的文字里,两者不可分割。

我的写作是有机写作。不注水,产量低,没有农药和化肥,更没有转基因。别人喜欢不喜欢,我都只会这样写。我感谢买我的书、看我作品的读者。但我的书别人爱看不看、爱买不买,我从来不管,也绝不因此改变自己。若要我为出版或发表改变风格,门也没有。

我深知自己内心作为一个写作者的傲慢。好在与傲慢同时,我总能发现其他作家优点并学习之。比如在公众号"小众"里,我就和"小众"的订户们一样,是一名虔诚的读者。

# 目录

001　序：鸟人说

## 第壹辑
### 千军万马，不敌一颗种花的心

| | |
|---|---|
| 003 | 1.九里香 |
| 004 | 2.香有光 |
| 005 | 3.夜观花 |
| 007 | 4.不速客 |
| 008 | 5.叶间露 |
| 009 | 6.葫芦小 |
| 012 | 7.喜鹊贼 |
| 014 | 8.种月亮 |
| 016 | 9.雨成势 |
| 017 | 10.晨昏变 |
| 020 | 11.美惊心 |
| 022 | 12.樱桃红 |
| 025 | 13.雨之香 |
| 026 | 14.木有妖 |
| 027 | 15.臭与虎 |
| 028 | 16.暮光中 |
| 029 | 17.梦樱桃 |
| 031 | 18.奶葫芦 |
| 033 | 19."嗝""嗝""嗝" |
| 035 | 20.古诗源 |
| 038 | 21.青帝诀 |
| 040 | 22.蜗牛饮 |
| 042 | 23.谢花木 |

## 第贰辑
### 朴素如泥土，奢侈如十万朵花

| | |
|---|---|
| 047 | 1.消南檐 |
| 049 | 2.牡丹荒 |
| 050 | 3.赵呆观 |
| 052 | 4.古枣林 |
| 057 | 5.老虎说 |
| 061 | 6.木为师 |
| 066 | 7.行道树 |
| 068 | 8.秋气至 |
| 070 | 9.十二树 |
| 085 | 10.参花禅 |
| 095 | 11.品花香 |
| 099 | 12.白鸟翻 |
| 102 | 13.做焖面 |
| 104 | 14.地神奇 |
| 106 | 15.异国花 |
| 109 | 16.文雅人 |
| 112 | 17.六月考 |
| 115 | 18.温大头 |
| 118 | 19.温小刀 |
| 139 | 20.不吃狗 |
| 143 | 21.四十四 |
| 148 | 22.稷山枣 |
| 150 | 23.犬吠雪 |
| 153 | 24.众生痴 |
| 154 | 25.恋玫瑰 |
| 157 | 26.爱古刀 |
| 162 | 27.长夏逝 |

## 第叁辑

**悲伤如一条北方河流仅剩的水**

| | |
|---|---|
| 167 | 1.黄河败 |
| 169 | 2.庞泉沟 |
| 175 | 3.水沟空 |
| 177 | 4.飞鸟殇 |
| 179 | 5.雨夜韭 |
| 181 | 6.椿芽长 |
| 183 | 7.拔苍艿 |
| 185 | 8.吊死鬼 |
| 187 | 9.树花碎 |
| 189 | 10.核桃皮 |
| 191 | 11.风与花 |

## 第肆辑

**人之卑微,穷一生不能遍行一条山脉**

| | |
|---|---|
| 197 | 1.夜西湖 |
| 201 | 2.金陵秋 |
| 203 | 3.庐山雾 |
| 206 | 4.月光破 |
| 210 | 5.雁荡虎 |
| 214 | 6.玉龙雪 |
| 221 | 7.骨脊山 |
| 225 | 8.青岛海 |
| 232 | 9.壶口瀑 |
| 236 | 10.南山寺 |
| 237 | 11.晋祠雨 |
| 238 | 12.天龙山 |
| 253 | 13.永祚寺 |
| 255 | 14.古木吟 |
| 267 | 15.水已老 |
| 271 | 16.大槐树 |
| 276 | 17.隋潞州 |
| 281 | 18.唐蒲州 |
| 290 | 19.行渐远 |

## 第伍辑

在秋天,风把世上所有落叶吹往故乡

| | | | |
|---|---|---|---|
| 297 | 1.客并州 | 336 | 16.腊八节 |
| 299 | 2.柿树洞 | 339 | 17.卿云歌 |
| 300 | 3.春天里 | 340 | 18.隆冬至 |
| 302 | 4.记灾难 | 342 | 19.边缘处 |
| 305 | 5.蕾如鼓 | 344 | 20.米兰香 |
| 306 | 6.在乡间 | 346 | 21.初雪落 |
| 308 | 7.南瓜落 | 347 | 22.弃死水 |
| 309 | 8.瓜长刺 | 348 | 23.扬之水 |
| 311 | 9.红马惊 | 350 | 24.登佛山 |
| 313 | 10.马蜂蜇 | 352 | 25.想种树 |
| 316 | 11.伤蜘蛛 | 355 | 26.猫花幻 |
| 318 | 12.偷毛桃 | 358 | 27.缓缓归 |
| 319 | 13.女如鞘 | | |
| 320 | 14.木有梦 | | |
| 334 | 15.樱桃叶 | | |

375　跋:称先生

# 第壹辑

千军万马,不敌一颗种花的心

南人恼夏至,北地春始来。
槐白桐花紫,雨震地龙回。
玄酒三百坛,玫瑰十万蕾。
啸坐斗东南,遥待宴饮开。
——旧诗《立夏》

如此自由,像栅栏外的大地,
我骄傲如黑炭,随时燃起大火。
我脆弱如一滴水,
孤独如一座空房子。
——摘自新诗《091.我喜爱夏天》

# 1.九里香

九里香的花朵,集群,细碎,雪白。这种花太香,又似乎总在夜里开放。卧室置放了一盆,有一次梦中我被呛醒。太困懒得起床,一夜之间,被呛得一阵一阵昏迷一般。

九里香之香,有王霸之气。卧室昨夜绽三两瓣,便香到不能呼吸。置于一楼门厅,花香直冲二楼。它应当在每年七八月份开花,却冬春开了三回。花每到我家,便添了猛兽气息,它们胡乱发飙,如之奈何。

九里香的香气,有点像暴马丁香。烈,久,喷水愈香,像丁香在迷蒙春雨中。友人说除了牡丹,所有最香的花都白而碎小,有道理。茉莉、桂花、米兰均不大,瑞香亦然,却是紫的。只栀子稍大。

栀子香混浊,瑞香的香锐如刀尖。我爱茉莉之香,它清新、清晰,不经意透肤,浸透你,淹没头顶。

夏夜我坐园中,一树茉莉香气盛满院子,微微荡漾。到夜深不舍得离开。糟糕的是,我也因此不想干活写东西。

我用花和其他密制的美容品,无人敢用。我养了一条名叫老虎的狗,每天用来抹老虎嘴。狗嘴闪闪发光,它又臭又香。所谓明珠暗投,花插牛粪,又或者佳人寂寞老去,壮士一世无所用,大抵不过如此。唉唉。

## 2.香有光

一树樱桃花,或许就在今晚绽放。我很想看到它们从蓓蕾到开放的整个过程,但不知有无耐心等到。

某年夏夜,一树茉莉花蕾。母亲过一会儿就过去看看开了没。一直没,便拉灭房灯。大约五分钟后我开灯去看,一树的花蕾,像我打开灯一样唰地开了,繁华雪白一树,白得在灯光下闪闪发亮,浓郁的香气,仿佛也自带光泽。

母亲嘀咕说:"你家花像贼,偷偷地开。"

花开有声,但极微,几不可闻,一些不懂自然的文人,矫情夸张而已。

我倒是听到过月亮下葡萄生长的声音。窸窸窣窣,以为是风,但树叶不动。那是葡萄蔓在头顶架上往前蹿发出的声响。它每天往前长一大截。夏日的黄昏盯着它看,能看到忽然的跳跃和匍匐。那么多枝蔓,像大群欢喜的小兽。它们被造物囚禁不能开口,憋得绿森森,把全部力气用来往前爬。

## 3.夜观花

逆光中的樱桃花束,美极了。我所在的太原,樱桃花期比老家晋南迟了一周左右。

鲜衣跨怒马,夜花一身雪。
饿虎目灼灼,咆哮有列缺。
暗昧坚如铁,弯月几曾跌。
时岁散如烟,流水岂有竭。
客子胡不归,徘徊弄玉玦。
——旧诗《夜花》

一夜长风,总算吹开一些樱桃花,但仍未盛开。一两日内,要给它授粉了。如此才能多结果。鄙人自创的鸡毛掸子授粉法,已在老家普及开来。

花粉用掸子在八百里外的老家樱桃园胡乱粘来。在树上刷一刷就好。简单而效果奇佳。

　　清明前后,种瓜点豆。太原寒凉于老家,得清明之后。可以开始了。

　　写完一个东西,深夜,余力不足再成文,又有兴奋不想去睡,也无酒意。

　　院里干点杂务。一边想什么,渐渐忘我。觉出有什么盯着看时,已不知多久。

　　抬头,原来是这树花,这阵它开出许多。一树雪白,目光灼灼。它的沉默有点像无声又齐声的呐喊;它多么谦逊,又何等骄傲,白的花串在苍黑的枝上密密排了开去,像行文密度过大、让人读得喘不上气的长章。

　　我盯着开花的枝条看,高处原本微绽白点的花束又开了。它几乎是猛烈。没有风和风声,我仍然没听到花开的微声。有个叫浦歌的写小说的朋友,耳力极好,据说他邻居夫妻轻微的动静能搅得他不能入眠——经常搅得他不能入眠。他若在,或许能听出开花的声音?

　　樱桃的花香接近李花,却又不同。是一种清新干净的苦苦的药香。煎药时的药味腾而热、而浊,它却是清凉,如同美好一词的本身。凑近细嗅,能分辨出阳枝和阴枝花香的不同,后者柔和,前者爽利。但凭花香,我不能区别花蕊的雌雄。我很想说,它像洗尽铅华的女子的气息,又觉亵渎。

## 4.不速客

坐楼上窗前,可以看花,可以嗅见樱桃花带点药味的清香。开窗花便在一两尺开外。某次出神,脖子痒,下意识伸手去拍。一下子跳将起来,瓴了手中茶盏。是只蜜蜂,狠狠刺我一剑。它没死,在光中跌跌撞撞,嗡嗡着走了。蜜蜂之一刺既出,自己很快必死。它像传说中的剑客一般决然,这次却盲目。

几日来蜜蜂太多了。想去院里找一种叫刺芥的野草,挤汁液涂患处治蜂毒有奇效,十分钟内就起作用。奈何园里野草未生,只露小芽不能辨别。只好胡乱涂些风油精,那东西呛,狗见我走近就扭头打喷嚏。

另一棵樱桃还小。原本弄来未给这棵配对授粉,却长得慢,像个发育不良的童养媳。我数了数,耶!它一共只有4朵小花,包括两个蕾没打开。

室外开了第一朵玫瑰,品名结爱。春风吹动,香极了。两岁的小儿臭蛋每出门,都要抱抱嗅一下。

继续焚烧枯枝败叶。花刺总扎我,烧时颇有心理平衡感。我爱嗅焚烧时升腾的香气,那是草木灵魂之香,在风中摇曳,它不逊于一树花开。

# 5.叶间露

人对珠宝的拥有,不过一世。你又不能将它吃了,或以其他方式进入身体。它只能徒增虚荣而已。

雨后潮润,叶上水珠在夜间闪闪发光。它们是草木的珍珠,只要天公作美,时常可以拥有。花木将珠宝吸收,变为绿叶、花朵、诱人的果实,比如红丢丢的樱桃,变为芳香、枝蔓、巨大的南瓜,甚至变成刺。雨之珠宝,随时再来再有。

哗啦的雨水中,仿佛能听到草木大笑。雨后花木静默疯长。据说雨水含氮。热爱园艺的邻居,内蒙古周师傅每每用几个大桶,在檐下接了雨水,浇自家花木。他是位土木工程师。周师傅在院里种葡萄,嫌土不好,能挖近一人深换土。种下的葡萄力大无穷,果实硕大繁多。有一种虫叫金龟子,夜间活动,把葡萄叶咬得细筛一般。周师傅不打药,夜间和妻子打着手电筒捉虫,每晚能捉一二百个。夏日炎炎时,也常见他夫妇推自行车,用袋子去外面野地驮土,种这种那。他还弄了两棵小枸杞种在门口。

久不见他了。他高大、健壮,可惜得了不好的病。现在不知去了海南,还是返回内蒙古。年轻时他好酒,后来戒。去夏送他一坛酒,他还能饮几杯。

遛狗路过他家,灯黑漆漆。若在平时,他院外对面檐下,必置数桶。此时檐下空空,黑暗里我过时,仍存了小心,恐遇物绊倒。心中念他。

# 6. 葫芦小

给小儿臭蛋种点葫芦玩,向邻居要种子,邻居给了一个葫芦。上面刻有邻居小朋友名字,拙作《是好的》里面有这小女孩:

在清晨观察、在夜晚等待一朵花的盛开,是好的,
花瓣在微雨中飘零也是好的。
摘一朵叫情书的花,
隔栅栏递到
邻居九岁小女孩张开央求的手里,
是好的,她长得清秀,美,配这朵花。
帮她把花插到发辫中,
下午我问她花呢,她有点沮丧不肯言语,
小辫子一甩跑远了,这也是好的。

细看,那名字还是我帮她刻上去的,那时还没臭蛋,小女孩也还不太会写字。一晃两三年,孩子们昼夜长着,葫芦却不长大了。

不舍得损坏葫芦,那么用小锯子从顶端锯开一点拿出种子,再用胶粘住,还给美丽的小丫头吧。

葫芦是植物界的飞贼,蹿得极快,真不知它力气从哪里来。它像金庸武侠里施吸星大法的老怪,根须将地力、水分尽数吸走。去岁见邻居家葫芦,男人中指粗的蔓子,沿竹竿盘旋而上,居

然勒断竹竿。有次一夜豪雨,如水般四溢的葫芦蔓子,干脆绑住了院里的筶帚。隔了院墙,我一早听到邻居媳妇快乐的呼叫。

南瓜是需要打蔓才能结瓜的,不知葫芦如何。掐下的嫩蔓可用来调制凉菜,其味鲜美无比。

我喜欢葫芦在高架上的样子。一个一个,或大或小排列开去,有些累累下垂,有的藏匿叶间。在他处遇到葫芦,一见便心生欣喜,油然想发一声喊。也曾多次,用指尖或随身小刀在上面刻字。年轻时,刻过爱谁谁;某些年前又想刻,觉得真是害臊,再刻就成老不要脸了。

这些葫芦悬在高架上,先是轻嫩的绿色,雨水沿葫芦滴答下来,有时雨大,每个葫芦,均成一条空中泻落的小喷泉。然后渐渐老绿,也渐轻。秋风一吹,满架葫芦荡悠,忽高忽低,忽上忽下。葫芦里面干透,有葫芦种子细微的沙沙摇动声。它们像一群快乐的赤身小娃。我也喜欢小娃。

古人悬葫芦于腰间,充作酒壶。那么葫芦每天饮酒,是呈幸福的醉态状的。白诗说:唯有饮者留其名。然而留名又有何用。

葫芦的样子,永远趔趄着,却醉而不倒。葫芦又以无用著称于汉语中。庄子希望葫芦成巨,可乘之浮海。周末我闲来写短文于此,却无端想起异史氏《聊斋自序》中的句子:

得毋向我胡卢耶

曾有旧友善在葫芦上烫画,或赳赳武夫,或飘逸神话人物,均惟妙惟肖。一些葫芦赠我,我转手送人。其中有的朋友已散。一些人错过便是错过,消失便是消失。友人小虫诗作写:

我也正消失啊

我还念着你们

　　天迅速地黑下去,每抬头,眼前的晦暗就又厚积出许多。我四处寻空乱种,园子太小,早已种得密实。终于刨坑种完,微信发图。苏州作家杨沐留言,说能否给她些种子。回话种完啦,而且她那里天热,现在种大概已迟。明年吧。

## 7. 喜鹊贼

6月初,红了樱桃。鸟儿们会吃一些。吃就吃吧。我有时安慰自己:那些莫名来去的飞鸟,就当是我放养的吧。它们增添了生活之美,丰富了我所望见的天空,又何必捉来切近亵玩,再把它们关进笼子里?

　　总是午后风起。阳光明亮,风猛烈地吹啊,嫩的树叶翻飞,不能中止。在院里仰观和在楼上俯瞰,翻飞之貌大有不同。楼上窗外望去,树叶似翻滚的绿的海水。有时风大,一大片海水倒下去,另一片覆压过来。午睡时我梦见,我和我的房子、院落,被吹到了一个孤零零的地方,就像世界尽头。我被孤寂攫住,心里暗念几个名字。

　　有时疑心,这风是阳光自行搅动所致。天擦黑时,往往风就息了,直到月光泻落,又有微风拂来,有时它仿佛就从我站着的地下升起,凉飕飕穿裆而去。

　　两日之内,樱桃的一树繁花辞树,被风吹得干净。固执留恋树枝不去的残瓣都朽败,而叶片大了起来。树下的地面都变白了。风也把樱桃花吹落在鱼池中,或狗的水盆里。我看见老虎喝水时瞅水面密密的一层落花,像人一样歪一下脖子皱眉头。风也吹大了樱果,它们自暗白的败花中探出头来,绿而圆润,在光中发亮。

黄昏时我去看种下的丝瓜。昨天种时,一只喜鹊叽叽喳喳不肯离开,我撵它,它假装飞到邻居院子,我种瓜时它又返回,落在院门上偏头看我。懒得理它,继续干活,一会儿就忘了。

丝瓜种在狗窝前。它爬得快,是种来为老虎夏天遮阴的。酷暑天老虎是受不了的,连食量都减半。在巨盆里,我原本挖了四处小坑,每个坑放入三粒种子,因为丝瓜极不易发芽。

但是我发现,有两处小坑,被刨开了。

谁干的?

是那只昨天偷窥我的喜鹊。盆上还粘着它腹部的细羽。

几日里,它仍然常来,曳着微闪蓝光的长尾,呱呱地叫。每听到它叫,总觉得它是在得意和嘲笑我。

这家伙聪明。鸦科鸟类,的确拥有乌鸦喝水故事里那样的智商。喜鹊尤其爱偷东西,而乌鸦是可以像鹦鹉那样学人说话的。幸亏中国古来认为喜鹊报喜、乌鸦不祥,它们不受祸害,得以保全。

丝瓜我只好补种了。这一次用长竿把喜鹊、麻雀之类统统轰走,四下里看的确没有偷看的鸟,才下手种。我也不种在原来位置。

老虎是懒得管鸟的。它们是老熟人,也是玩伴。有次我亲见,那喜鹊蹦蹦跳跳哄老虎玩。老虎往前走,那喜鹊也向前,是两只鸟爪踱步式的走;老虎不走了,那喜鹊也停下,扭头来看,还往回退几步。老虎猛一冲,喜鹊扑腾翅膀飞起来,又落到院门上,张嘴呱呱叫。这次像是骂老虎:TMD,我跟你玩,你疯了吗?

# 8. 种月亮

今夜之月,明亮得狗吠一般。

可惜树蕾未绽。否则便是:花月正春风。

花间一壶酒,独酌有小儿……还有叫老虎的狗。

22年前,要买个小房。我说买房得高一些,否则连月亮都看不到。富翁小姑父突然问:"你看月亮干啥?"

我当时脑子短路,兼有羞愧,因为我的确想不通看月亮干什么。但隐约仍觉得看月亮……重要。

这事我想了多年。窗上时常可见明月来窥,我视为世间最大幸福之一。

此刻窗上皓月正当空。伸展到空中的花枝,浸在月光中,积蓄着力量。花苞已累累,明晨起来看,花苞会增大许多。

晋南方言,月亮叫明明。"明"发音mie,像个语气词或象声词。这总使我想到月像一只会吠叫的小兽,空中流泻的月光便是它的叫声。

在长文《白也》里,我不可避免地谈到月亮。李白很多不朽的诗篇均浸在月光之中。月对李白而言,像家乡一般,或者他原本就以月为故乡。他成年以后从未回到出生地,不像岑参那样前往西域,也不曾像王维那样奉使出塞。但看他的诗篇:"明月出天山,苍茫云海间。长风几万里,飞渡玉门关。"有一年我在天山,望明月君临人世,下意识涌上心头的,便是这些句子。那一刻恍然明白,李白写下的天山明月,乃是他的家乡情怀。他诗中对明月无法言说的亲近感,或许正缘于此。

我爱明月、浸在月光中的李白,以及李白诗篇中的月光。月光对人有疗伤意味,而自然界的月光的确如此:月光的流泻,有助于树木伤口的愈合。每见树木的疤痕,我便想到它里面的月光,那些月光,已有了树缓缓流动的绿色汁液的微温。

我更愿以一则童诗结束这篇短文。在院里给花喷水,两岁零四个月的小儿臭蛋抢水枪玩。我记下他童稚的话语。童子的烂漫快乐,或许更能给人安慰。这是他在童诗中第二次提到月亮。《臭蛋说之060:种月亮》:

"爸爸我要玩喷水壶,
给我,不要抱抱,
蛋蛋自己玩,
不吃好吃的。"

"花花喷水水,
就能长大,
能开好多。
花花打针吗?

爸爸给月亮喷水水吧,
让月亮长大,
长出好多月亮。
哈,月亮比昨天大啦!"

## 9.雨成势

夜23时,是我的种花喂狗时间。没碎牛肉了。老虎吃了6个鸡架、两个生鸡蛋、两袋前天过期牛奶。我抽一根烟工夫他吃完了。我很纳闷,它吃东西为何用不着换气?我得节衣缩食了。

几天不留意,蓝雪树冠直径大了一圈,伸手到门口了。它多能长,可想而知。友人的已开花,他说"怒放"。我这蓝雪的子女遍天下了。分11盆,种子偶或种出两盆。多半已被友人拿走。友人的爬山虎弄来种狗窝前给老虎遮阴,但又被它咬断了。我铁线莲也遭殃。但到底是老虎还是臭蛋干的,很难判断了。

刀豆荚一日之间,突然蹿到院灯那里。友人观察到自己所种豆角,神奇地瞬间翻身,我花多,始终未见这个迷人细节。

葡萄疯狂,再一周便荫住院里的桌子了。

茉莉宛若大怒,每天怒开怒香200朵以上,每天怒谢一堆花。扫花真的是烦事,又不能效黛玉发嗲。

此时天边偶有电闪。我心宁静。返回书桌边写完微信,雨已潇潇成势。

# 10.晨昏变

## 清　园

家中所育之花,一蕾举,大如桃。品名:银禧庆典。

经常弄得忘了四季,腊月天穿个背心跑出去也是有的。又迟钝,冻半天心里喊冷才想到没穿衣。有时沮丧,觉也是一种失败。

花繁,腻了。于是全部咔嚓剃光头,扔院里去。

不是心狠。乍暖还寒,花需要在低温里歇歇,休养生息。否则会开到百病入侵,虚脱而死。

清园子,烧枯枝。每年春秋各一次。

昨天剪枝干到半夜,手上胳膊上扎了几百小洞。今天不能干了。要等那些小窟窿长住以后才能继续挨扎。

## 酒　意

黄昏一阵急雨,下了细沙一样的冰雹。微有酒意。

葡萄美酒友人酿,与我小儿相对酌。

## 结　爱

日本玫瑰"结爱",名字源于孟郊同名诗。一种阴鸷而顽强的花,开败后花型不散,直接干在枝头多日。它太像传说中至死不渝的情爱。

抽了两支烟犹豫,还是剪了下来。花朵失尽水分,很轻很脆,须小心翼翼。它仍然散发出馥郁的芳香。

## 学　树

我常想大树之根如何在地下奋力向下、奋力向前。一棵树,据说树冠多大,根便延伸到哪里。

但这仍是表象。有的古树树冠不大,几乎死了,但它强劲的生命力仍在。某一天它突然又开始发枝长叶。就像某些作品,似乎被某时代遗忘,某个契机又将它激活。下个时代依然。它的营养似无穷尽。

树不好看。那些被刻意追求的美,树根本不在乎。盆景何等的精巧,盆栽花何等的灿烂。树只是冷漠地歪在那里。拙,甚至丑。就生命力而言,两者无可比性。

向树学习。我打算放弃、剔除盆景式细腻精巧的美,丑起来,原始起来。甚至被人说不是作品。

## 养　根

垦地三平以上。

此花一冬,花苞过五百,但开着开着没力气了。查其根,果然是病了。修根,剃头,转地栽。它便是传说中的龙沙宝石。

园艺固然小道,却足以设喻天下雄文。养心之道,赤心第一,悟性第二,兼以学养沃之。

花贵养根,文贵养心。根壮而力大花猛,心壮而文气磅礴。所谓求技巧、求情趣,匠气十足,均为小道。

## 麝　狗

"麝狗子(即雄麝)在太阳底下翻开肚皮,肚脐眼(麝产麝香处)展开来,翻出来,成一小片。各种昆虫从四面八方涌来落到肚脐眼上。麝狗子的肚脐眼突然一翻,收回去,把各种昆虫裹在里面了。"

和一太谷人同居一夜,得知许多奇异秘闻。又整理一晚上才毕。他搞生物制药。比如回收犀牛角,现在是收麻雀脑——向政府取得批文,在某地每年可捕杀多少只雀而不影响生态平衡。我听来如天方夜谭。且整理来备用。

各行业均有吾师。我常怀敬意。

## 过　程

种花,未必开花是最美好的。最美好的是过程:种下,施肥,剪枝,等待,观察。晨昏的变化曼妙难言。

花枝上的晶莹水滴,让人想起庞德那首著名的诗来。周身每个毛孔都是润的、敞的、舒适的。

## 11. 美惊心

春天采用清晨9时左右未完全开放的各色芳香玫瑰,泡制64.8度的烈酒。每10斤酒,用100朵左右花。半年方成,酒色微玄。我命名为玄酒。每年五坛,戏称此物天下独有五坛。

### 悄 然

花为何绽放?是为取悦人,或者炫耀?

都不是。它们疯狂地、前赴后继地、不管不顾地、不可遏止地怒放,只是强大生命力和自然力的体现。

有的女人会如此。我觉只要不做作、不扭捏作态,便是好的。

我有时也如此。花自在,管他呢。"涧户寂无人,纷纷开且落。"花才不管你有人没人。这种怒放于天地间的悄然,则更有一种惊心的美。

### 气 息

我不太适应女人把自己装在香水里。那气息有说不上来的慌乱,还有一种接近语焉不详的性质。

一个人原本的气息是重要的。我觉对写作也是如此。寻找、找到和保留原本的气息。

## 荒　野

前夜在天街小雨茶吧与友人聊,我说,一些当代作家写自然之轻浮,宛若嫖娼。

诗人约翰·海恩斯,散文亦极好。他隐居阿拉斯加40年。

"荒野为他提供了不可替代的空间和寂静。"

## 羊　群

将处境推向极端来审视,今人可以"自由书写",而不必担心被阉割,被奸杀,被文火烤死,被凌迟、分尸以及灭族。呵呵,这几乎已是莫大的恩赐了。

对今人而言,一些潜规则替代了那些对肉身的威胁,使人异化,变得怯懦而贪婪。

众人共同的怯懦和贪婪是强大的,富感染力的。羊群比一只羊更为卑劣,它使一只羊置身群体中,为自身的卑劣心满意足。

## 12.樱桃红

冬日阳台(或花房)几前,作者手迹。

樱桃好吃树难栽,樱桃好吃更难摘。六月初的一日,开始摘樱桃。差不多两个小时只摘了一篮,掂一下,大约有20斤。还有一半多。

老家的樱桃园,问过,大树的,平均每棵树挂果20斤左右。我园子太小,只有一棵树。那么我家的包括已吃的,挂果在50斤了。种花的朋友们,要不要我佩服一下自己?我也只有一棵挂果的葡萄,我打算让它结200斤葡萄,100斤用来秋天酿酒。

推广一下重要经验:1.虽然有素食朋友,但不得不说,果树爱吃肉,吃了肉的果类香甜,水分淋漓,果肉耐嚼,果大,果累累。鱼下水沤熟浇果树绝佳。2.我发明的鸡毛掸子授粉法棒呆了耶。清明回老家,正好是老家樱桃的花季,用掸子在老家樱桃园树上胡乱掸一掸,把掸子装到塑料袋带回太原,家里的樱桃花才刚刚开。在树上挥一挥掸子,就成了。

那天文学界一些前辈们还有后来别的朋友们来玩,我小气得只舍得让大家每人尝几颗而已。实在是因为这种的,市场上根本不可能买到,我想尽可能多留给孩子们。没任何药、化肥,吃肉长大的樱桃啊。

那种紫红到发黑的,是熟透了的,好吃到让人发抖。两岁半的儿子臭蛋和我一起上墙摘,这是他最好的儿童节。小臭边摘边说:"这颗,给暖姐姐,还有那颗最好吃的,我摘给暖姐姐,冰箱里攒给暖姐姐吃。"他暖姐姐在上大学。

熟透的樱桃,咬开后果肉都是红的,而且耐嚼。不是市场上所卖糖水般那种。

其实只是心态问题。这样过日子,当然放弃的东西也很多。在我,觉得值得放弃来拥有这些。

我老家是用车厘子苗嫁接大樱桃的。有贵州朋友非要樱桃种子去种,只好备了近两百颗,洗了待晾干再寄。这么多种子,总能种出一两棵苗吧?

园里有去年乱扔地里的樱桃核,长出两棵小苗。臭蛋阿姨发现的,她赶紧挪走种了。

这棵樱桃来自山西农科院北方果树基地。比较过,果核比市场所售的樱桃果核小,但果又大于彼。果核小应该是品种原因。果大么,咳咳,或者是因为我种得好?

最后一波樱桃里的,刚从树上摘下,还带雨水和夜露。甜到硌牙。摘时一碰就蒂落,完全熟透。阳枝的,明显比阴枝的好吃,也大。但阴枝的吃起来水灵,水分稍多。

确定市场上绝无一颗这样的樱桃。臭妈吃不够还一直买,每次一比,买来的没法吃,就做了樱桃酱。

小臭每天想起来就说:"我要摘颗小樱桃。"噔噔噔跑出去。一会儿进来,手心里已握一颗,有时两颗三颗。要来洗,他怕我拿了不给他,说:"没事没事,不用洗。"赶紧就咬一口手一伸给我看,说:"爸爸,好吃吧?"

睡觉时他惦记。说:"爸爸,小樱桃在院里树上,红红的喊,小臭蛋,快来摘我呀,快来吃我呀。爸爸,我听见小樱桃喊了,喊得红红的圆圆的。"

只好跑出去摘给他。这时我有点嫉妒他。哼哼。

## 13.雨之香

雨后院里异香。樱桃香,各种花香,葡萄穗香,茉莉香,泥土的腥香,还有雨水本身的香,它带来的天空中云朵的香。甚至还有灯光的香。

被雨水洗过的香气令人迷醉。仅鼻孔和脸呼吸是不够的。虽然夜凉,却宁愿光了背,每个毛孔都贪婪地吸收香气。这种美妙的愉悦感无以言喻。几年前独自在山顶露宿,望着头顶明月,后半夜飘起细雨,起身望见山谷里云水升起,朝另一个山谷倒了进去。空气里有各种野物的香气,心思像风中高草一样飘摇。彼时的感觉与此时相仿。

小臭欺负老虎。老虎拴着,小臭朝它尿了一泡。老虎趴着歪一下身子,无奈地咧嘴望我。

但是它会报复。老虎放开去撒野,一会儿跑进院子。它走近小臭看一下,斜身一抬腿,滋了小臭一身一脸。小臭大喊:"老虎尿到我眼睛里了……"

哎,洗澡吧。洗洗睡吧。

## 14. 木有妖

院门外,微雪中的花椒树。它满是尖刺,大鸟从来不落于其上,但却是麻雀的至爱。

芒种。黛玉葬花在此日。古时此日祭花神。

但鄙人以为,"花神何须拜,四时有木妖。"花妖者,光头也,即本人也。

最后一批春花,连日暴雨中顽强地开放。且待夏花再开。适才灯下看院里我那棵宝贝茉莉树,已花苞累累,足有数百枝花,每枝一般五六个蕾。上次朋友来,它还几乎秃着呢。

茉莉树罕见。某年我偶遇,仅三十大洋买得。于今又五年。仅它一棵花全盛时,便能香到隔一户人家的院子里去。

## 15.臭与虎

樱桃渐红时,还不能吃。狗虽色盲但嗅觉灵,能知其香。老虎总鬼鬼祟祟凑近稍红的跳一跳来够。骂一句,它缩一下脖子装作看别的。

裸背浴雨,与老虎山间狂奔五里,上坡下坡弄一身泥。它意犹未尽,我不行了。

狂奔回不可能,这才想起膝盖还伤着,只好塑料袋裹了,一拐一拐往回走。

手机已快湿透,塑料袋裹了吧。

鄙人锻炼身体的重要方式:抱狗称重、和狗摔跤、背狗散步。

膝盖伤后,不能和狗去赛跑了。以前是罗威纳犬,我最钟爱的犬种。养过两条。现在养和背的是加纳利犬老虎先生,比罗威纳大和重一些。有些吃力了。

小臭喂老虎;在黑暗里奔跑;屏声息气与老虎捉迷藏;老虎跑来突然大喊,吓老虎一跳——老虎真的站住,两只前腿向上一跳。

他在黑暗里追老虎满小区狂跑,累得气喘吁吁。跌倒也不知疼爬起来又追,疯了一般。奇怪这小屁人哪里来这么大折腾劲。

唉,完蛋了,当晚必发大水。严阵以待。

# 16. 暮光中

什么叫又贫穷又自由的快乐?

我曾有同办公室的同事,他在温哥华待过三年。他说印象深的一件事:有个乞丐冬夜睡在街头,警察过去给他盖了件衣服。乞丐等警察走远了,轻轻把衣服拨开一边,不盖。

当乞丐是他自主选择,他愿意那样生活。他还不肯接受警察施舍,又顾及警察好意,等警察走远才拿开衣服。这个事我一直受震撼。

暮光中,隐秘开放的花朵。品种:情书。

微微有光,光中微微有风,花在风中微晃,花瓣宛若欲飞。品名:炼金术士。

一朵雪白的芳香大花。日光照得通彻,拍下的图片竟成微黄。我反复想拍下她最美的一瞥,却是始终不能。

开制玄酒。工作量巨大。须1000朵怒放而未全盛之各色花;50斤汾酒原浆,度数为64.8度。花全盛则力已衰,不堪用。

很久了,我忘记在晨光中、月光下、暮色里,观察这些葡萄藤蔓欢喜地匍匐和跳跃。有时像是眼花,但的确是绿蔓忽然一跳。这是能看见的生长。

人在忙乱中,会错失太多动人的美。很多美的享受不用一钱买,却是至高之享。但唯有内心宁静时,万物才得以清晰映照。

## 17.梦樱桃

樱桃树早已摘光多日,我们已经忘记了它。再结还遥远,要到明年。

小臭不甘心,在院里总是钻树下望一望。不过我觉得,他也渐渐不指望了。

一大早他摘树叶玩,给大家分,也分给老虎,嘴里乱嚷嚷。忽然他扔下叶片使劲拽一个树枝,他拽下一颗黑紫硕大的樱桃!

我就在跟前,简直不相信这是来自树上,出口就问他从哪拿的。他又着急又紧张,顾不得说话。他咬一口,黑紫的汁液流出,他舔一舔。问:"好吃吗?"他不吭气,只一点一点吃那樱桃。我看着他吃了半晌,始终不说话。我感觉到自己像咽了几次口水。

他吃完了,搓搓小手。手指沾了紫液,看上去黏。他仍然不说话。

我想我明白这种惊喜和快乐。在大家都以为没有的地方得到意外的、被遗漏的幸福感,小时摘桑葚、柿子,我有过这样的幸福。我很开心在当下的城市生活中,小臭还能得到。

樱桃藏在远低于我们的视线而小臭仰望能见处,匿在密叶间,像是一门心思等小臭拽开叶片,找到它。

这是昨天的事。晚上小臭说梦话,在梦里嘎嘎笑。他说:"捉迷藏,哈哈,我找到你了,真好吃。"

我在繁忙之际,还是决定替小臭记下他意外的幸福和快乐。

这意外发现,远甚于吃到嘴里的快乐,会潜在他久后的记忆里,熠熠生辉,如镌如刻。

昨天有个刚刚写就的六千字文章忘记保存,电脑提示保存时我因事乱而恍惚,竟点了取消键,发现时已晚。一夜如失魂魄,浑身都觉无力。但决定不靠记忆重写。我厌恶重复劳作,何况那重复并不能百分百地重合,只能让人沮丧地认为没有完全忆及,不如原来。

我安慰自己,意外丢失,就算文字各有命运吧。

但还是想一试。用电脑装其他软件来试着找回的当儿,我用手机写下这则短文。再开电脑,神奇的事发生了:那个印象中是六千字的文章,找到5992个字,没有乱码!

我不知该如何形容我的情绪——像一种错置的、狂乱的什么东西劈头盖脸打下来,人有点蒙。我发微信说:恨不能在朋友圈撒一把钞票以示庆贺啊。

我愿意认为,是写小臭的短文,替我招回这六千丢失的文字。造物冥冥,是要让我感触一下意外之喜,意外的幸福。此时我内心为感激、感恩、感动之类的情绪充盈,竟一时什么也不能做。让我就这样开心一小会儿吧。

## 18. 奶葫芦

枣树上的明月。枣树上还悬挂着因太高摘不到的葫芦。

中午出门,一夜之间偷长出来的小葫芦,悬在院门口门把手边,开门它晃悠一下,仿佛跑出来偷窥我一下,又赶紧想藏起来。

我拿拎着的酒瓶比画着比例拍下它。它浑身毛乎乎的小透明胎毛,肉墩墩可爱极了。我觉得轻轻喊它,它似乎就能奶声奶气答应一声"唉"。不过得在深夜,现在大正午它不会理我的。

我忍不住想摸摸,伸了几次手又不舍得。微信里有文友说:"洞庭湖边的西瓜刚结出来也这样毛茸茸,我哥哥老是喜欢得不得了,去摸它。然后摸得光溜溜,就被揍一次。可是过几天又忘记了,又去摸,又接着被揍……"另一个朋友说,生长期的葫芦不能用手摸,摸了就不长了。幸亏我没有舍得下手。

江苏诗人庞余亮说:"你拿酒瓶会惊吓到它,它会想,我将来是只酒葫芦?"

微信里友人一片惊叹。这小小的长满胎毛的葫芦,惊动、惊醒了太多朋友的童年。时光瞬间倒转,如此快乐。

在此刻,这葫芦亲得我不知该如何是好。我看看它,又看看它,跺脚搓手,走来走去。哎呀这可怎么办呀。

拿梯子爬高细细察看,一下子呆住了。天哪,怪不得我昨晚焦躁不安,总觉有事正发生却不知何事。原来昨晚偷偷长出这么多葫芦!

它们在密叶间,在光与暗的阴影里躲来躲去,东一个西一个探头探脑。大致数,竟数出二十多个。而一定还有不少藏得密实、让我漏数的小家伙。

我每天写东西累了都看看的,休息眼睛,也爬上爬下活动一下麻木的手脚。昨天白天看时,什么也没发现。

但是昨晚也有一颗小葫芦死了。它枯蔫耷拉的样子,看上去让人觉得葫芦藤好伤心。我没有听到小葫芦微弱的嘶叫,不知它枯掉的原因。而即便昨夜听到它叫,我也不知如何救,除非虫子正咬它。

有个写小说的朋友耳力好,常失眠,因为夜间的各种细微声音。改天他来,晚上听和逮住偷偷长出的小葫芦吧。最好也能听出,是什么东西杀死了那小葫芦。

## 19."嘀""嘀""嘀"

> 花架上的花。对架的两个花架,每个角我栽了一棵藤本玫瑰。这一棵是亚伯拉罕·达比。花性极好的花,花大,花型包,香,多季勤花,不易病。经典品种。

晨光中的花,美得让人叹气。约4米高处,一些花又一次高高盛开。亭亭若荷,微风中摇曳,愈发洁净。

望着它们,刹那间尘世仿佛安静下来。心中不敢想太多他事,唯恐惊扰它们。

黄昏时即将熄灭的阳光,安静地燃烧花的主干。花因此积累盛开之蛮力,极绝色,极芳香。

在夜晚,花微小的蕾是自带光芒的,犹如鄙人光头。一树米兰披一身细密的花,它香得令人想入非非。

种花以来,我用尽各种夸张修辞。诸如美得让人发抖,美得让人想打人,美得让人恨不能怪叫一声、与它一起发春,美得让人愚蠢起来,如此等等。

我小范围对生态的改变,竟招来:刺猬、喜鹊、乌鸦、猫头鹰、斑鸠、无以计数的蜜蜂。今晚又看到招来松鼠。此时葡萄藤一阵又一阵乱晃。微信中有人问我多少亩地。答:一分地。

月下与臭妈聊天:"越读古诗,越爱自然。但如果不懂自然,就不能真正懂古诗,不能真正领略其美。

"古诗的肌理是长入自然的。

"我读我爱的那些诗人,往往觉他们句子像是我写的。他们在替我说话。"

深夜遛狗,第一次看到月亮周围,有彩虹一般但是圆形的渐变的一大圈红光。回去拿手机出来,光晕已散。写完这段再望,一圈红光又现。

懂天文的朋友,不知这个如何解释?

老虎发现一只刺猬,发出古怪的叫声,短促,连续,像人声的"嗬""嗬"。它是问:这啥呀我靠,扎死了,咋没见过?

仰头星星掉了满眼睛。今晚的星星又大又亮又多。

## 20.古诗源

### 八 月 花

　　天象诡异而壮大。雨如怒如号,闪电时而撕裂天空。雷声不作。西边红日滚动未落,卿云灿烂。
　　雨中花开。葡萄发飙,累累下垂。丝瓜跟肿了似的肥大。
　　花又开一批。南瓜叶长得大如荷叶,绿意森森,像作势扑人,昨晚见它枝蔓无风也一跳一跳,今早看,它跃上了一棵梨树,在枝顶得意地摇摇摆摆。我认为它们彻底疯了。
　　花这样子开法,会不会老化太快寿命短,是我担心的事。然而我实在没地方准备、去繁殖新苗了。

　　院里现在已长得密不透风。左右手各持一把园艺剪站院里,站了十分钟都不知如何下手。梨树上结了南瓜,樱桃树上结了葡萄,南瓜上又结了葫芦,葡萄干脆开了玫瑰花。玫瑰花上又长满了豆角。嗯,狗窝里都开始结豆角。
　　地方小,完全乱套了。
　　我担心哪天早晨醒来,光头上开出一朵花。头上若结个葫芦就更麻烦了。
　　如果非要选择头上长个什么东西,我还是愿意长个葫芦。因为若长朵花,难免会像东方不败。若结一串绿油油的豆角,也有点搞。若结个南瓜,那每天顶个南瓜太吃力了啊。还是葫芦轻一点。数害相权取其轻吧。

## 临 东 海

　　一夜海浪和风声,把梦拍得粉碎,飞溅,不能成形。我辨不出海浪与风的声音区别。天光淹来时推窗,大海在十米开外。

　　原来昨晚我徒劳地,想把整个大海关在窗外。空气潮润,有轻微的咸腥。觉身上黏,冲澡十分钟就黏。

　　起了一声嘹亮的蝉鸣,没有起伏,它直得像空中绷紧的平行于地面的铁丝,不知缘起,没有尽头。然而一下子消失,静寂中海浪啸叫,有几声短暂鸟鸣。

　　在窗上看不到鸟。它擒住知了了吗?

　　蝉鸣忽然又起,比刚才更响,像站在耳朵上叫,像钻进耳朵叫。如此热闹,无论如何不能睡了。起吧。又想黑夜,从未见过明月自海上升起的壮美,这次怕也不能。惋惜中。

　　昨晚有朋友讲温州人一块两毛六造钢镚的故事,笑得人脚后跟疼。他讲海洋文明与农耕文明区别,说这是一种绝不怕失败的人,绝不嫌利润低的人,也不能容忍停下来。就像鱼捕上来就要尽快卖掉哪怕微利,停下来意味着鱼要臭,绝不能停。他讲了很多,奈何记不全了。

## 古 诗 源

　　千读不厌的书。焦躁时一阅,心头一片清凉。悲伤时诵读,心中一片安静。自己的小情绪嵌入几千年凝结而成的典雅中,瞬时变得渺茫。

情绪化不是错。著文者需要随时能情绪陡然爆发，它们多数成为灵感，调动知识积累和经验积累，排山倒海而来。

但驾驭情绪需要时间历练。情绪化不能发展到自驾去野生动物园开车门，把自己喂了老虎。

我更喜欢未完全定型的古句，像唐诗就有些过于圆满。就像我爱汉代亚当上的龙，它简洁，粗犷，有力量感，仿佛随时能破石飞去。

古句的不完美和缺憾给人无边想象。我改写过不少。我往往只需要一个句子的缘起。记得还曾改写《九歌·山鬼》为万字章《林中女妖》。很多年前的事，未婚，和女友生气，一怒就删掉了。至今只多少记得片段句子，有时间或可重新敷衍成章。

读旧书更能反观当下写作的价值。我越来越怀疑译体化、造作的思辨、别扭破碎句子或长句的文学性。无论散文、诗，还是小说式的。它们不属于汉语，且遗失汉语之美。接受西文的影响是必要的，但必须纳入汉语之美的范畴，不能本末倒置。

## 21.青帝诀

核桃新生的絮是这样子的。核桃就从这上面结出来。老家菜园里,父亲种了几十棵核桃。

作为资深园艺爱好者,我的小院子总是种得满满当当。

枣儿结满了。苹果累累垂地。熟了儿子臭蛋爬树摘。

俺们这里的规矩是不上化肥不打药。坚决不。小区的人晚上10点出来,打手电在葡萄叶间抓金龟子扔水桶淹死。抓那东西成为小区的运动项目,家家在抓。那东西咬葡萄叶弄得跟筛子似的全是窟窿眼。

我家没有金龟子,或约等于木有。也不打药,有秘诀。

果树要补钾肥才甜,尤其葡萄。一般果园是钾肥料唰唰唰上去。再就是开花结果时打硼。这么说吧,一棵苹果树,打药和不打药,后者是前者产量的三分之一左右。再说葡萄,大家市面吃的那种硬得像乒乓球的葡萄,你觉得它……怎么就那么硬呢?我不说。我就是不说。吃吧吃吧。

我研究过一两年用肥。说难听些,非常重口味,就是每天戴大口罩戴含橡胶不入水的手套,研究各种粪。鸡、牛、狗、猪、鸽子、羊肥的成分,还有马掌片、头发、指甲、豆饼、鸡蛋皮、花生饼的肥效成分。有个新疆毕亮我托他弄马掌片他不了了之,我至今见他微信就气恨恨。

手套每买就是一捆,50双。家里有各种试纸,温度计。还有沤肥之法,做酵素,先是植物用,再是人喝。酵素起码本市我应是最早做,2009年,到现在它变成排毒养颜长命之要方,欧耶。还有EM菌,等等。

果木是爱吃肉的。肉腐熟后含钾。我小区人们学我,纷纷弄鱼下水给果树。我母亲每打电话,几句话后就问如何沤肥如何施。老家村里樱桃园果农,问我如何改善土壤,因为眼见得果树一棵棵黄叶不振。唉唉。

最后,我家没金龟子的原因,谜底该揭晓了。所有肥包括肉肥鱼下水那些,一定要沤熟。否则虽则地栽不易烧苗,但生核桃虫咬根,生金龟子咬叶。我家所用都是熟肥,羊粪也得沤熟。

微信里贴此短文,自嘲说我应该写个《种植指南》之类的书,在金盾出版社出版,和《养猪知识》那些摆在一起。有微友留言:"不不不,这个秘籍应该叫《青帝诀》什么的,摆到文艺类书架。"

此短文于是命名为《青帝诀》。

## 22.蜗牛饮

一朵大花,径直开到二楼来。开窗来拍它。

品名:伊芙伯爵。北方种植效果:植株高大,强健,不宜病。花朵大,香,花茎长,作切花美极。全国花店,你也买不到这样花,只能买些塑料花一般无味的说是红白玫瑰实则为最烂大街品种的月季。爱花就自己种吧。种花过程,美于盛开的鲜花。

此花春夏秋开花均标准。我当藤本来种。据说我想咬牙买索尼A7II,小贵,牙快咬坏了还在使劲。我主要羞愧于自己只能打补丁的拍照水平,不忍心用太好的相机。要拍的太多,花、狗、娃、千年古树、废弃的庙刹、荒野、河流、雕像、壁画,嗯,还有美女。我用相机能拍好点吗?

取快递,见品名王子的英国月季开了。挪盆栽后它不爱开花,生了气一般。我也懒得理它。黑红色,拍不出其色。还是很美的,又香。

酒窖嫁接树月,开过三次,无端就黑秆了。它的花大而沉,经常拽断枝条垂下来。现在像个春梦一般消失了。只剩一根光的绿秆,戳在花盆里。希望砧木能活,我再嫁接。

开黄色花的,好像亲和性差。接过一棵,怎么都不能活,少见地放弃了。

马蜂偷吃了我三分之一葡萄。唉。吃就吃吧。小时杀孽重,烧蚂蚁马蜂窝险些点了房子,掏鸟窝摔鸟蛋抓没毛的小鸟喂猫再吊猫,地里挖蛇胆摔碎到大石头上,蛋黄有血有细虫一般小蛇游动。现在算给它们赔罪吧。

有一花开半月了,仍不衰败。它让我一天比一天吃惊。

秋风慢慢把山楂吹红了。上次我见尚青青如叶。我却总想起它开花的时候,宛若就在昨日,晨光照着满树白花,但光线斑驳处的花束更显得洁净雪白。它清新的微香被鼻息吹动,美艳如斯。

这样的美,可以提壶茶扔几包烟在地上,傻傻地坐一下午。一人很好。若有友人同在,亦不必多言语。

秋日宜饮慢酒,慢慢念一些人。

晨起就倒一大杯约八两64.8度的玄酒,花香酒香,冲得人打喷嚏。一大杯浓到看不见茶汤的绿宝石,一天慢慢开始。

随意写一些东西,今天貌似完成了一月来最满意的一个作品,小得意。一边杂碎地读书发微信,哄臭蛋玩飞机、看蜘蛛、偷桃子,一边饮酒、诵读、浇花、洗狗、饮茶,貌似乱七八糟,但我自信可以做到不相乱。

臭蛋一岁时喝自酿的葡萄酒醉过,又哭又笑,哭笑同时,感觉他一只眼睛用来笑一只眼睛用来哭,叫出哭喊来最后听到的却是嘎嘎笑声。

老虎喝醉过。洒了一瓶竹叶青酒,他趴地上舔。甜,它喝得挺美。一会儿就醉了,低吼,嘴挨住地向前蹭,在地上打滚,滚着就一下子蹦起来,然后站起来走来走去。它能站着走大约一分钟,站着比我高,吓死人了。

近午朋友叫,奈何臭蛋在。那时正和臭蛋偷桃子呢。

八两酒饮到下午三时才毕,有史以来最慢的速度,可称为蜗牛酒。这一年春夏已过,遇了不少朋友,也是过得乱七八糟。写完这短文猛然记起某事。

## 23.谢花木

在秋天,霸道的朝颜挤得刀豆荚都不能长了。昨黄昏摘半天,晚餐我吃到嘴里的辣椒炒刀豆荚,也不过才二斤。

秋天很忙碌。狗要动情,我要种花。

逆光中的花朵,美若仙子将至,又像马上就飞走消失。看这花,一边听杜甫"花落时节"的曲子,恍然以为暮春。却已是秋意四起,一日浓过一日。

一朵花又开成方形。三米高处,有个蜘蛛大王,囚禁了五个仙女。其中一对仙女是双胞胎。我赶跑了它,只余空网。可效蒲公,来一则秋夜志怪。

"在鲜花中,人的性质会模糊。"但能不能说花是兄弟?

神奇。晚上坐院里,抬头半月在天,忽然发现头顶有花开。那一棵花,我以为秋天不开了,春天已开得虚脱。它枝条长了五米长,奋力探到我头顶上,而且还要开一大群花,难为它了。

末图,茉莉一簇一簇发狂。茉莉,谐音莫离,当留其香于诗文中。

我丢过至少15个身份证(去派出所办到第15个时想了一下,故而有印象),丢过至少10个钱包,至少8个手机(有两次忘在车里被砸了玻璃),两次护照。

但是学习种花以来,顽疾忽然消失。因为要研究配土记土的

pH酸碱度,要贴标签记品种,要记施肥和浇水的间隔……

我糨糊一般的光脑袋竟然清明了。为这个理由,我也要感谢花朵。感谢你们,对你们的热情将我拯救。在这恶事不断发生、一日数惊的浊世,更要感谢花朵救命。没有她们,鄙人早就气死了,或者抑郁而完蛋。

还要感谢……瓜。见南瓜我有亲近感。有时觉自己,就像个呆头呆脑的沉甸甸的,横竖不服气不将就的,嗯,瓜。瓜就行,前不加字。

也感谢伟大的葫芦,和差不多一样伟大的庄子。两千多年前他们就已告诉我们美的无用性。文学家的责任是展示、表现真实,因为真实与美息息相关。文学家不能救世,不要苛求他们救世。他们奋力完成对真实的记录和表现,已是足够。

还要感谢……每一颗葡萄。

人无恒产,岂有恒心。大家住的房子,又有谁知道哪一天就被拆迁呢。补偿多少钱是扯淡的事,你用钱不是为了快乐吗,钱未必买得来你住现在房子的快乐。我知道一些整村拆除的大村,老人死亡率比以前暴增三分之一。熟悉场景统统消失,心理慰藉消失。拆迁拆掉了很多老人性命。那岂是赔偿多少钱所能替代!

鄙人心宽。好歹臭蛋兄,这一年因这些葡萄,有了一个快乐的秋天,就好比他有过春天樱桃树的快乐。

有一年快乐,便是赚了一年。

# 第贰辑

## 朴素如泥土,奢侈如十万朵花

东山造简庐,春来百事芜。
泉溅每成文,花落偶窥书。
天低蛟行雨,地润鸟布谷。
忽念大椎客,集市正当屠。

——旧诗《东山居》

我是自先秦仆仆而来的刺客,
是易水边上被击响的筑。
我朴素如泥土,奢华如十万朵花。
是密室中的炼金术士,是浪荡子。
而每想起你我便沦陷,
我依然平静如一千斤烈酒。

——摘自新诗《096.你怀中果实饱满,汁液甜美》

# 1. 消南檐

母亲说,立春十日消南檐,即南檐攒了一冬的积雪会融化。深夜带老虎出去遛,强光手电打过去,果然见前两天老虎打开院里水龙头后流到屋后的积冰,已经化开了。

夜风不寒,春天将至。有一些事物,美好得像是不真实。但为何我心中,隐约似有悲伤?

据说双鱼座加 AB 型血,会变为四重人格。若如此分,把自己当成四人,那么半个我是真实的农夫,半个是著名奶爸;半个是狗爹,半个意乱情迷;半个喝酒,半个发疯冒险;半个潜入冥想,剩半个用来读书写东西。有人说我浪费,我想浪费就浪费吧。或许前面那三个半不务正业的我,都是为最后的半个我服务呢。

我只希望真实地度过一生。想做什么,赶紧去做。除了爱情,那不是一个人的事——人生来不得犹豫,一晃就过去了。一个人舍弃一些物质利益去做,并不会死。况且,舍之此得之彼,你怎么知道自己舍了不会得呢?

但总的来说,人生不该以物质利益为标准来做取舍。

做一个真实的人,会多么的好。我其实不喜老好人。一个人人说好的老好人,他一定有问题。没有原则,不会坚持什么,他甚至是怯懦的、卑劣的,他放弃对事对物对人的责任感,来换取与世界关系的融洽。老好人对世界毫无贡献。我耻于做那样的人。有非议是不怕的,内心存善意就好。横岭侧峰,哪里会有完全一样的评价。

在深夜,当周围一点一点静下来,连老虎也在院里打呼噜的时候,我仿佛能听到身边花朵撑开枝叶绽放的声音。这时候我总是陷入无边的温柔和悲伤。在文字里,我认为这些有害,果断而野蛮地将它们伐掉,如同剪去一棵树多余的枝条。但很无奈,它们总生生不息地萌发。那么请随便吧。我也随意地记下这些,或许不高兴时就删掉。我经常不高兴,这些年删掉的东西太多了。

可以不知羞耻地说,我爱文学。就像爱我的父母、子女、女人一样爱文学,也像爱花木,爱我的狗。我所爱的一切返回来,充盈我的生命,充斥我的文字。

而从少年时我便知,世间任何事,大凡敢坦然抬出一个爱字,则必得有一颗赤子之心,有不惜代价、不计利害之勇力,有不问成败埋头前行之坚忍。写作本身便是一场不知目的的冒险,是极限运动,是熊熊大火。写作必须是清洁的,纯净的。我耻于以写作钻营。以写作换取什么东西,我所不为。

许多年来,我之所积,够我勉强生存和养家。我努力保持朴素的生活观,尽力减少物欲干扰。情感或其他任何事物均已不能将我击垮。在时间中的积累,使我已有成熟心力应付一切。即便人心荒败,世间腌臜,我心依然有怒有爱。

很遗憾我有很多作品至今未完成,时间紧迫,日子在昼夜之间一闪而去。而每到深夜,总感觉仿佛有人在夜空中注视,在催促。这时我想到所谓的使命感。当你一直等待某事有人去做、某话有人去说、某作品能让你读到,却迟迟不能有。有一天你突然明白,你不可能等到有人来了。

那么,即便你感觉力不从心,也只好由你来做,由你来说,由你来写出。

## 2.牡丹荒

去看荒山牡丹园。20亩。前任政府官员搞的,换任后无人管。也没啥人来看。它们就像我一个人的。花还没开。再一周就美呆了。

此处另有20亩荒田。2011年发神经,想租来做玫瑰园,被花友劝阻。2014年发神经,做纯文学公号"小众"。人生何其简单,发发神经就过去了。

荒山牡丹,每年一去。从未遇过他人在。一座山的牡丹,连同山间蒿草、曲折道路、暖热的春风、风荡动的天空、山间明月,几乎就是为我一人所备。哦,还有小臭。

本地讲究,牡丹不可种在宅院,惊恐其妖娆与富贵。说一般适宜在庙宇。这荒山牡丹,却别有气象,萧瑟与夺目之艳、山草之苦涩气息与牡丹之逼人芳香,成强烈反差,如冬春并置,繁华大城与野狐孤魂同在,却浑然天成。

吾爱集二极、执两端之物象。

今年,正是牡丹盛开时节。然而雷声隐隐,苦雨连夜如昼,此时不见稍歇。想那一山牡丹,正在风雨中飘摇,花枝零落,何等寂寥。且斟浅盏饮几杯,遥慰花之默然、没落。

## 3. 赵杲观

烟云苍苍处的赵杲观,内有巨大杏树。

昨日晨起,无端思念赵杲观的一株巨大杏树。不记得具体哪一年去过,应该仅去过一次,却总是奇怪地想起。打开微信,便见有朋友发出赵杲观的图片,暗叹心有灵犀。他也是一位大爱自然者。

杏树该有些年纪了。山间水汽氤氲潮湿,风景秀雅,浑然不似北境之苍茫肃杀。那树得山水之灵气,不见老态,反而愈加矫健高大。叶片肥厚,长圆,倍于寻常之杏树。立于树下,天色顿时昏暗。并无山雨,却有湿气凝结树间,滴落身上。这树枝丫霸道,挤满观内空间,仍意犹未尽。暮色四起,山风吹动,那树仿佛作势扑人而来。观内有石凿高阁，我记得爬上三层，大树仍覆盖头顶，不见天日。

印象中有张卫平兄同行。他是本地人。问杏果如何？他说，大如鸡蛋。我吃一惊。可惜是秋天，仰望大树，蓊蓊郁郁之间，自然不能有果。卫平兄说，它大概原本也只是寻常杏树，只是长于此间，为所滋润，竟气度一变，犹如神物。乡人有采杏果种植或剪枝嫁接，多种不出，或不能活。

六年前我置院落，每次种树，都想到它。它的枝丫，强劲地延伸入我部分记忆，在其中招摇。又或者它的根须，仍在记忆的黑暗部分奋力向前。

赵杲观在代县。春秋末，赵襄子宴饮之际，以舀羹汤之铜勺击杀姐夫代王，吞其地。代王夫人即赵襄子的姐姐，愤而拔簪自刺而死。代王臣子赵杲，携王室后人避祸隐居，来此山间。后人怀念建观，北魏时复建天台寺。

我想不出惨烈往事，与那棵巨杏的联系，却下意识把二者联系在一起。人间正四月，那树此时当举一树繁花，在暮色、晨光，以及微雨之中，昂昂然站立。其花凄美，其树壮丽。

# 4.古枣林

## 木 如 神

　　了解到很多树木的情况。吃惊、越来越吃惊。酸枣一般呈灌木状，某年在古县见一高大乔木状酸枣树，以为神物。同行者记得有葛水平、胡平、杨新岚等。却不料这种酸枣成巨树曾多到不计其数。多少年以来中国毁掉多少巨宝？真是令人切齿。

　　太谷县一个57岁的村书记说，他小时院里就有五六棵高大如槐树的酸枣，品种不一，有一棵结枣是长形的。又说某村某庙的大梁就是酸枣木。

　　上师郭亮说，他去静乐某寺（观音寺）做法事，那里的房梁是藤。——藤条居然粗到能做大梁！想想太恐怖了。

　　太谷有地方叫湖泊，有一处长沙果，切开横截面隔夜不氧化。神奇。他处的不能。

　　闫村还有巨大楸树，十三人才能抱拢。一定要去看。据说树冠有几亩地大。王书记要带我们去，奈何时间已晚。回来却悔到切齿、切齿。

　　日后见如神之木，鄙人要磕头的。它们配受我一拜。

## 桐

晋国桐封之地,遍地植桐。

晋土贫瘠,民风淳厚。十里不同俗,方言、饮食、习俗、民居多有变化。

夜间大桐。它置身夜晚深的孤独中而不以为然。枝条在寒风中尽情舒展。拍半天才拍出点形状,手快冻僵了。

清晨爬上房顶看桐树。百姓墙越盖越高。此墙目测至少高六米以上,比街另一侧的旧房还高一大截。

近距离看光落桐枝的不同变化。

桐枝蕴一冬的花蕾饱满,掐开可见嫩绿汁液。可惜了这花蕾,因我的好奇观察,它失去在春光中绽放紫色花朵的机会。

## 榆

念些旧书。古人的冷真是冷啊。无论是红旗冻不翻,还是风雪山神庙。后者更是身心内外的寒如铁。

旧时北方农村,大抵寒冷如是。

小时乡村道路两旁,多是榆树。冬天穿行在大雪后路两旁行道树搭起的长廊里,静寂无人,道路远长。唯脚下积雪咯吱作响,或树上积雪坠落、雪霰纷纷。时而心中升起莫可名状的恐惧。

偶尔仍会梦见。

## 杨

冬日黄昏,冰河落日。残雪。红通通的树枝。残雪。

落日卡在杨树的树杈上。

北方之冬快结束了。河岸边的冰融出筛子状的网眼。听说有一群白鹳每天来，我未见到。

冬天的树苍苍然。长叶子就不好看了，像人的矫饰。

现如今，城市的草木皆披了本时代之灰尘、雾霾等种种腌臜。树犹如此。人何以堪！

## 古 桑 志

家乡历山下小皮儿村的古桑。村已荒废，寥寥几户人家。无水，用旱井。路、电通，路又在修。

古桑2014年，主枝被雷劈断。

村里高姓大叔是朋友舅舅，61岁。他说树未断时，枝展到10米外一棵国槐顶上。他小时树就这样大，树在打麦场边，树下原本有碾子、磨，现在修路填了一米多深，树也埋了一米多深，又被雷击，成了这般模样。碾子那些都不见了。没了。

但树依然生命力强劲。高大叔说他家就历四代在这树下长大了。老辈人说，日本人来的时候，还在树上搭木板当简陋树屋睡觉。

老人说这树桑葚好吃，附近没比它好吃的。本地不养蚕，树再无别用。又说沁水那边养蚕，养蚕太费事了。

请高姓老人树下合影，他连说不敢不能。老树下不拍照，他存留对树古老的敬畏。我请他以翔山为背景合影。翔山之翔，翼城得名来源。翼作为地名，见诸《左传》《史记》记载。

回去后查地方志，知这树是公元1500年左右的树，于今500年了。公元1500年，志幻的中国小说家吴承恩出世。他后来写了很多幻化作妖怪的古树。但我还是更爱晚他140年出生的蒲松龄公，他笔下的木怪花神更为亲切。我读他书，旧年多章可成诵。

## 废旱井

山上废弃的旱井，不能生水，靠存雨水。

这类旱井，我小时溜根绳子下去过。自信以为还能像爬树一样，顺着绳子再爬上来，但不能。绳细软，井越往下越宽脚够不着无处接力，站在齐腰深的井水中反复试到筋疲力尽。扑通扑通溅得浑身水。好在之前我用水桶垂下来试过，水不深。桶在绳子一端，在井里。我记得我把水桶反扣水里站上去。几次弄不好，扑跌进水里。

声嘶力竭喊，井把声音收在里面，回音震得耳朵疼。知道外面根本听不见。我无可奈何，井无动于衷。

在井底看天，巴掌般大。井的样子是越往下越宽，越往上越窄，向上看时，它呈把人的视线收缩状。我低头看看漫过大腿的漆黑的水，抬头看看天，深刻地领悟了小学课文里那只青蛙如何坐井观天。

天慢慢黑下去、黑下去。担心上面掉东西，我努力缩在边上，我们小孩子常捡石头往下扔，听水响声来判断井的深度和水的深度，我就干过。井绳那端，缠在一棵树上，又担心老鼠之类咬绳，就拼命晃绳子。

昨晚我又梦见它。我梦见手心火辣辣疼，是顺着绳子迅速下坠的过程，一边坠落一边大悔，心里惊呼"完了"。

事见拙作系列散文《七梦》之《土梦》。

## 古枣林

一大片数百年的枣树林。震撼。

姚村五十多岁的汉子说："我爷爷的爷爷的爷爷小时候这树就这么粗了。一代一代人这么说。"

枣树长得极慢，且长到一定年纪，人的肉眼几十年也难以辨别它的生长。大概因为长得慢，其木质极为坚硬。隋唐最重要兵器槊，骑将的槊杆用枣木以特殊方法一年以上才能制成，据说成后刀斫不进，只留白印。

我们熟知的英雄秦琼、程咬金、尉迟恭，他们常用武器均为槊。

枣树寿。北宋汴梁有单将军庙，其内有巨大枣树，苍然成景。单将军即单雄信，勇冠当时，其所用神兵槊唤作"寒骨白"，为他十七岁时斫枣木亲手所制。单将军北宋时享国家祭祀。事见拙著《失败的英雄》。

以前人们不懂，不少古枣树因结果少，就烧了。

市侩化、利益化在当代已深入人心，成为潜意识。一个十二岁男孩问："这老枣树值多少钱？"

我不能掩饰自己受到的震骇和心中的悲凉。也因此知道人心已彻底崩毁。钱成为衡量一切的价值，为钱不惜一切，可以毫不犹豫摧毁任何美。

历史上和平年代，罕见这样一直深入到社会生活各个层面、深入到最基层每个个体的鄙俗。对钱的追逐，已经有点像战乱年代对粮食的追逐。黄巾军张燕率30万军对敌曹操，能为大家有口吃的，整体弃甲伏地。

唉。多教给孩子们美的东西，不要再让他们粗鄙化下去罢。

一棵棵古老枣树，如一支支大槊，深插入晋南丰厚的大地深处。我在枣林，恍闻铁马踢踏嘶鸣、冷兵器猛烈撞击之声，望见深秋枣叶落尽，一树树枣树凝果如血。食枣的确补血。

## 5. 老虎说

与小儿臭蛋、大狗老虎散步。其时臭蛋三岁,大老虎半岁。臭蛋认为自己是老虎的哥哥,但老虎却不听他话。老虎属勇悍的西班牙纯种獒犬,但犬在人养,在我家表现驯良,性情稳定。它极为聪明,臭蛋一出院子它马上趴地上,担心碰了孩子。它力气太大,扭一下头小孩就被撞飞了。孩子有时自己摔倒,老虎远远看见就奔过来,低头用嘴巴子往起扶,话说好大的哈喇子啊。

小儿正烂漫,骑虎未知惮。物性两无猜,昵亲成佳伴。寅时虎候儿,未至连吼唤。携儿纵黑夜,返寻立止窜。夺食虎不怒,衔骨置儿畔。儿称蛋蛋虎,梦失啼出看。此犬幼命危,累月为护探。墨医中药奇,九死脱一难。百般报恩主,灵慧性勇悍。跳踉扑诡者,客至傲然观。啸若滚地雷,奔如悬崖断。体重与我同,巨齿珠光灿。儿言虎为弟,腆肚自为冠。众生皆平等,聊为猛虎赞。老玄与之期,毋违到云汉。

——旧诗《老虎赞》

在2014年末,因狗积一小德。

养一犬,犬种为加纳利,原产西班牙。是苏州狗氏,世家出身,父名熊属,母亦著名犬氏。此犬虽生苏州,但不解吴侬软语,不知苏州评谈之风雅、风月之美好。性猛烈,有狂暴战士之称。来我家,得大名曰温西门虎,小字老虎。

但它汽运来太原路上,染犬瘟。养犬人知,犬瘟于狗,几乎是癌,尽力治的情况下亡者九成以上。可以确定并非苏州狗场发我犬瘟狗。

本市动物园附近的宠物医院、小东门宠物医院两家都建议安乐死。我不忍,联系卖家要求退回,卖家坚决不收,说若收则对狗场是灭顶之灾,只退还大部分购狗款。

我无奈,极力治疗。犬瘟并不染人。但家有幼崽,须尽力说服臭蛋妈。我曾有花30元钱在夜市购狗花6000元去宠物医院治而无果的惨痛教训。那时年轻,年轻一何穷。6000元当时于我是巨款啊。这次我自己寻思疗法,但告诉自己不抱任何指望,尽心而已。

狗持续高烧。最严重时,眼出血,鼻流脓,抽搐不止,站不起,不能动,唯伏地,呈昏迷状。不饮不食,达5天之久。

于是一月不卸甲,昼夜不息,一日喂药四次。又请中医朋友开方,以中药治疗。目前换方已五次。其中墨人钢一方起到作用;高原一方,险些要了老虎命。

最初给煮鸡蛋一日20个,不能吃时,生鸡蛋用针管喂嗓子里,每日8个,视其好转情况,渐减至2个;蛋白粉、葡萄糖、盐水、奶粉(牛奶不能喝,拉肚),这些都是它不吃时硬灌给它的。最危时,臭蛋妈把她内部搞到的价并不贵的灵芝粉都拿出来。她比我爱狗。

吃过的药:中药多方,30服左右,板蓝根,一日4次,每次两袋;云南白药,安宫牛黄丸(这个太贵且效用不大,个人经验不建议用),庆大霉素颗粒;眼药水;红霉素抹干裂的鼻子;VC;VB;小儿退热栓(成人退热发汗的药不能用);钙片;清热解毒口服液。

现在已一月,老虎明显好转。眼睛好了炯炯有神,进食正常,有了精神(咬坏我两把木椅、3盆花),能奔跑,开始啃骨头。它晚上不肯进门厅,非要住院里犬舍,如是已三天。北方持续降温,寒风呼啸啊。不知它嫌门厅热,还是它臭责任感起作用,自以为该去看院子?

我仍不敢有指望。需再一月,方能确认它是否痊愈。或许这次,我战胜了死神?

又:我犬运多劫,前番臭蛋妈放狗忘拴,玄六被一荒淫流浪母狗勾引走失,这母狗却仍在小区晃荡。于是大怒,恶念横生,持强弩,欲径直射杀。它被逼在角落,知将死,竟伏地哀鸣。我终不忍,由它去。它至今每遥遥见我,便狂奔逃遁。唉,幸而只是恶念,已消弭,善哉。

老虎若果真痊愈,若狗友遇此难事,我当全力相授经验。而我由此改行去做兽医,也未可知。可惜年尾,荒败两月大好时光。然,六十日,救一命,终不悔。

这一日放心地写下此文,老虎彻底地痊愈了,它已两岁,值狗生之壮年。要娶媳妇了!代它戏为一诗,曰老虎说。如下:

### 老虎说:非诗之180

我寄身于无毛兽之间,
它们目光呆滞,
嗅觉迟钝,厌弃骨头,
欲望涣散而无节制,
不懂黑夜和明月。
不懂节俭,不知掩埋剩下的食物,
不知简洁,发明各种饶舌的叫声。
它们喜欢以死尸装殓,
披死去的植物,
住死去的木头和泥土,
长得太慢,活得太长。

种花去

这是一种多么矫情、盲目的兽,
看不到灵魂在肉体中的遁逃。
在它们虚弱的想象中,
我的种族看守地狱,
或吞下月亮。
我熟悉它们每一个的臭味,
受不了的时刻,
我对明月长号。

很沮丧,我的主人
是一只无毛兽。
拜它所赐,我没有在该死时僵硬
那原本像树枝折断一般正常。
我爱它如爱骨头。
它耐心地教它的儿子,
我耐心地教它。
多希望它像我,
耳朵,鼻子和四肢贴紧大地,
力量源源不绝。

给我机会,
我能放牧一群叫人的兽。
我懒得养它们。

# 6. 木为师

妻子故乡村子里,火神庙背后榆树上的榆钱。榆是耐旱的植物,枝有韧性,但木质易变形。北村乡村,最硬的木质大概是枣木。

"冬,终也,万物归藏。即日立冬。秦岁首,雉入大水为蜃。"

在微信上写下这句话,我试图进入此文的写作。每个热爱植物的人,对天气、对节气总是关注而敏感的。无意间在冬至日试图开始写作,或许有某种象征意义。当植物抛弃繁叶陆续进入休眠、在越来越寒冷的大地里根须缓慢生长,纸上的劳作也开始了。这是另一种在黑暗中的延深。

事实上有数年时光,我放弃写作。并非力竭,那是一种在狂奔中的陡然停止。我看着同人们像参加田径比赛一样,沿着设定的路线狂奔。我想,你们跑吧,转圈吧,我对这游戏规则腻歪了。

我转身离去。

起初是对写作的意义、写作的价值怀疑。我怀疑我所在的时代,能否出现真正的、我心目中的好作品,更怀疑我自己能否写出。因作品而渴望得到某个奖、得到某个职位,我曾因虚荣追逐过,但终于厌倦。我甚至憎恶自己作品。继而,我对自己的生活和生存状态怀疑。我变得极端,不愿依靠写作生存。而事实上,发表作品对我改变自己生存也无多大帮助。很长时间里,我连现成的文稿都懒得自 E-mail 发出去。当我家乡的邻居,一个乡村电工在外地某铁厂打工,因厂方欠工钱打电话请我帮忙讨薪时,我不禁吃一惊。他13个月的工资是15万元左右。而至今,我身边的同行们工资不过每月三五千元。在这个时代,个人智力、劳力的付出与价格的严重不符,令人哑然失笑。

这个时候,我对世界是多么失望。此外还有情感的因素在里面。没有人能够拯救我,我需要自我拯救。

在我所处的时代,不同年龄的人无论男女,都会不同程度地陷入迷茫、焦灼和强烈的不安。他们对生命的无意义感,与我在写作中所遇何其相似。

我沉沦于严重的抑郁之中。因深度失眠,我去医院看医生并买了一些药物,但从未吃过。出于傲慢或别的,我没有对人提过此事。此前这世间大概唯有一人,知我这段时间如此,却早已与我无关。

有一次,连续五个昼夜不能入眠。最后一个夜晚,在床上闭眼躺到凌晨5点多钟。我起身,推开窗户。这是盛夏,天光已惨白。我有一跃而下的强烈欲望。探身下视,这是20层,楼下寂无一人,汽车像一只只小的甲虫。我把手中的烟灰缸朝一块空地抛下。一个微弱的、沉闷的、短促的、耳朵勉强能捕捉到的声响。我想,如果我的肉身是那烟灰缸,也无非是那般,微弱而且毫无意义。

这一刻,我突然开心起来。我想,从那时起,我开始有了自我拯救之道。

在无数个昼夜我陷入思念,找寻内心真心热爱的事物。这时候我发现,我在时间中所经历的几十年,远不及童年生活那般丰富、鲜活、栩栩如生。欢欣曾那般透亮,悲伤曾那般清澈和玲珑。童年就像神话中的息壤,是最原初的小块土地,在时间之洪水中不被湮没,相反,它生发一切,无限壮大。人生所有的光,在这里都能找到源头;人生再远的路,都从这里出发。童年,也就是伊甸园,这正是上帝之园的象征意义之一,而我更愿意称之为息壤。

我一点一点回忆从前的时光,记下来,以致能望到光的尽头,到自己极为幼小、勉强和模糊能记得的事物,又或者那只是事物的幻影。

然后,我看到植物和花朵。

很多年来,我在时间中茫然无助、身不由己,我竟然忘记了儿时就最为喜爱的事物。现在我找到它了。我想,若非自己突然停下,思考,那么有可能,我一生会就此与生命中最深的悸动错过。

我其实想说,对植物的关注,多少改变了我对生命、对生活、对写作的理解。文友们多有程度或轻或重的抑郁症患者。这时候我又是多么想说:亲近大地,亲近自然,是极为有效的治疗。最简单的办法:养花。但是我终于没有说出,因为羞怯和强烈的不自信。我也怀疑,即便我说了,他们是否能够相信并且认真去做。像今年,当诗人卧夫采取惨烈的方式自杀,当最近诗人陈超自高楼跃下,我即便想对他们悄悄说:去亲近自然,却已不能够了。

但还有更多的人,现在说也许仍然不迟。大地不可测知的生命力会延伸到人的身上;冷漠而又生机勃然的自然精神,会对人的精神有神奇疗效。经常的时候,我恍然觉得,就像灵魂附体一般,动植物野性的生命力、大地生生不息的生殖力也时而会蹿到人的身上。在一则短文里我曾这样写道:

"我其实有意无意地,在实践一种半乡村文明的生活方式。我日渐迷恋泥土的芳香、腥味,阳光的气息、夜色里月光的气息,沉迷而不能自拔。我认为这些是生命的最重要意义,怎么可以放弃呢?我会想尽办法,将这些事物存留在生命的每一处。

"住楼房那些小格子,把自己高高挂起来像鸟一样但又不能飞,我觉得是糟糕的事。中国人几千年来,只有在我的时代才普遍变成这样。几千年来,人们的居所都是有院子能够脚踩实地的,院子已沉淀入我们血液中,成为像基因一般强大和会遗传的事物。我们需要接近泥土。很多人可以感知到泥土的召唤,随时心生对泥土的渴望,这难道与遗传基因没关系吗?"

"你可以从花的身上学到真正的专注。"是查尔斯·科瓦奇在说。我于是开始。讲不惜代价有些矫情,但的确,我陷入某种痴狂。后来得知,我的所谓痴狂在众花友里面,几乎可以算是不值一提。花友们有因种花辞职的,有在学校上学,却在宿舍楼顶种花的,有卖掉城市住宅在郊区购置院落的,如此等等。

"玫瑰是同样喜爱着大地与太阳的植物,因此在玫瑰身上太阳与大地的力量最为和谐。因为太阳与大地在玫瑰中取得了平衡,所以玫瑰是所有植物中最完美的。"这仍是查尔斯·科瓦奇在说。在西方,玫瑰、月季、蔷薇是同一词。玫瑰是一种太值得让人癫狂的植物。玫瑰,它已是人类美好事物、美好情感的代名词。它深远影响了人类的审美,以及人类的词汇。反观西方诗人乃至中国当代诗人的诗作,你能看到哪一个诗人,在作品里毕生没有采取过玫瑰这一意象吗？至少，我没有看到过这样的诗人。

我沉溺于玫瑰种植这样的爱好中，时间变得短暂。昼夜黑白间隔，只如一闪。当2014年因操办纯文学公众号"小众"重新审视文学，已是三年过去。在对植物的热爱和培育过程中，我获取一种新的世界观，坦然，自然，真实，真诚。这也成为我的一种新的写作态度。对植物的热爱也成为一种哲学。它让我对人、对事、对整个人生、对我所从事的文学，有了一种前所未有的视角。或者也可以说，我从植物开始、向植物和大地学习，努力对自己的生命和写作进行自我治疗和拯救。

我所在的时代，人们的审美何等粗糙，真正的美已不是必需品。但终究，每个人心中都有过一座花园；每个人都做过一个花园之梦。很多人认为，那是一个太过奢侈的梦。很多人认为园艺之道，是退休以后的事。这是何等巨大的错误。借口事多，任美好事物自身边溜走，甚或不以为是多美好的事物，这又是怎样的浪费生命啊。

人们在对物质的追逐中疲于奔命，托词为了生存，无暇顾及真正的美。而其实，如果你突然停止追逐，肯定不会死。相反，你有可能享受到生命中更多的事物，尤其是那些与钱财无关的美。你完全有可能因此过得更好，生活更充实，生命更丰盈。

## 7. 行道树

稷山姚村的古枣树。稷山为枣乡。姚村唐代的枣树多得惊人。此间成片成片数百亩数百亩全是枣林,任一棵树都至少经历了数百年风雨。

去岁种的藤本伊芙伯爵,今天开花了。伊芙系列是目前据说最香的玫瑰。看花朵觉姿色一般,但凑近去嗅,觉香气锐利劈斩而来,如一道强光。

夜深,周围静,忽然有感,想谈谈植物。

我对女儿说:懂一点植物是幸福的事。每到一处,你自然会留意观察,时时得到小小的惊喜和快乐。如此,便不必像一些人一样傻乎乎地叫唤,哎呀,花开了;哎呀,大树好大好茂密,如此等等,净说些抽象的名词。而你的幸福感会大大提升。这还暂且不说与自然接近、与自然交融时所获取的那种神秘力量和感动。

我微信发出一个花的图。它美极。一个朋友留言:为什么我看到它的美,有想流泪的冲动?

我犹忆少年时,夏日正午野外,白杨在风中发出阵阵萧萧的鸣声。我记得我的感动,正是一种莫名的、想流泪的感动。

"白杨悲萧萧。"白杨在汉时是坟墓旁所植的树种,故而汉诗每提到白杨,悲意便扑面而来。而不知何时起,白杨在广袤的北地成为乡村行道树。至于山西右玉,更以小老杨著称。在那里白杨成为绿化树,但限于苦寒、地贫,原本生长迅速的白杨几十年也长不高,变成小老头模样。

耶稣被钉死在十字架上,那架便是白杨,因此,基督徒说白杨有罪,故其树叶无风也抖。

秦皇修天下驰道,以松为行道树,"道广五十步,三丈而树"(《汉书·贾山传》)。汉时的行道树则多是槐树,唐宋亦然。现在的行道树乱了,但在北方仍有相对的传统,比如柏树,是不太会种在街上的。一来长得太慢,二来不合礼法。柏树一般是在庙、寺所植。

我在昆明大街一侧见到一棵巨大的柏树时,不免大为吃惊。它旁边多是别的我不认得的树种。目测这柏应该有些年纪,至少也会上百岁罢。它绝不会是今人种的。我想有可能滇地与中原古时的文化不同,行道树的讲究,古代滇人是不大理睬的。更何况滇地植物随便能长,柏树也会比北地长得快许多呢。

柏树在古希腊是坟头所植的树。库帕里索斯,阿波罗宠爱的美少年。库帕里索斯最喜爱之物——一只鹿,不幸为他自己误伤而死。他痛不欲生,阿波罗于是将他化为一株柏树。希腊中,库帕里索斯即为柏树之意。柏树从此永远在古希腊的坟墓上萧萧哀鸣。

# 8.秋气至

　　一只秋蝶。可怜它活不太久了。一阵风起,它美丽的飞行便会滞重起来;再一阵风,它轻微的尸骸便不知飘到何处去了。

　　麻雀无忧无虑,北方鸟品种少,女儿说北方鸟几乎就是指麻雀。某年用弩射一群雀,一弩激发,去寻,好几只没头的麻雀。太密了。喂猫,猫迫不及待,它连毛带身体咬得咯吱细响。猫比我残忍得多。

　　近年不杀生。

　　山间鸟明显丰富起来,多不能认得。有一种蓝莹莹的鸟儿,曳长尾,少时起从未见过。

　　鸡是二八月落窝,即孵雏。秋天的称秋鸡娃,不易活。没见过麻雀阴历八月孵雏,它们在人类檐下却不低头,还每天聒噪我行我素,从来不远虑也不缺吃的。又自由,暴躁,捉住很难养活。我几乎佩服它们了。

　　秋气至,有黄叶了。它们像是被强烈的日光烧灼了边缘,其实并非如此。

　　北天凉远。昼鸣知了、夜鸣促织之时,秋已切近。促织,我故乡唤作促唧唧。名字便是更直观的象声词,急促的唧唧声。

　　尘间行走这么多年,我还从未见到比这个叫法更让我觉得亲切的。晋南多存上古音。有时我想,《诗经》中的四言短句,用那种倔强的、像一块块石头一般硬不连贯不交融的晋南方言来念，可能更有意味。小时读蒲松龄《促织》，总遗憾他写成促织而非促唧唧。有时几乎疑心，他是否写错了。明明是促唧唧嘛。我也曾捉了那秋虫，在灯下仔细察看。它在我手里并不能变化。它为何就能那般厉害？

细腻，勾画了了，深情，跃然于眼前。自清以降至今，状物之能，鲜有胜过蒲公者。《红楼梦》和《金瓶梅》则是两个我不喜欢的伟大作品，于我，读《金》如见蛆；读《红》嫌腻歪，它太像一个人无限拉长的青春期。

并非所有好作品都适合自己。我还是爱蒲公，他作品符合我心目中好作品的异质化。至今日，我未见有汉语作家能超越他。蒲公对万物深情，因情深有时绝望，有时迸发出于现实的恨，恨和情一样强烈。那些艳鬼花妖生动到触手可及，我仿佛能望到她们低头时下垂的某一缕秀发，嗅见她们各不相同的体香。

于我，蒲公的文字也是故乡的况味，秋天的况味，那亲切，神秘，深邃，辽远。包括唧唧断续鸣叫的秋虫声。今夜我如此强烈地，想念故乡的气息，正午空无一人的乡间行道白杨的萧萧声，寂寞而久长。夜间空中迷人的气息升腾，可以分辨出植物的各种香气，苦香苦香。露珠的香气，可能还有月光皎洁的香气——无月光的流泻，植物未必能那般令人沉醉。

## 9.十二树

2016年秋天的葡萄。这一年结得太多了,施肥没有跟上,果实不如去年好吃。另一颗叫金手指,枝条被老虎咬断数次,这一年未能结果,待来年吧。葡萄在太原种植,过冬需要保护。一般是将枝条剪后埋入地下。我园子太小,种葡萄的地方地面是防腐木地板,无处可埋。于是用园艺布包扎越冬。这一年太忙,也因它们长得太疯,又想它们也壮,故而未保护。我认为在一定范围内,植物需要而且也会慢慢适应气候的。

何等尊贵

青叶嫩叶

在阳光下

——松尾芭蕉

## 安 石 榴

石榴,是我搞到的十二棵树中的第一棵,在老家,我家老爷子喊我一起去挖。离家数十年,我很少有机会和老爷子一同做事,哪怕是极小的琐事。老爷子一向性格火暴,而我心酸地发现,他近年越来越慈祥了。这让我觉得陌生,在记忆中,老爷子永远是我忽而大笑忽而暴怒的爹。

十二棵树,原本想好了,要请一大拨朋友前来助阵一同栽植,我甚至想好了要叫哪些朋友来。大家自由组合,每一对男女同植一棵,再准备一堆小牌牌写上人名,栽好树后,将牌子挂上去。牌子上写:

某年某月某日,某与某同植

我友多善著文。因此参与者每人,要写一小文以作纪念,将文章编集起来,找一报纸或杂志做一个小辑。我连摄影的朋友都约好了……

但事与愿违。树分两次到家,两次都已入夜,而为了树成活,须马上种,根本来不及通知朋友们。唯有和我一起从老家赶回来的好友红五,哼哧哼哧和我刨那些树洞。

我亲手种下的第一棵树,便是这石榴。次日看那石榴,阳光甚好,照着灌木状石榴丛,树上密集灰白色的小刺,像极了我家老爷子满脸的胡楂。

这一次回老家,老爷子终于答应,秋后和我母亲一同来住了。到时候,这石榴能否结出果子给老爷子尝尝?这个念头,让我此后每日充满期待。

石榴原来姓安,叫安石榴。原产西亚,伊拉克出土的4000年前的皇冠上,有精美的石榴图案。

西元2世纪时,它如火如怒的花朵,烧灼着汉人张骞的眸子。张骞最终将石榴种子带回长安;西元21世纪,长安叫作西安,而石榴正是西安的市花。在外域,西班牙更以石榴作为国花。

石榴和一个以丑著名的人有关：捉鬼的钟馗，乃是石榴花神。钟馗耳边，总插一朵火红的石榴花。钟馗是长安终南山人氏。我曾构架过一个理想中像豹子一样紧凑又充满力量的不分行长篇诗作，世人可能将它认作散文或小说，它以钟馗嫁妹为题，通篇将涌动人鬼相隔的悲怆。但是十年过去，我仍未最后完成这个作品。十年……

石榴又象征着成熟的妇人之美。梁武帝吟诵：

芙蓉为带石榴裙。

石榴裙，即红裙，因古人自石榴花中提取染料将布帛染作红色，故以石榴裙代指红裙。面首众多的女皇帝武曌，也曾有过真挚热烈的感情，她在一首表达忠贞和思念的诗中，写到过石榴裙。

石榴每年开花三次。农历的五月又称榴月，因石榴花在农历五月最艳。明人插花，以石榴为花盟主之一，以栀子、蜀葵、石竹、紫薇为其婢妾。但自然界的石榴花雌雄同株，雌花大于雄花，不像杏、梨、樱桃之属树有雌雄之分，庭院植树须两株以上方能挂果。

韩愈诗中说：

五月榴花照眼明。

石榴花泡水喝，果然可以使人明目。

石榴果成熟于九月至十月，果富含维生素C，高于苹果、梨一两倍。

吃石榴可治拉肚子和扁桃体发炎。美国人的研究还认为，吃石榴可以治疗前列腺癌，还可以降低胎儿大脑发育受损概率。但石榴不可与西红柿、螃蟹、西瓜、土豆同食。石榴叶炒制，可代茶饮；石榴果皮可治疗皮肤病和流感。

## 又小又美丽的山楂的乳房

笔者最喜欢的乐府之一《西洲曲》中吟唱：

> 日暮伯劳飞，
> 风吹乌桕树。

伯劳这种鸟儿，也是笔者喜爱却莫名所以的一种鸟儿，即便见了也未必认得。它在德文中有一个可怕的名字：九杀。

伯劳得此名恰与山楂树有关：一种红背伯劳鸟，总是将捕获的昆虫插在山楂树的刺上储藏。

山楂是笔者儿时能常吃到的唯一果实。尤其冬天，唯有山楂果可稍微满足肚中馋虫。笔者还因为糖葫芦挨过家人饱揍，至今记忆犹新。那年我六岁，和几个嘎小子折腾卖糖葫芦的老妇，回家后被母亲和奶奶合起来按在地上打，胳膊断了……

啊！山楂！火红的山楂！

搜检古诗，绝少见到吟唱山楂的诗句，这也可能仅仅因为我没读到过。在西方，古代欧洲人认为山楂花可以阻挡魔鬼侵入，可以抵挡巫术侵害，因此山楂往往被种在院落边上。我记得弗雷泽在《金枝》一书中提到过山楂，具体哪章哪节，却已忘记，也懒得去查了。

叶赛宁的诗歌写到过山楂，那首诗名叫《山楂红了……》，诗名的省略号我一直不解，未知原俄文诗如此，还是译者加上去的，总觉多余。

笔者心仪和尊重的诗人海子，写过关于山楂的诗，那是一首炽热的情诗。20世纪90年代初的一个冬季，我在某地下乡，常卷

了书本,坐在炉火边,念诵那些山楂树一样美丽的诗句:

今夜我不会遇见你
今夜我遇见了世上的一切
但不会遇见你。

一棵夏季最后
火红的山楂树
像一辆高大女神的自行车
像一女孩　畏惧群山
呆呆站在门口
她不会向我
跑来!

我走过黄昏
风吹向远处的平原
我将在暮色中抱住一棵孤独的树干
山楂树!　一闪而过　啊!　山楂

我要在你的乳房下坐到天亮。
又小又美丽的山楂的乳房
在高大女神的自行车上
在农奴的手上
在夜晚就要熄灭

深夜默诵,觉海子这首诗,在多年以前,就已经包容了我现在种在院里的两棵山楂树。为山楂树培土时,我埋入了多少物事?

那些久远的记忆,以及已被时间吞噬、再不能忆及的情感,在黑暗中是如何缠绕山楂树的根须,并随之向莫名的方向延展?

## 梨　花　满

梨花一枝春带雨。这是女性化的梨花极致之美,同时又是男性作家玩味的女子柔弱、幽怨、啼泣之美。

但梨花也可以是刚性的。一树雪白繁花,奢侈、热烈、满不在乎,更有肆意挥霍青春的雄野气度。李长吉歌:

> 丰蒙梨花满,
> 春昏弄长啸。

幼年常在姑家戏耍。姑家院中植一梨树,树下拴一大黄狗。梨子初结,是绝不许摘的,我记得我偷望过多次,每次去姑家,都瞅一瞅树上的梨子是否长大一点。大我一点的表哥懂事多,他悄悄告诉我,尽量不要看,自然也就不想了。

在我快忘记的时候,秋天的一个雨夜,姑父突然说,想吃梨吗?你俩去摘。

我清晰记得当时的兴奋。姑父拿马灯晃着我们,我们上树去摘。梨在湿漉漉黑黝黝的枝间错置、晃动,湿叶擦过脖颈,雨水滴入衣后领,冰凉冰凉。树并不大,我和表哥都是爬树高手,但这株小梨树我们爬了好几次,每人都至少滑跌过一次。

一共只摘了两颗。小小的梨子,握在我们被湿树枝弄得黑乎乎的小手中,在灯下发着诱人的光泽。我甚至能感觉到自己的心跳。梨子的味道,已经全忘了。但多年以后,我仍然不时沉浸在那个摘梨子的过程中。

一棵梨树，下面拴一大狗。那时候我并不知道，这样一个场景，会成为我小小的，却是重要的生活理想之一。

人何其卑微。这个所谓的理想，我用三十年才达到。我终于种了两株梨树，狗窝留在斜斜相对着两树的角落。而姑父，已经过世二十年了。

树粗于胳膊，高过楼房一层，据说是最新品种。帮我搞来如此好树的阿柯及其老公，不能理解我的开心。我只是连声说，好，好，好树。阿柯说梨分雌雄，难以辨识，必须有雌雄两株授粉方可结果。我答无妨，它们只要开花就好，不，只要它们先肯成活就很好啊。

帮忙拉树的司机师傅阿武，临走时车刚起步又停下，从车窗伸出脑袋来，喊，树开花了，记着发个短信给我啊。

吾儿温暖最喜欢梨花。昨日上午，一起去为树们培土、浇水，见梨枝上已有骨朵绽现，未知是花还是叶。

## 稠李树

李谐音礼，在中国古代，李树与礼义道德有关，是所谓"李下不正冠"。司马迁又说：

桃李不言，下自成蹊。

无独有偶，俄罗斯民歌《稠李树在窗外摇晃》中，少女歌唱着自己摇荡的芳心，由欢快而转为对礼的顾虑，最后以悲伤结束：

为什么你让我痛心悲伤？
如今你向谁投去目光？
我不抱怨竟会被你抛弃，
只怨人们喋喋不休地讲。

稠李树就在我窗外摇晃，
风儿把树叶吹散在地上，
河对岸的歌声再也听不到，
连那夜莺再也不歌唱。

古汉语中，与俄罗斯民歌相对应的歌谣，是《诗经》中的《将仲子》：

将仲子兮，无逾我园，无折我树檀。
岂敢爱之？畏人之多言。
仲可怀也，人之多言，亦可畏也。

李树，汉语中的李又是大姓。唐时，突厥和西域一带称李唐王室为"桃花子"，有学者指出，突厥语中的桃花子其实应该是拓跋氏，因"拓跋氏"三字正好是"桃花子"的谐音，意指李唐王室有鲜卑族血统，拓跋是鲜卑贵族的大姓。

汉语是奇妙的。李唐起兵之前，隋天下流传"十八子，得天下"的谶言。十八子，正是由"李"字拆字而来。明末，李闯兵盛，"十八子，主神器"的谶言又遍布天下。未知猜忌阴鸷的明帝崇祯，在深宫中是否恼羞成怒，令人斫尽北京城中的李树泄愤？

有李姓朋友相告，说院落里种李树不好，他曾砍掉自家院中的一株李树。我问是何地风俗讲究，他答是周易中所言。我谢他好意，但不大信这些，只恪守老家的风俗：

门前不种桑，
屋后不种柳，
院外不种鬼拍手。

## 种花去

我的李树,是连根土移植而来。我没有将它栽在窗前,而是栽在大门内边上。我喜欢它苍劲有如梅花的裸枝,那枝上密麻麻布满了芽头。门旁铁栅栏下泥土瘠薄,我特意将树洞挖得很深,最后一次跳入树洞捡拾瓦块碎石时,树洞竟抵到我大腿一半了。

入肥,那肥是我在老家忍着恶臭钻鸡窝挖出,又不辞劳苦带回太原的鸡粪——肥足够了的时候忍不住又填一锹。入土,用力又小心地搬树放入,填土,夯实,浇水。汗浸透后背。站着吸一支烟。该离去了,我提电马灯,凑近了仔细看那些美丽的枝条,那一刻,深恨自己不能作画,而且这一世,终是不能画了。

李子是我最爱吃的水果之一,当然也明白,李子不能多吃。至于入水不沉的李子,是不能吃的。曹丕写给吴质的信中说:

> 浮甘瓜于清泉,
> 沉朱李于寒水。

我尤喜李子薄皮内耐嚼的果肉。写到这里,不觉口齿生津。成年后食李,似未觉香过。要么软李,咬开一泡水,不及吃完便想扔掉;要么硬李,无甚味道,只觉出酸。

我亲手所植这李,会不会因我辛苦,表现好些?昨日去看时,李枝骨朵已微绽,竟是紫红色。有远方朋友告诉我,她那里学校的李子树已绽放了。我问,我家那李,骨朵是花呢还是叶?她肯定地说,是花。

那么我家那李,肯定已安居,而且要开花了。写到这里,已是深夜三时。我竟忍不住,想去看一看李树是否开花了呢。

## 杏 花 寒

燕子不归春事晚,
一汀烟雨杏花寒。

那时还不解杏花春雨的凄迷之美,唯有偷杏的快乐。春日里去田野拔草或找野菜,总能遇见杏或桃小小的嫩苗,杏苗薄而圆润的叶片在草丛中显得突兀,很易辨认。蹲下俯身再看,果然是杏苗,像棵草一般,微弱地在人呼出的气息中招摇。

拿镰刀剜杏苗周围的土。镰刀并不趁手,剜着剜着不耐了,抛开来直接用手挖。又不敢挖得太近,恐伤了苗子。土块挖得太大了仍然不行,一掰土块或一拔杏苗,断了。接下来,是一整天的寻找和一整天的沮丧,直到次日或下一日又找到杏苗。

我想到最早的伤心,在野外挖到一棵小杏树,
高高捧着,走快怕捏碎土团,走慢怕手温烫苗。
我看不到路,跌一跤,树断了。
我坐地上,汗和泪在脸上和成泥。
你也曾如此忐忑吗?

——作品非诗091

……不记得有多少次,小心翼翼地移杏苗栽到院子。它们都未成活。不记得多少次剜杏苗时,镰刀一歪,割破手指,血涌出来。赶紧将伤口放在嘴边去吮,或直接抓一把细土按在伤口上。有一回,捧回的杏苗沾满了血,我上午栽上它,下午便见它枯了。母亲说,它是被血给烫死了。

种花去

后来终于种活了一棵杏树。在田野里找到它,轻车熟路地挖,一直挖到下面的白根,根部的杏核坚硬的外壳已爆开,杏仁爆开,从两瓣中伸展出细发般的根须。它是完整的,没有缺失或断裂。这一回我吸取教训,轻轻将杏核周围的土捏起,把杏根抱在里面,双手抱住根将杏苗捧起来。我甚至腾不出手来提草篮子,也不敢狂奔回家,生怕折断了柔嫩的杏苗。

那心情何其纠结,一边急着想种下它,一边不能快走,一边担心丢在那里的篮子丢失……

我把它种在厕所旁的院墙边上。秋天的时候,它长过我的膝盖,金黄的叶片在袅袅秋风中快乐地翻飞。

我一颗杏果也没吃到。次年,我家宅子卖了。一家人搬到另一个村庄。

几年后偶回老家路过老宅,不经意抬头,我吃惊地望见了我的杏树。是的,的确是它。它已经很高大了,从院里探到墙外看我,枝条上挂满了杏子。

我百感交集。

我喜爱的李商隐写杏树:

亭亭如欲言

我的杏树,那一刻,你想对我说什么呢?

现在种的两棵杏树,未知什么品种,花是白是红。好友胖子从老家弄它们来,我深为惋惜,未带土团,根和枝都被绞掉不少。胖子说是从果园搞到的,去年已经挂果。但看上去树并不大,我疑心属矮化品种,而我是渴望树长大一些的。

阿柯老公说,拔了吧,重栽一棵好的。我没吭气,心中坚拒。

好歹是两条命。两棵小杏树,你们好好长吧。

## 红了樱桃

这是宋词中对时光易逝的喟叹。樱桃,写下又一种植物,我已唤醒太多的童年记忆。梳理这些记忆,我慢慢接近了自己对植物热爱的源头。

樱桃于我,只是食欲问题。童年时衔恨同村的二姑家,她院中有一棵樱桃树,我却未曾尝过一粒。这些不提,有一次去她家,我表姐正坐在树下,把樱桃果挤碎用果汁染指甲。我用力扭开头去,不去看她被血红的果汁溅沾的脸。

事隔多年,我才明白,我一直不喜欢表姐、莫名其妙地讨厌她的缘由,原来是在这里。

我或许真的是一个很馋的人。2009年在川,正值樱桃上市,而我因进食不慎,拉肚子拉得死去活来。医生板着脸严肃地说,你不要不当心,像你这样严重地闹肚子,弄不好会死人的。

我对一切无食欲。一日不进食也无问题,唯思樱桃。医生"勿进生食"的告诫,我不管了,尽饱了一斤一斤地吃那樱桃。

将要离川时,痢疾竟然奇迹般地好了。不知是那个原名"谢霆锋"后又改名的药起了作用,还是樱桃。

所植两株樱桃,斜了角在两株梨树之间,其中一棵正在窗前。之所以不把它们栽在铁栅栏旁,是担心风大,吹了它们。

樱桃个头不高,据阿柯说,这品种樱桃若卖,至少需500大洋一株。树枝干苍劲,看上去竟像有了年纪呢。模糊记得阿柯似曾说过,这樱桃是挂过果的。改日再问问她罢。

阿柯还说,梨和樱桃,栽后需要剪枝才能长好。多次我站在树边打量,舍不得下手,亦不知如何下手,从哪里下手。

今年能吃到这两棵树上的樱桃吗?

还是不要指望的好。若是奇迹发生,我要拜花神、树神的。

## 丁 香 结

北地春天促急,大风刮过便是夏天。春短暂得像眼睛的一个忽眨,于我,春天留下的,只有雨夜猛烈涌动的丁香花香气。漫行微雨中,微弱路灯光下的雪白或紫,便是丁香了。暖的地气升腾,雨薄凉自天际飘落,空气一阵凉一阵热,花香便乘着这凉热的交替,一阵阵扑上来再扑上来。

关于丁香,有更遥远的记忆……认识丁香要晚,在22年前初上大学的时候了。春日深夜和舍友去学校花园闲聊,二人撒尿,却正好淋在钻在丁香树下的一对恋人头上。不知他们当时正在做什么,总之不敢出声,直到我们发觉有人提裤逃开,在很远处憋不住地大笑,才听到男子隐约的叫骂声。

原本要在窗下种丁香,但丁香树回来晚,树坑已被他树所占。无奈之下,又想把它种在栅栏外,终于舍不得。它于是站在李子树旁边了。

树来自太原市晋源区,去清徐看豹猫的归途中顺路带回它。树不大,我看着工人从地里挖出,像石榴树一般呈灌木丛状。留的树根大得骇人,带土,提一下,有七八十斤重呢,至少五十斤以上。又特意带了一大袋园土。那土真好,几乎完全呈黑色。

这树叫四季丁香,每年花开两度,分别在四五月和七八月。花朵应是紫色,我看它已结有很多紫色花蕾了。

古诗中的丁香多与愁有关,所谓"芭蕉不展丁香结,同向春风各自愁",又或"丁香空结雨中愁",读来让人不耐,不再细说。戴望舒著有《雨巷》言及丁香,但20世纪上半叶的白话诗人诗作,舍郭沫若《女神》外,我都是很不佩服的。

法语中"丁香花开",意指气候最好的时候。

## 樱花七日

得樱花纯属偶然。挖石榴时瞥见它,犹豫着不要,却还是顺手挖了回来,同样带土团。

不喜樱花,大概是民族情绪作怪。但眼下日本地震,多少修正了我对日本的看法。无论日本的民族性有多少邪恶成分,日本人历史上又如何禽兽,但仅观日本人在大地震中的表现,却又令笔者肃然起敬,他们的确值得国人认真学习。

日本人对美的感知,是敏锐的,对美的享受意识,也是迫切的。这一株樱花在庭院的培植,多多少少提醒我记取日本文学中的审美。

日本在奈良时代(710—794年),说到花,就是指梅花;到了平安时代(794—1192年),樱花才成了主角。在日本,赏樱花叫"花见"。樱花开放到凋零,只有七日时间。全日本樱花的花期也仅为二十日左右。樱花花期如此短暂,日语中的樱桃,更给人留下恣意寻欢的意味。日本歌曲《樱花》唱:

> 樱花啊!樱花啊!
> 暮春时节天将晓,
> 霞光照眼花英笑,
> 万里长空白云起,
> 美丽芬芳任风飘。
> 去看花!去看花!
> 看花要趁早。
>
> 樱花啊,樱花啊,

>　阳春三月晴空下，
>　一望无际是樱花。
>　如霞似云花烂漫，
>　芳香飘荡美如画。
>　快来呀，快来呀，
>　一同去赏花。

歌中分外有一种急切，一种时不我待的伤感。

谈樱花不能不提日本俳句。小林一茶《上野的樱花》吟诵：

>　在樱花下，
>　人还会陌生嘛！

简单的句子，有中国《论语》的味道在其中。

松尾芭蕉吟唱：

>　树下肉丝、菜汤上，
>　飘落樱花瓣。

这就又有参禅般的意思了。忽然莫名地忆起芜村的俳句：

>　春将归去，
>　与汝同车，
>　低声细语。

深夜读来，有着难以描述的缱绻，以及李贺"油壁车"式的悲意。哦，春还未至，已在担心春去。不太好，不再说了。

# 10. 参花禅

### 二月,为春天作准备

园子还秃着,但要为春天作准备。接连做了两天园丁,装上网购的栅栏小门,好看。

施农家肥,浇水,一一解开为花木防冻所包的园艺布。保护不尽如人意,一些藤条还是挂掉了,还好总有没挂的。今下午又沿新修的环城路一周,买到好的木油。

幸亏有朋友帮忙,然而还是累极了。累,有时也可以是幸福的事。搞一大口杯玫瑰汾犒劳一下自己。夜风已温和起来,院里坐得住人了。月高高地照着。月光有些糊,不像昨晚,记忆深处某个眼神般清亮且有寒意。月色里,什么东西跳了一下,是一只白猫。它又来偷狗狗玄六同学的肉吃。

等待网购的无烟电烧烤炉回来。花开时节,三两知己可以小酌。喝喝茶,吹吹小牛,骂骂娘,忆忆流年乐事。只是不要酒高,再把音箱砸了。

人间悠闲之乐,如此而已。院里的李树已爆绿。下月,室内花可以搬出了。

## 深夜绕城归

做事。深夜绕城归。从新修的环城路望去,城罩在黑魆魆的霾中,月色朦胧,高月和月光都隔在了城外,月也高于我。我觉出心的沧桑,我已惯于浸在月光中,而不是昂首望月,或临高揽月。

这城我已待了二十余年,然而并觉不出对它有多少感情。只是习惯而已。我已在此处生根发芽。它不是我的家乡。

我的家乡,在距离此地360公里之外,一座叫翼的小城。高速上像烈马一样狂飙时速160公里以上,仍需两个多小时。对翼,我已经很陌生了。它能算我的家乡吗?在异地漂泊时,在潮湿的不安的梦中,我怎么从来记不起它?我祖籍在河南滑县。我从来没有回去过。哪里才算是我的故乡呢?我不知道。

年少时,我把心仪的女人当作故乡。但不是。后来,孩子成为我的故乡。我至今记得,在生命中艰难的时刻,是对孩子的爱和责任感,不顾一切地将我拽出可怕的泥沼。但孩子们会长大。离开。

文字是故乡吗?在文字里,我只是一个流浪汉。

我渐渐厌倦了对故乡的追寻。在这样的深夜,它已让我如此的感伤。或许,我真的是一个飘忽不定的流浪汉,暂时寄身在花木、犬和文字之间。这样甚好。

## 三月底,东山种豆

三月,花出室一半。地里的花冒出细小的叶片。

李树结了密麻麻的花蕾,就要开了。

收拾院子,好累。一天很快就过去了。

今天种了四种:大控根器种了两大盆扁豆角,是母亲拿来的种子,老家村里乡亲都种的是妈妈的扁豆角。超能结,妈妈去年种三棵,最多时一天就摘50斤。蔓子拉得盘根错节,把院子遮得阴暗。

种了山豆角,又一种能拉蔓子的豆类。结紫色豆角,非常肉,进锅一炒,变成鲜绿的颜色,很神奇,口感也好得很。

种了一棵苦瓜。

大控根器又种了一大盆丝瓜,仍然是母亲拿来的种子。也是肉特别厚的丝瓜。这些都种在门口狗舍前。一来实在没地方了,二来,指望瓜蔓能给玄六遮阴。它那种狗不怕冷,但夏天很难过。若夏天门外暴晒,那肯定是不行的。

突然想起唐晋说要弄紫藤。他何不种棵扁豆角呢?蓝紫的一串串花,成规模地开放,相当壮观,还有微甜的香气。花期也长,一批豆角摘了马上又开花。不像紫藤,种几年才开,而且花期超短,只一周。

这些植物种子,后来装成小小的塑料袋,每袋十到十五粒。最少送给朋友们十袋以上吧。几种植物都力大无穷,但种子却很难发芽。希望朋友们在夏末秋初,都能收获到惊喜。和老爷子挖树坑打算种两棵樱桃。原本有两棵,去年移死一棵。单棵不能授粉,挂不得果。不料西栅栏外水泥厚得可怕。錾子、大铁锤不行,冲击钻不行。弄来电镐,钻头全部吃进仍是水泥,只好作罢,以后另寻地方。

明天,水池可以蓄水了,喷泉小人儿可以快乐地昼夜倒水了。

附近有八十亩桃园,已去三次,桃枝还秃着。也好,让人可以继续期待。近期又该去了。想必这次,桃花会烂漫开放。

## 北方的汉子和女汉子们，大家种花吧

一早欲动笔，思绪仍在花木间犹疑，索性记下。时日忽忽，养花有年矣，仅略得小道。曾在笔者所在城市发起一个养花QQ群，应者寥寥，大家所养不过是一些绿植，此外多为长寿花、三角梅、君子兰、红掌等寻常花卉。长寿花、君子兰、红掌，恰恰我最不喜，觉它们透露出沉重的暮气，是老人养的花。

而养花之举，在大家看来，大抵也是暮气的表现罢。有位长者曾带惋惜地对我说：哎！你养花挺好，可惜有点早了。再上些年纪才好。

我所在的北方城市，的确，养花多是老年人所钟爱的事。年轻人养花吗？一女郎曾说，哎呀，我喜欢花，等有条件了再养，我现在养自己都累得不行。这理由显然站不住脚，就像某些人说，哎呀等我赚了钱再返回来写作，纯属自欺。

生命在于过程，美随时可以享受和创造。

所交花友多为南人，我震惊于他们的年轻，一般35岁上下，超45岁者几乎没有。养花对南人而言，似乎是像吃饭一样寻常，也同样重要的事。养花需要理由吗？和他们交往久了，身边的朋友每有人惊异地问我：你为什么喜欢养花？我也同样惊异地反问：为什么不喜欢养花呢？

当此际，我每每感喟北人的愚鲁。为何不花点时间、精力，让生活中鲜花盛开呢。在我看来，花朵比一件家具要重要得多。说极端些，人们何必住在干巴巴的楼房中，被无生命之物，以及树木及各种死亡之物的尸体所环绕？

有人会说，南人喜花，是因为气候好。我反对这种说法。虽然很多花卉适宜于温暖潮湿的南方，但北方的清爽和昼夜温差，也是很多花卉梦寐以求的所在。比如笔者最钟爱的花卉欧洲月季尤其是藤本月季,比如铁线莲。这两种花,在南方显然不适合生长,它们难耐夏天持续40℃以上高温,难耐漫长的雨季、世间万物泡在烂泥里;难耐突如其来的台风。恰恰是北方更适合它们。然而,我看到的是,北人很少种植这些花。他们理解的月季,是马路上五元一棵的那种,若诚实地告诉他们某棵进口新品月季仅一指长售几百元,甚至大几百元,我相信几乎所有略有花卉知识的北方朋友会惊愕地张开大嘴,或者以为我在胡吹。

而我所有我南方的花友,都在顽强地、持之不懈地种植这些植物。因为,他们实在太梦想月季、铁线莲灿烂地绽放那一刻了。

仍有北方朋友会提出疑问,北方的冬何其漫长……我告诉你们我南方花友们的感触吧。他们说,我太羡慕你们北方冬天有暖气了,植物仍能生长、开花……

他们甚至羡慕北方的炉渣,到处都有炉渣啊。到处都是有机肥啊,鸡牛羊马鸽子……而南方的花友们,下午下班回家就一路瞅,盯着路边的烧烤小吃。他们口水直流,不是为吃,是为了烧烤小贩们那一点点可怜的炉渣。

这里需要解释一下,炉渣是种花培土常需要的东西。

北方的汉子和女汉子们,大家种花吧。不要止于欣赏,美始于你双手,终展现在你眼前,为你所创造、所拥有。

## 四月,种花如参禅

"花开花落二十日,一城之人皆若狂。"太原白公这样说。或许是因为微信、网络和影像技术普及的缘故,在这个春天,我看到了无以计数的人对花朵的迷恋。

"种花如参禅。"这是我的理解。看一株植物长芽,展叶,显蕾,蓓蕾慢慢长大,在一个清晨或者黄昏突然间鲜花怒放,那是一件无比美妙的事。生命之美,一至于斯。在看到花开的那一刻,我相信所有人会开心起来,甚至心生对造物的感激。而如果这植株不但是自己养的,而且竟然是自己培育而成,那么,几可感觉到造物者的喜悦。

痴迷园艺之道已有数年,有时自省,觉自己怪异。现在看来,爱美之心人皆有之,吾道之不孤啊。周围朋友多玩收藏,不知何故,我却丝毫提不起兴趣。感性和有自然生命的事物显然更吸引我,使我欲罢不能。当然,有自然生命之物并不增值。但在我看来,花在风中的摇曳、兽的一声吠叫,都会融入生命之中,使生命趋于丰盈。这些美好,非钱的增值所能带来。

作为写作者,我更推崇身体力行的力量。梭罗著《瓦尔登湖》,文本不过尔尔,可贵的是文本背后,有一个沉默的人,他努力去做知行合一的事。至于陶渊明、徐霞客、庄周,等等无不如此。我则在时间中厌倦了穿行于书籍中的苍白书写,甚至渐渐远离那个阿根廷人——博尔赫斯。

具体在园艺和写作中,我不能忍受人们在文中写花,花,只是笼统和抽象概念,不叙及什么花,花的形态。我觉得这样的行文无知、愚蠢。这样的花不如不写,在纸上完全落空,何必?

朋友们,养一点花吧,热爱它,并享受它带给你的喜悦。有兴趣的话书写它,我先来。

## 五月,花开如怒

我在去年春节的拜年短信写:

"醉鞭名马,情累美人。白驹过隙,识公日久。往者不追,前路漫浩。花鲜若怒,鬓扬欲燃。短歌祝君,如马如龙。"

## 贰

……花开如怒,是我的梦想。

我所植尤其地栽,多为欧洲月季,欧洲月季中又有不少藤本。种了几年花,在今年,我奢望它们对我有一点点回报。然而今夏,是十年未遇的寒凉之夏,在五月初,满园植物的花苞密匝匝排过去,却迟迟不能开放。

好在花苞不会落空。这一天终于来了。

原本是要出一趟远门,走一月左右,但不舍得这个春夏之交。看来我是对了。众花如癫如狂,前赴后拥,开放得如此惊心动魄。它们就像是我内心最激烈的情绪。或者愤怒,或者爱恋,或者发自心底的大笑。

"人世易朽,花红易衰。种花之道,宛若参禅。"这是我在微信里发哚。我偏爱白色、绿白或绿黄的欧洲月季品种,在我看来,一树雪白的热烈,远胜红的艳。我有利奇菲尔德兄弟、城堡、教堂、耐心四种白,艾尔弗、奶油龙沙、藤绿云三种绿。

有一树姜乳酒,还有超级童话、炼金术士、藤小伊甸园等等未开,仍可期待。或许众花将败时,它们才肯开放。它们将败时,其他花又要开了。然而,夏花终不敌春花色泽之娇艳欲滴、之花量大、之香气馥郁。秋花的色泽,往往又胜春花。

女儿温暖住校,这一年高考,不放假不能回家。五月下旬的时候,每隔一天送点好吃的去学校,顺便带一束花。我不给孩子压力,只望她能有好心情。自家树上的樱桃还没有红透,也摘几颗给她解馋。亲手所植,真正环保。女儿说,管宿舍的阿姨每天要来她宿舍好几次,凑上去嗅呀嗅。那时我还不知,花给女儿带去的愉悦或许多少起了作用:在六月,她的高考成绩还算可以。高考时她妈妈带她住考试学校附近同事家,我扎了一百朵花的大花束给女儿带去。

端午去朋友家赴家宴,也带束自种的鲜花。园中挑选,剪下,削去所有尖刺。剪花要清晨,中午之花束,犹如疲惫不堪的美人。还要带一枝艾,谨此怀念朋友们共同热爱的、数千年前和我一样喜欢香草鲜花的屈子。

众花残败时仍余芳香。有厨艺高手朋友将枝头被烈日烤干的花拿去做饼。希望能与云南的嘉华玫瑰鲜花饼媲美。两棵刀豆荚开始发飙,藤蔓十头并进,还会再有不止十头。我喜欢这种力大无穷的植物。不求过多丰收,去年仅一棵结了有约二十斤豆角,今年四棵,结五十斤足矣。

## 山 居

山上有山上的快乐……邻居们都很好。去年装修家无处吃住,我肠胃又太敏感,在外面若连吃两顿饭就一定拉肚子。爱犬大头我也顾不得管,托给邻居宋哥。架不住宋哥高嫂每顿餐时执意喊我,我竟随大头一起去他家蹭饭,一蹭便是两个月。我本性疏懒,家里又忙每天十多个工种在干活,我连菜都不买……实在不好意思去吃就躲,但躲不过,高嫂直接把饭端来。再后来,高嫂连早饭也一并管了。每天早晨下楼到院里,院里桌上就赫然摆了盆碗。宋哥是天上掉下来的好朋友,此前我们不熟走路都不打招呼。宋哥和我一样有着致命的AB型血,有一样的臭爱好和臭毛病:喝浓的绿茶而且只喝龙井和白茶,抽猛烈的烟,下象棋、熬夜,因喜欢我家爱犬大头就养了和大头一样的罗威纳犬旺旺。也开始喜欢养花种菜,现在和我一样剃着光头。

臭蛋妈当时怀臭蛋,在另一邻居家住,一住半年。

去年端午,我家收到邻居们给的粽子,嗬嗬,总共有50个……吃不了这么多,后来偷偷喂了大头和旺旺……不敢让邻居们知道。大头不爱吃粽子又想攒起来,就衔着粽子们,统统埋到园里的花根下,招来很多很多支浩荡的蚂蚁大军。

在山上也惹了不少事。有个酒鬼不管爹娘,两次酒醉后深夜躺在马路上,110送回时我帮着抬回他家去。后来我发飙,路上截住他劈头盖脸骂一通。我说老哥,你爹娘指望不上你只好自己备了棺材,难道你还要早早喝死,占用你爹娘的棺材?等等诸如此类的话。这酒鬼后来真把酒戒了。至少,当时有数月我没见到110的车在深夜来小区。

有个小男孩爱狗如命,每天一下学就背着书包来我家,钻进狗舍里和大头玩。有一次就出事了。他在狗舍里抱住大头,亲狗狗亲得不行,非要把脸贴在狗脸上。大头脖子拴着链子,链子上有铁刺……大头扭头躲,头一扭,铁刺从孩子脖子划上脸……我听到哭声出去,吓呆了,孩子一脸血,我初以为是被大头咬的,对狗丢一句"等我回来收拾你"就跑回房取车钥匙发车,喊孩子他妈坐上来送孩子去医院。路上看孩子伤势,不太严重,是表皮伤。我心里难过,想大头该咋办,它咬了人我就不能留它。可是我爱它,我该怎么办啊。大头你可怎么办啊。到医院医生擦去孩子脸上血,清晰的链印显了出来。孩子妈真好,她说,不是狗咬的啊,那快算了,不用打狂犬疫苗了。我坚持还是打了放心。回来后仔细查看,狗脖子铁链的尖刺上还有血迹。又想,大头那么大的嘴,狗打架时它能咬下德牧的长嘴来。它若是张嘴咬孩子,孩子起码半张脸没了,所以压根不可能是咬,孩子脸上根本没犬牙印。再说了这狗聪明,喜欢它的人它怎会伤害。又看大头,它一定感知到当时周围的紧张气氛,知道自己闯祸了。此时它怯生生趴在地上不敢动,向上翻着眼睛看我一下又一下。我松了口气,险些错怪它,而它是无辜的。这一晚大头进房,趴在卧室地面和我睡。虽然它太吵弄得我睡不成,它打呼噜像个胖老头。次日我挨个通知小区每户人家:各家小孩以后千万不要钻狗窝,不要单独靠近大头。

又有个二年级小男孩子逃学,父母管不了……做爹的把孩子绑起来用绳子抽也不行。没办法了来找我。于是我拾掇他,让他家人通通避开,因为连讲道理带恐吓,着急了需要在他屁屁上拍两把,他家人在我会不好意思,也影响效果。去年还真管了用,孩子一年未逃学。可最近又开始了。洒家再次出马……但人家大了一年级,对付他相当吃力。

## 夏日来临

刀豆荚开紫花了。在潮湿的雨气里有微香,但远还未到盛花期。一棵丝瓜,结了18个小瓜。爱辣的人知,这东西炒辣椒贼香。

今年送给朋友们的花,大约在20到30种左右。其实我有点想念它们,不知它们过得可好,肯不肯开花。

接近中午时我在微信里发帖,贴了一棵蓝雪花的图,又说:"今午谁请我吃饭,这花就归他了……"但只是开玩笑的,我其实走不开。一些朋友来电或在微信里留言,只好一一解释。

午后冒细雨出门,忙一下午,晚九点归家。小儿臭蛋安静地在爬爬垫上玩。此时大雨如注……年轻时我喜欢极端的天气,会冲入电闪雷鸣、大雨瓢泼中浴雨狂呼……而今老矣。现在的雨也太脏。唯开了院灯、熄灭室灯,抱了臭蛋端坐楼上窗前,望窗外夜色中天地间的壮美。

我依然热爱夏天。天热可以尽情出汗,可以光了膀子,再热可以一丝不挂野人一般,然后不停地去冲凉。

四季流转,我唯在夏日乐意发飙一般写作。夏日何其宝贵……冬漫长,有寒冷的沉闷,只宜读书。

春秋一切均不宜,只适合种花和赏花。

## 11. 品花香

品名为杰基尔,春暮,斜斜向门伸展开来,仿佛迎我归家。此品种北方不甚耐寒,一季,但极香,是浓郁的老玫瑰香气。

这棵茉莉树有点疯狂,每天都绽上百朵花,花一边落一边开。它开得快没叶子了。从去年十二月直到现在,始终如此。只四月暖气停时,它稍微发了几天呆。

我真替它担心:它会不会开死呢,开到累死?

应该让它出室的。出室会长得好很多。

去年夏它在院里。每临黄昏,邻居们来小坐。夜晚的凉气和湿气升腾,茉莉香气氤氲。我觉院子被它的花香盛满,香气轻轻晃动着,时或溢溅到邻居院里去。隔了一户的邻居老周专门跑来,摘了些花朵去泡茶喝。

今年,我只是不舍它的花香,它只好一直在楼上陪我。上楼在楼梯处便嗅见香气。不到六个月的小儿臭蛋不停地吸鼻子,还向茉莉那里伸手,要拽叶子或花。

夜深,读书写字疲倦,就走近了俯身去嗅花香。浓烈而清新。昏沉的大脑立时清澄。浓烈和清新是说花香的品质,它的渗透性也无比强大。一下子便进入五脏六腑,而且渗入肌肤、渗入周身的每个毛孔去。

有的花香便拙,像有的人,笨笨的木乎乎的;有的花香扩散性一般,多数欧洲月季都如此;有的花香甜腻,如四季桂花;有的花香微苦,如樱桃的花和李子的花;有的花香霸道,比如瑞香,众香花放在一起,别的花香通通消失,唯有它的花香锐利、明亮、长驱直入。瑞香因千余年前惊破一老僧的梦境而得名,另有雅号"花贼",就是说它好像把别的花香偷走一般。还有的花,其香浊,比如相对而言,小叶栀子和大叶栀子的花香便浊。当然,栀子花也是极好的香花,其扩散性又好很多。

在对花的取舍上,我从来首取其香。香花往往不耐晒,但我不管。今年新入的花中,叫结爱的日本月季是极香的。怕长不好,我赶紧取芽另嫁接了一棵结爱月季树。现在月季树已开过一轮花了,新花又绽。其长势、开花性、复花性,远远超过小盆种植的苗木结爱。

结爱,名字缘于唐代孟郊的同名诗:

　　心心复心心,结爱务在深。
　　一度欲离别,千回结衣襟……

结爱是粉红色系的花,中大型花朵,可以开到直径十厘米左右,花瓣多,非常包。属于切花,即花柄较长,方便摘下来插入瓶中。花香是我最中意的近于老玫瑰的香气。我不大喜欢水果香的月季,茶香型还算比较能接受。江苏的花友天狼那厮说过寄我伊芙系列的，至今未收到，再收不到我就生气了。

曾经慕名种过一种叫茉莉月季的花，大失所望。其香近于我家今年开花的白木香，但又远逊于白木香。又种过一种叫喜马拉雅麝的欧洲月季，当时因其名而心驰神往，每在深夜想象其神秘、优雅而浓郁的麝香味花香。看资料，这花长势疯狂，轻易可到六米。但实际种植，并不尽如人意。喜马拉雅麝很难开花，花朵小得像蔷薇一般，也没有让我心醉神迷的香气。

还种过九里香。去年七八月开花，为闻其香，我专门端了它放进卧室。此花的香气，完全可以用"猛烈""凶猛"之类的词来形容。它搞得我一晚上没睡好觉。好不容易要睡着了，突然一阵花香扑上来。迷迷糊糊想，把花赶出去算了。却懒得起来，同时觉花香淡下去，似乎可以睡了。刚要睡着，花香又扑上来。有多次我是被那花香呛醒了。它香得简直要让我窒息，第二天起来，觉得头很大，连烟都不想抽。从此以后怕了它，再不敢把它弄到卧室。

但九里香似乎也难开花。整年，不见它有开花的迹象。也不肯长，就那样呆呆地站在花盆里，今天这样，明天还这样，下个月仍然这样。它累不累啊。施肥，自制液肥、饼肥、鸡肥、沤好的鱼肥轮流上阵，它无动于衷。我也泄气了。由它去吧。它愿意戳在盆中发呆就发呆。另有一盆假九里香，叶片与真九里香贼相似，但请多位资深花友鉴定，确定是假的无疑，和九里香同科同属，只是不知名字。这个家伙倒是乐意长，在深夜，我仿佛能听到它呼哧呼哧拔节的声音。我养它四年了，不见它开一朵花。

香花里还是最倾心茉莉。茉莉花也不大好养。它喜酸性土壤，而北方的水土过碱。我专门为它配制一种液肥，就目前来看有奇效。曾有来我家的花友看到茉莉，问这是什么花？说是茉莉他简直不能相信，因为叶片长到快半个巴掌大。他说坏了坏了，你把花弄变异了。

我房中摆着的、正在恣意开放和似乎永远恣意开放的茉莉，据说是一棵干枝茉莉。这名字怪，我在网上查，问朋友，没有人听说过茉莉还有干枝的。一般来说，茉莉需要修剪到短矮状，12年后它们的花性就大不如前了。我这棵茉莉已成树状，枝条近于小指粗细，均木质化。我已养四年。当时在花市买它时，它大半个根裸在外面，歪着身子，仿佛随时要跌倒，人来人往无人问津。卖花的女子对花并无兴趣，连声说你要的话拿去吧，我最不爱弄花了帮我妈守摊我还要去打牌。

我仅花了三十元抱它回家。或许它想竭力报答我对它的恩遇，这棵三十元买来的花，在几年来带给我的享受，远超过花几万元去欧洲度假。

院里还有一棵茉莉，枝叶丰茂，花性却不如这棵树茉莉。另有两棵虎头茉莉，花朵大，但这三棵相加，仍不及树茉莉。

茉莉谐音莫离。年轻时我曾亲手撕碎过一棵茉莉。现在想起，仍觉心如被撕裂了一般疼痛。不说这个，还是回到茉莉和它的香吧。

## 12.白鸟翻

### 白　鸟

一只雪白的大鸟突然显现,从西向东、从屋檐下向斜上方翻飞,消逝不见。我从未见过这样的鸟路过我家。它好像惊动了我心中什么东西,又带走什么,久之令我恍惚。

我在二楼的视线,与院中樱桃树平行。我望见鸟的腹部,擦着在风中晃动树的顶端而过。

它展开的翅膀仍在眼前忽闪。最早瞥见它的刹那我产生幻觉,以为是大风搅动、致使日光刺白舞动。定睛再看,只有树的叶片,在风中不断翻晃白光。

这鸟来过吗?

### 颇　黎

晨起工作。冰岛与古树熟普,再院里拽一把茉莉花蕾扔进去。香极。贪恋其色,只用玻璃器具。我喜简,厌琐。

玻璃又称颇黎。我钟爱的诗人李白,以后者为其子取名。

此时茶壶映在日光中,却是美极。它安静地锻炼一些字迹。

老虎挣脱链子,放荡快活一夜。臭蛋阿姨发现,清早引它回来。又弄不住,只好拴了院门。在楼上见那厮在樱桃树下探头探脑,树一阵乱晃。

　　它只能拽些叶片,狂嚼乱吐。昨天最后一颗樱桃没了,再吃要等臭蛋长一年。

　　看手机历,2016年6月11日,是晨7:40发生的事。

## 飒　飒

　　飒飒一阵雨来。像想念已久多年未见的友人,在风雨中步履匆匆、急促而至,拍动门窗。凝神听,檐雨敲击地面啪啪作响。起身去看,只望见雨远去的背影。外面地面都未打湿。这像极了记忆中固执存留的幻象。刹那间尘世恍惚起来:一滴阳光照耀的水珠般晃动起来。

　　我心中是否等待着什么?未必是人,却终是期待。渴望。温和地等某物某事来临,沉浸在它未至而在路上的状态中。

　　夜间走动,忽然望见一大片月光泻落,我仿佛听到哗哗的声响。一棵我嫁接的树玫瑰,雪白花瓣被月光惊动,飞飞扬扬洒落。我确定是因月光。没有风。我的光头灵敏,头上未觉有风。

　　飒飒。"风飒飒兮木萧萧,思公子兮徒离忧。""飒飒"二字曾晃动在九歌中,是楚辞里最生动、动人的声音。

## 黯　然

　　午间一花,太高了。在群花之上,偶然站凳才望见。

　　花直径大于15厘米,超过寻常牡丹,花瓣繁复则过之。

花在风中摇曳,又高,仰望而举手拍之。不忍离凳,下去后离花更远。此花无故令人黯然。

又若佛说莲花,见此惊而不敢叹。

默然合十,鸟鸣神凝。赤日高照,心中清凉。

## 花　微

所种的又一种很小的玫瑰,刚刚摘回。新鲜好闻的香气,在屋里绕来绕去。我拍下它和Zippo打火机的对比;它和香烟的对比。

有种玫瑰更小,浅粉色,花一开一大片,长得又快,高高缠满一棵梨树。梨树在黄昏雪白发光,宛若又到春天。它的花单朵小到和烟头的直径差不多。

小儿臭蛋嚷嚷要,我摘一朵放他头顶。他满意了。却一动不动,唯恐花掉下,一边喊:"爸爸快,发个微信。"

我拍下图,发在微信圈。朋友赞叹:好小啊,放在臭蛋头上,半天才找到花在哪里。

这花虽小,花瓣却惊人地繁复,真正是麻雀虽小五脏俱全。我想,所谓玲珑之小,大抵不过如此吧。

现在这朵,不是粉色,而是明亮的红。它是丹麦品种蒙忒卡洛的变异。此花春天时硕大,花败后从花蕊里再开出花,比外面的花更大。殊不知也能变异到这般小巧。

## 13. 做焖面

在山西，再会做菜如果面做不好，那么可视为不会做饭。太原市饭店的焖面，基本属于不能吃，又粗又硬，黑乎乎不知裹一层什么油。

晋南焖面的做法，那才叫焖面。面细，筋道，油要少而面要利，自己家压制而成的面条。我爱做酱肉蒜薹焖面。味道如何？某次某女同学来。盛满一碗，不吭气，吃没了。我家碗大。我说我给你再盛一碗，她又吃光了。我心想她应该饱了，就没动。沉默一会儿，她说，我自己再盛一点吧。噔噔噔自己去了。

我一般也就吃三碗。这女同学现在还时常说起我家焖面。欧耶。

但此物不宜多吃，因不知觉间就吃撑了。某次某人晚饭在我家吃了回去。晚上11点左右打来电话，说，怎么办，我在我家来回走，不敢坐下去。渴，也不敢喝水，一喝水更撑了。

我自己吃好吃的面，是不肯吃别的菜的，因为不舍得让乱七八糟的杂物占我肚子。这种事一般在我家我自己做面时才发生。

今天我家丫头放假云游回来，我开心就做了她爱吃的焖面，试尝，发现是今年我做得最好吃的一次焖面。啊哈。

晋南老家还有一种焖面，叫生炒面。奇怪的是唯独老家县里有，邻近各县均无。我少年时第一次吃此物，吃一口就呆住了，因为想不到平时常吃的面食，竟然能有这般好吃。我认为那次吃的生炒面,是我至今为止吃过的最好吃的面食,没有之一。可惜我不会做生炒面,有时想着学一学做法,有时又想,算了,留个缺憾也是好的,如此,它的香永远在想象和想念中,无可替代,无以超越。

焖面还是原料最重要。南方人总说面条不好吃,部分是因原料太差,黑乎乎的面粉,或加了可疑物变白的面粉。吃起来黏而无味,是陈面或发霉麦子做的面粉,还有春小麦,春小麦极差。

嗯,我家都是从老家带来的面粉。还有在油坊看着打出的植物油,长年如此。

前几天外面吃饭,有外地朋友。酒足饭饱毕大家聊天,忽然说起新麦。《左传》里有个王病了想吃来年的新麦,他等啊等,新麦下来时他死了。他最终没吃到。于是新麦之香,从《左传》、从几千年前流溢过来。我于是说起小时,晋南新麦下来,整个村子、每个村子,黄昏时飘着新麦磨的面粉蒸馒头的香气。这香气往人的每个毛孔钻啊钻。蒸笼一起,缭绕的蒸汽里显露出雪白的馒头。用两手替换着拿发烫的馒头来吃,真香啊。

我说到这里,有人叹气:唉,怎么觉得肚子又饿了……我说这还不是最好的。最好的是新面里加一点花椒叶,加一点点油盐来做一种叫死面馍的馒头……"椒叶馍!"有女士惊呼。那一刻,我觉得在场每一人口齿生津,口水唰的一声下来了。

## 14.地神奇

### 壮吾心

饮毕的玫瑰酒,酒碗干后留一心状,煞是奇妙。
每晚一碗,以慰寒夜,以壮吾心。
玫瑰酒有点烈。一碗下去,眼前桃花乱飞。
弱水须瓢饮,玫酒只一碗。

### 像轻蔑

秋末冬初,入室的植物均剪光枝叶。这样的干枝,片叶不存,我却觉如鹿角般奇妙。

大约过一个半月左右,它会绽放100朵以上拳头大小的灰紫色花朵。我看了又看,想弄明白它惊人的力量藏在哪里。

它当然不会告诉我。安然、沉默。那沉默有点像轻蔑。但我还是发现,满枝的芽头已经饱满到要爆开了。

### 地神奇

遛狗时心一动,眼睛余光瞥见,月亮嗖嗖从屋檐下飞过去了。以为看花了眼,抬头看,月亮的确在嗖嗖地穿行。再看,原来是云朵在迅疾移动。

春天随手扔了几颗南瓜子,大大小小收了100多斤瓜。几颗轻飘飘瓜子,换来这么多果实,不得不惊叹地力之神奇。敛入了多少雨水、露水、阳光和月光,以及春风秋风,这些瓜才长这么大、这么多。

深绿的老皮坚硬,月亮下剪南瓜,茎刺扎手一下又一下。瓜太多,或许我该去卖几天南瓜了。天寒,瓜收得又晚,不知冻坏没。

## 爬 墙 叹

种的花总呈现半兽形态,还是没有北方冬天的样子。有人说剪去枝条,殊不知藤本玫瑰全靠枝条开花,像豆角一般。

但毕竟红衰翠减。叶片少了,才发现一颗硕大的南瓜未收,估计被冻坏了。它默默蹲趴在地上,看上去有点悲伤。

## 挂 假 花

春天一来,不断有附近人三两个一群、五个八个一伙,来我院外凑近栅栏看花(大门昼夜开着,门口老虎守着,没人敢贸然进)。但唯在今天带臭蛋去邻居家玩,才得知最雷人的消息。邻居说有次一群人围院转了一圈,然后其中一人肯定地说:

"这户人家挂了一院子假花。"

## 15.异国花

### 异　国

忽见一树繁花,高举,雪白,盛开。它开得周围安静下来,有绿色的蝴蝶在飞。美在瞬间给人致命打击,也摧毁人的尊严。它开得我这般伤心,想在树下伏地号啕大哭。

服务区勉强在雨林里撑开一点地方。远远近近的灯光下,丛林四下蔓延,有无声息扑上来之势。我相信若无人光顾,只消三个月,这里便会完全被雨林吞噬。

此时夜1:30,到处树上是啾啾喳喳叽叽的鸟鸣,但不见一只鸟。月亮高悬在丛林之上,是此地最后一晚的月亮。毫无留恋。很快可以喝到美酒,醋,心爱的面,见到种种美好的东西。

昨午后小憩,有梦不善。我梦到不知何故,我被迫亲自把小儿臭蛋送人。送人的一刻心如刀绞,突然抢回臭蛋就跑,一直狂奔出梦境。猛然坐起,浑身大汗淋漓,枕头也湿透。据说语言可破梦,特记。

### 美　丽

每次远游回家,所育众花都给我超出期望值的惊喜,以致我发誓再不肯出门,唯恐错过花期。它们像青春勃发的女子,尽情挥霍其不可遏制的、充满杀伤力的美丽。啊,美丽!

## 死　鸟

葡萄密麻麻。没舍得疏,用施大肥的办法。

还有樱桃。实际成黑的了,闪光拍不出效果。

即日无风,亦无甚日光,但热。中午在院里冲狗,扑通一声,葡萄架上落下一只鸟,不动了。刚才我瞥见它在枝叶间就有点踉跄。

用水枪冲,它不动。老虎要吃,没敢。想埋地里花下,又怕老虎刨。只好扔了。

我想这鸟是热死的。鸟也能热死?

## 花　痴

培养了个花艺水平不及格的小花痴。女儿好不容易养活一盆不能算花的花,放假了也不舍得,从昆明坐火车游玩到西安再回到太原,迢迢数千里一路捧着这花回来。

话说这棵向日葵,结子好歹会比芝麻大一点吧?

想带她去打猎,她不肯杀生。

## 看　羊

去看羊。越来越排斥城市文明的造作,所谓精致,所谓美。所谓文艺腔的小嗲。田野每每有爆发式的生命力。原始。粗犷。坦荡。神秘……

潘神是多么美好的神。

## 老　虎

老虎说:"人类是不能随便说性爱的,性爱更不能被人看到。人类好可耻好虚伪。"

老虎又说:"人类还不知季节……真不知羞耻。"

老虎是我的狗。

## 山　楂

塞车。一可怜的山楂树被搬家。据说榆次一小老板买走它。

山楂树挂满美丽的小红果子,吊车晃动,果子哗啦啦不断掉落。

买它的那傻货只图好看,却不解植物秉性。像这样不剪枝、不摘果,怕是回去种上,十有八九也死翘翘。即便勉强成活,它也要大伤元气,经年不能缓过来。况现在季节根本不对,叶落上冻以前移载才好啊。

那傻货为啥没有玄武这样的朋友来告诉他呢?真为他惋惜。

## 16.文雅人

最早的故乡翼城彰坡村的麦田,2016年清明前后。祖坟在麦田里。

我决定做文雅的人,因要给我儿子树立好榜样。扛百斤大狗暴走与人打赌,那会是平生最后一次了。有一些长者,和比长者还有智慧的年轻人电话我,他们无不循循善诱,话语千回百转,余音至今绕梁。我终于幡然悔悟,此时陷入深深的悔恨中。我怎么能那样不成熟呢。怎么能那样逞能呢。怎么能那样赤膀子伤风化呢。万一狗爪子乱抓,把胸脯开了膛咋办?万一气力不加,小蛮腰折了咋办?万一狗发怒把光头咬住,咬得像屁股一样成两瓣咋办?我不由得流下了悔恨的泪水。

我一定要想办法做个文雅的人,首先说话要小声,更不能哈哈大笑。走路不可以高昂着头,不可以外八字步,不可以急匆匆像是去逮贼或上厕所。从穿衣服来说,以后绝不穿军绿色的服装。不穿有很多大口袋的裤子,不穿露膀子的T恤,也不戴绿油油的JEEP帽。不穿骆驼户外鞋,更不能夏天穿大短裤,那成何体统呢。尤其一坐下就喜欢叉开腿,哎呀,太不文雅了。

要做文雅的人,很难,得从头开始。今天出门,专门去中药店买了很多黄连,这个就是我今年夏天的最重要的茶了,因为怕上火,更因为从此以后我要蓄发,留须。原本三天自剃一次的光头,的确也剃得不耐烦了。虽然轻车熟路,不用看镜子自己摸着头就运刀如风三分钟搞定。但是,光头太不雅了,太粗暴了,太对不起别人了。你让大家满满一头不断需要染烫又满是头油的长发情何以堪啊。

要做文雅的人。我已经决定了,就这么干。

嗯。也不开奇怪的车子。红丢丢的车坚决不开,样子太日怪的车也不开。最好去开帕萨特或奥迪那么两百岁老人一样稳重的车,或者干脆开捷达,开那种满街跑的出租车捷达的样式,总之要藏在人群里让人找不出来,不能老是用光头晃人眼睛。说到眼睛,我以后坚决不盯着别人眼睛看,有好多次,我瞥见别人惊慌躲闪的眼神。

狗已经养了,有生命的物不能轻易换。但玄六长得有一点点可怕,我不禁对着它叹息。怎么办呢?再不能让它吃血淋淋的肉和骨头,熟肉也罢了,我要想办法让它吃斋。我请它吃豆腐、花朵、土豆和芹菜行不?它也要变得文雅一些。据我所知,北宋有人教一条狗七年,让它学会了叫爸爸。对于玄六,我也打算下些辛苦。就让它学习画画吧。

微群里的朋友都在写字画画,这让我怅然若失。我干点什么来使自己风雅呢?养狗是不行了,还养那么重的狗,比小说家手指先生都重……养花也不行,总需要去搞农家肥……

咳咳，我多么伤心。于是开始习字，写了一阵唐楷，那些字缚手缚脚规矩太多，何其麻烦。于是听人劝去写大篆，最近他们说，哎呀你适合写魏碑。我眼看要被整傻了……想想古人，谁不能写字？即便是荆轲等刺客之流，字也好得很吧。况且他们还是高明音乐家，起码音乐鉴赏能力不得了，击缶击筑奏古琴，样样在行。

流氓刘邦会唱歌，像周杰伦那样自己创词自己谱曲自己唱，水平一点不亚于今天的好声音。就连《水浒》中的时迁都是雅贼呢。据我掌握的世间鲜见的宋话本资料，时迁是美食家，他懂得鸡的一千种以上做法……我一个酷爱吃鸡的朋友若看到这里，就该他怅然若失了。

……晕倒。真的有人信我要变啊。郑重告诉大家：我欣赏真文雅的人，但自己不装×——我是说，如果我一装模作样就成了装×。玄武本我，永不装×。本我中自有大风雅在，有带着血肉气息的热爱、身体力行及其他。虽然像某友所言，我越长越不像我自己了……

斯论也可当作我的散文理论来理解。

## 17. 六月考

上大三的女儿快开学了。从幼儿园接出臭蛋,再来玩雪。春雪正融,还有,难能。抓雪团竟无冷意,似乎雪也成了暖的。再玩就得等小一年了,还未必有雪。

珍惜身边似乎寻常可见、却转瞬即逝的美。它们比在旅游区所遇更真实,更强烈,亲切,易感知。珍惜和孩子们一起的时间。眨巴下眼睛,他们就大了,每年难见到几次。他们会要你去他那里住,咱会觉得麻烦死了算了算了,有一分奈何不去。再一眨眼,咱也就老了。能疯时赶紧疯吧。

在微信圈祝朋友们正奋力拼搏的孩子顺利。

我本人青春期叛逆,高三失学。高考时家人在另一学校给报名,胡乱参加考试,居然也能考中大学。通知书下来还不想去上学,被父亲在村里举着木棍追着打。到县城小痞子见到我,就递来一支烟搭讪:"哎,我们瞎混,你学习那么好,怎么也乱折腾啊。"

对高考如此不认真,我常觉对不起所上的大学母校。不过纵然如此,多年情绪紧张时我仍梦见高考。我猜高考这事把我也弄扭曲了。我高中同学有个多次补习生,他高考时能浑身大汗,把试卷湿透不能答题,甚至失禁尿裤子。思来让人悲伤。

## 贰

2014年女儿高考。她住校。我尽量每隔一天去送一次家里做的女儿爱吃的饭菜，冬天起便如此。买了一个保温包放入饭菜，保温包效果很好，从太原城北开车到南边榆次市那边，饭菜仍然热着。后来修路不通，要绕走很远，我记得火急火燎在黑暗里、在完全陌生的土路上飙车、到了学校摸保温包、里面依然烫手时的欣喜。保温包真好。去学校见了孩子都不敢多说话，只说快吃、多吃点。她有时说不要来了有压力，我说走高速很快的，就十多分钟就到，只是多花了油钱，你以后赚了钱要还我油钱。

有几次晚上，她说班里同学都还没吃在做测试题。问他们还吃晚饭不，女儿说十点多吃点饼干水果之类。我当时泪都快下来了。孩子们这般辛苦。

家长能做的，只是给孩子吃好点，让孩子有好心情。所以我去学校就给女儿带一束我种的玫瑰花。所幸我有点园艺爱好，大冬天能家中花开不断。那天祝勇兄问我，说听说你孩子高考前你模拟写了作文范文给孩子读和学习，能否参考一下。这事还真没有。只是有次孩子在学校学到我文章出的阅读题，校方知道了请我去做讲座，我最初答应了，但又考虑不能增加孩子虚荣心，于是反悔。女儿埋怨我说话不算数很久。我想不算数就不算数吧，反正我觉得不能去做讲座。

我写此短文的这时祝勇兄的孩子正在考场上，祝愿孩子高考顺利。

话说我很担心女儿也叛逆。但她在大学里还好，在学校弄一堆什么长和委员之类。我去她学校食堂吃过一顿饭，一份面师傅居然给打满碗、尖出来端时不断溢出。我问女儿这么多你平时吃得了？她说前两天带同学检查过食堂卫生。原来她有点小特权。

我希望她在学校参加些活动，那是很重要的锻炼，又不赞成她太积极太累，但只是告诉她而已，主意她自己拿。世间事须亲身经历才行,不能只按道理来。所以要由孩子自己亲历、取舍。但是大二了,她要像高二一样,辞掉学校的一些社会职务。高中时是为高三,现在是为准备考研。我和她严肃谈过。她现在准备考雅思了。

去年给女儿寄去一壶用鲜花泡制的烈酒,她已成年,可以喝点。女儿开心,因上面的标签上写着:赠暖兄。暖是女儿名字。元旦前晚上接到她电话,带哭腔,原来是她着急打开,整瓶掉到地上碎了。她说完就开始哭。我说不算啥家里有一千斤呢,再寄就是。她又高兴起来,扭捏说,还要那个酒。她是要上面贴有赠暖兄的标签。我寄去两坛。她和宿舍同学喝,微信留言说,同学喝了一口就大叫,哎呀,我快着火了,烧起来了。

天下父母心,天下儿女心。女儿大学第一笔奖学金,给我买了个ZIPPO打火机寄回。我很开心。我有好多ZIPPO打火机,但这个,是女儿买给我的啊。有时酒醉,醒后第一件事就是搜口袋找这打火机。再后来出门,坚决不带它了。

有朋友问我对高考的态度,答:无法可想,很恶心但还得咬牙吃下去。我有些朋友的孩子叛逆,于是辍学,自学或家长教或其他渠道,目前并未见太成功的范例。

对孩子教育没有高招可供。我安慰自己:对儿女尽可能让其自然生长,不横加干涉。我不要求孩子考多高的分、上多好的大学,在我看来,过度的追求会更多束缚孩子成长,却又不能不追求。那么孩子尽力便是,考个中等偏上的大学就好,研究生时再考虑个好的学校,如此,可以将升学压力分解开来。

## 18.温大头

2016年第一场落雪。这一年,大狗老虎不像前年没见过雪那样对着天空狂吠了。它望着天空中落雪的眼睛里,似乎有了些沧桑。

我的第一条罗威纳犬,叫大头,他在自己的青春中迷失。我找了他半年,等他,但他终于没有回来。

大头勇猛,暴烈,酷爱自由,奔跑如狂风。周围小区的人们都认识他。

大头聪明异常。强烈护主。我和妻子在院里闹着玩互相推,大头突然跃起,横在我们中间。他以为我们打架,他不允许这样。我们以为他偶尔为之,再试,屡试不爽。他甚至跳起来爪子搭在我肩上,嘴张开利齿对着我喉咙低吼,以示威胁,然后同样的动作对着我妻子。

有一次请工人干活,工人要天价,我说话间声音高了起来。大头突然咆哮着跳在空中,被铁链拉回。工人吓得叼在嘴角的烟落在地上。大头以为那工人在跟我吵架。

大头感恩。邻居宋哥常喂他,出去回来晚,他就深夜站在小区门口等。他认识宋哥的车。

宋哥养了罗威纳犬旺旺,小,闹。大头懂得让着旺旺,实在太烦,就过去轻衔宋哥手,往旺旺那边拉,意思是让宋哥管一管。

有一条狗贸然跑到我家院里,进入大头地盘。大头愤怒了。我闻声出来时,院里全是血。那狗仰卧着不能动弹,大头咬着他的脖颈摁住他在地上撕。那是一条阿拉斯加,身形高大,险些丧命于大头之口。多亏这狗脖子上戴着狗链,起到护颈作用,脖子未被咬断。

大头不欺负小孩子。我担心他吓着孩子们,就叫大头卧下,让小区的孩子们排成队,一个一个过来摸他的头,告诉他不许惹小孩。他听懂了。之后从来不走近小孩子。

我只是诚实地记录了大头的点滴,并无夸张和溢美。有太多的人知道他。我曾以他为荣,带他多次往返三百公里外的老家,曾带他在夜里前往女儿寄宿的学校去看女儿。在本市,曾带着他去河西某些地方;在夏天,他多次随同我和朋友们去山上野营,在夜间保护我们的露营地。

他喜欢坐车,虽然长途总是晕车呕吐。他是一位见多识广的狗,总高昂着头,神情冷漠高傲。朋友们多知他名字。不少朋友见过他,有朋友在薄酒微醺之际,终于敢伸手去摸他的头,与他亲近。大家以见过大头甚至摸过大头为荣。

我曾写过一个启事给附近小区的居民,如下:"有没尾巴大黑狗一条,在固定时间内出没于本小区,请广大业主放心!此狗与人类友善,绝不会自行攻击人类,更不会伤害儿童。

"这狗地盘意识强,在自己院门口绝不允许生人靠近,但一离开自家院门,则变得非常友善。它有个小小的习性,就是爱好和平,多管闲事,既爱给狗拉架又爱给人拉架,本小区若有夫妻吵架时遇见此狗,请立刻停止;若有人互相斗殴,一旦发现此狗出现请立刻中止,站在原地不动。

"现在社会治安不稳,蟊贼多有出没,这条没尾巴大黑狗,会对本小区治安产生不小的贡献。它以我们小区业主为友,也请广大业主爱护它!"

但是大头终于丢了。他丢的时候,我才知道,我有多爱他。我没有流泪,只是不停地找,连续三个月,每天夜半三四点左右开车出去转,在附近小区高呼他的名字,熄了车静听有没有他的吠叫声。我只能听到我自己扭曲的嘶哑的喊叫的回声。

我的妻子每晚哭泣。我们每晚给他留门。

我邻居宋哥的妻子一提大头,泪就落下来。

大头丢第二天,宋哥家的罗威纳犬旺旺整天不吃不喝,眼巴巴望着我家的方向,指望大头跑出来和他玩。第三天,大病了一场,不吃东西,不走动,险些死掉,过了半月才好。

大头丢了。我知道我心里仍有不甘,仍有期盼,但我告诉自己,他的确是丢了。我没有流泪,但今夜写到这里,我的泪还是流了下来。再聪明的狗,也无法抵敌发春时自己的本能。

后来,我们有了第二条罗威纳犬,他叫玄六。他来时47天,重6斤左右。写此文时满8个月,84斤了。

## 19.温小刀

泸沽湖上的小舟。这一日拍完图片去山间骑马,夜里与藏人饮酒大醉,2009年。

### 第一章 小刀

#### 回　家

在熙熙攘攘的闹市感知到他,感知一个目光的注视。茫然四顾,无数面庞慌乱地忽闪、错置,没有什么。这些脸不过是水流激起的小浪花,而水奔涌前去。它们甚至只是些微的波光,融入2005年4月某一日下午的天色。

继续前行,我听见他。小兽的声音孤弱、低微,像发自地下。

在卖犬老太的纸盒里探头向上望着,他第一次看到我的脸。

这是他惊人的记忆里,存留的我最为原初的形象,而我易朽的面容很快改变,我自己不会再记得。

他瑟瑟地蜷缩着,如此弱小,以致不能逾越一只纸盒的高度。

我在卖犬老妪的纸盒前蹲了很久。——我想了些什么?

骑车回家的时候,感觉到他在我两腿间挣扎。车过一个小坎、一颤;在瞬间仓皇低头,他毛茸茸的头、努力自车把上挂着的塑料袋里探出来的毛茸茸的头,正掉下去,跌落塑料袋底。风大、车疾,我在瞬间看到那张小兽的脸,狭长,软弱,无辜,他的眼睛迷茫,有眼泪浸出。

摩托车轰鸣,幻觉中我听到他无助地嘶叫。离开那个有着他体温的暖意的纸盒,置身于一个晃动的袋子中,他不知要前往的地方。

我不能低头看他,专心骑车。一路眼前浮现他嘴边被泪打湿的一根兽须:白的颜色,在光中晶亮地湿润地闪烁。

他太小了。我居住的房子显得庞大而空旷,空旷到有些凄凉。小心翼翼把他托在手上,他仅仅略长于我的手掌。

他在地上来回地走动,从这个房间到那个房间,随时会跌倒的样子。他唔儿唔儿地叫着,寂寞强烈地弥漫开来,人心中隐隐作痛。

我坐在窗边的写字台前,点燃纸烟。低头去看,他在脚下,奋力顺着我裤腿往上爬。咕噜翻倒在地上。他唔儿唔儿地叫着,我的脚觉得他颤。是房间里的冷意吧。

抱起他放在铺着长垫的椅子背后。他在背后蠕动。想起他时回头,他蜷着小小的身子睡了。

## 醒　来

午夜来临或离去。我把他放在阳台一个垫满布子的纸盒中。熄灯后的黑暗中,仿佛有物在房间里走动,但没有声音。他在到处找我。这太小的兽,眼睛还不能够望到床上。我屏声静气,等待他回到纸盒中去。

但他终于在床边停下。稍顿之后,他发出尖细的低低的哭泣声,像哀求、祷告,做错了事情请求宽恕,或者是别的什么东西追赶他、要抓住他,他迫切地觅求护佑。我惊异于一只小兽,可以发出这么多似乎情感内蕴丰富的声音。

我不去理他。竭力不出声。但他某一刻的哭声令我心中一揪——那哭声像绝望一般戛然而止。我听到他试图向床上蹦的声音、下垂的床单被抓空的声音、他滚落地上的声音。在黑暗里坐起,一只手探身抱他。我摸住了他的头,他的脸,摸到了湿漉漉的东西。我扭亮台灯。

现在他坐在我手掌里了。昏黄的静谧的灯光照着他黄褐色的短毛,他的眼睛里全是泪水,

怜意在心中汹涌着泛上来。我起身,一手抱着他,一手拎起我平时坐时着的椅子、放到床边。又拿来一条旧毛巾。把他放在椅子上,给他盖上毛巾。返回床上躺下,熄灯。

他在黑暗里窸窸窣窣,发出轻微的哼声。他仍然想靠近人,渴望挨住人体时的那份温暖和安全感。我不知不觉间伸了一只手过去,抚摸他小小的、毛茸茸的头。他安静下来。幼嫩细碎的牙齿轻咬我粗糙的手指,微疼又痒;他湿热的舌头舔着手心。

清晨醒来,他摊开身体,头枕着我的手,眼睛紧闭。我轻轻抽出手臂。

穿衣起床,方才想起他刚才丝毫不动。我突然有些恐惧,俯身去看,他的身体僵直,眼睛紧闭。我拨弄他的身体,我抬起他的头,他不动。

心暗沉下去。仓皇四顾,陡见他的后腿直直挺后——再看,他向前上方伸展了前腿。他伸懒腰呢。

## 另两只小兽

我得承认,我惧怕一些潜在的事物,它们甚至使我对一只小兽的记叙,变得迟疑而缓慢。

在2003年冬天,我曾亲历了一只幼犬的死亡。一只黄白相间的花斑色小兽,在家里仅仅待了十天,连名字都未得到。他在第八天病了,虚弱,昼夜不停地呻吟。而我当时疯了一样地忙碌,无法顾及他,唯在月沉下去、我要入睡的时候,想到无论如何次日带他去看兽医。

第十天下午,我匆匆自单位赶回。他拉肚子,后背脏。让保姆端来一盆热水,我蹲下去,想着洗干净了再去医院。

我没有洗完。他在水中、在我的手中,迅速僵硬了。入水的时候他叫了一声,这时我想起,那是他最后一次发出声音。

我让保姆离开我的房间,关起门。泪涌出来。第八天夜里他跑来咬我的裤腿,我如此不耐,俯身拍了一下他的头,我的手有闪空的感觉——并未用力,他竟滚倒在地上。他已太虚弱了,而粗率的我竟然没有及时察觉。

我在幻觉里看到那个夜晚。他受不了我猛烈地抽烟,衔着床下的拖鞋,跑到客厅的暖气片旁,睡在拖鞋上。

泪汹涌而下。我闭上眼睛。用手抱住头。将拳头塞进嘴里。

我的女儿还没有放学,我得尽快处理这件事。我洗那小兽,他得干净了离去。我从水中拿起他,用电吹风吹干。热风拂动他的毛发,我总疑心他动了一下。但是没有。不会了。

我不能亲自去做那件事。把他放在纸盒里,递给保姆,告诉她埋到院外的一棵树下。保姆走到门口时我又叫住了她,把一件旧毛衣放进纸盒。

在更早的时候,我曾经历一只小兽的消失。一只黄褐色的土犬,走失在火车站。他在我日后的记忆里,成为童年伤感情绪的象征物。一只小兽,蹲在冬天迷茫的风中,他背后的景物暗黄褪色,而他如此清晰。他叫了一声么?

我当时不信他会丢失。在寒冷的深夜,悄悄起床溜出院门。有一些事物支撑着我,使对黑暗的恐惧消失。我去挨家挨户窃听有没有狗叫声、有没有我的狗的吠叫声。多少次我待家人睡熟后爬起,轻轻把紧闭的院门打开一个小缝。我有着渺茫的指望和期盼,担心我的小狗回家进不了门。

记忆如此深刻,像幼犬在上面留下的爪痕。如此清晰,以致成年之后每走向车站,我都有着一种极为复杂的情绪。我的狗曾在车站走失。走向车站的我总使我想到,那是一个正在迷失的人。

### 见证,改变

现在这小兽,见证了我在2005年夏天的生活,看我上网、打电话、发消息、读书,写作一部名为《解之羽》的书稿,辨认我那些家人、朋友的脸,记住他们身上的气息。他也看到我的快乐、傲慢,以及愤怒、哀伤、欲望,记住我在深夜陷入焦灼时的表情。

有时扭头看他,他正望我。——他在想些什么?

我的一切影像折射入他的眼睛。但不知这些,会在他脑海中组合成一种何等样的面貌。他会做梦,在梦里哭叫,或者喜悦地尖吠,但我作为一个人的愚钝,使我不能得知他梦中叫声的情绪。这些同时让我想到,他既然能做梦,那么该有着思维能力和联想能力。

也会使联想延深。

在他眼里我首先是一个神祇,是他的亲人,维护他也惩罚他。他使我目睹他神话一般的成长:他每天的样子都要变一些。

四个月后,他已三倍于我的手掌。但他所属的种类,大概使他只能这么大了。

而我在命定的一日,也将经历他的衰老和在时间中的败亡——一只犬的寿命至多为十五年。那败亡,是地上包括人在内的走兽无以避免的悲哀和卑微。

届时我也将承担他离去时的苦痛。我想到这些并努力承受这些,它使我坦然地面对必会来临的一切。

他有着妇人传说中一般的忠贞。每次回家,在楼下听到他隐约的吠叫。他可能已经能够明晰地辨认我的摩托车声。他急切地抓门,门开了缝隙便扑出来,左旋右转,无一刻或止,喉中发出咻咻的嘶吼。很多次他居然能激动到失禁,像小孩子尿裤子一般,滴出几滴尿来。

但平素他是一只沉默的小兽,几乎不叫。他罕见的沉默,以致有几日让我怀疑,他的声带是不是出了问题。

他一直叫作狗狗。狗狗——一个原初的、对他所属物种名称的复称,叫起来有莫名的亲昵,像称婴孩作"小东西""小娃儿"。后来带他出门溜达,喜爱他的人们虽不知他的名字,也都呼叫他狗狗,他便跑上去。因担心他终会走失,我才决心给他另起名字。

他有下午去公园草坪上疯跑的习惯。带他下楼,心悬起来。他太快了。那些来往的车辆在我耳中发出刺耳的碎裂声。我叫喊着他、追赶着他,一路小跑。事后才想到,我的叫声一定大得骇人。

绿的草坪延展开去,下午黄白耀眼的阳光打在上面,树荫栖落在上面。他开始了。他有着令人惊叹的速度和敏捷;这速度持久,这敏捷持久。光和暗迅疾地弹过他闪着光泽的皮毛,在疾速的奔跑中他会突然180度调转、速度不减向前的迅疾。公园的人们陆续围上草坪的四周观看。

天如此炎热,几只长毛的京巴懒洋洋卧在草上,吐着舌头。这时候我是骄傲的。我无疑也诉说了我的骄傲。一次有三只身体两倍于他的京巴犬,在同一块草坪上堵截他,他们无疑是失败了。三只犬气喘吁吁地东倒西卧时,狗狗挑衅一般卧到某一只犬的鼻子前面,陡然蹿跳、飞奔,在另一只犬的前面不远处卧下。

他的速度令我心醉神迷。我想到与自由有关的一些事物,想到字在纸上坚定、坚硬,其内在的韵律却有如黄昏的天光一般,迅疾地、无声地,一波压过一波吞噬入黑暗。

这一天他有了一个名字,叫作温小刀。他是无愧于这名字的。他的奔跑像小刀一样锋利,光和风在前面迎刃而解,人仿佛能听到光和风发出帛撕裂开来一般的声响。

之所以小,是他作为一只兽的内涵,及其体形而已。也可能是这一篇文章的内涵。

我有时也想到一只兽对人的改变,从生活习性,到人内心。多少次我带他去公园外面的草坪,但自从我迁居到公园门口的此处,却几乎没有踏入过公园。仅仅是常在楼上,在深夜、黎明或者正午,站在窗前眺望,看窗前深黑赤裸的槐树枝丫绽出嫩叶、嫩叶披离;看槐花洁白、浓密、繁重地盛开,仿佛要开上我的身体、开上我的头颅;看槐花落尽、槐叶浓绿舒展,槐枝几乎要伸入我在四楼的窗子。

窗下便是公园。公园不允许带走兽进入。带鸟是可以的。

小刀部分地限定我空间上的活动范围。他也限定我的时间,使时间于我有了小的规律:每天下午我必要带他出门,偶尔会在深夜。

因走兽而致的生活习性改变乃至生命逆转,从细节考虑,这样的人应该不乏其例。比如铁木真喜爱着的某一匹马,它喜欢吃某一地的草,然后他纵马带娶亲的队伍绕去那草地。可怕的事发生了。另一个部族的大批人马出现,抢走他的新娘。

在茫茫欧洲,所向披靡的蒙古军队静立待命。大汗纵马随意驰骋,以所爱马匹的方向,定夺即将攻伐的城市。一匹马的奔驰方向,于是决定了一个城池的陷落。

而这一只叫小刀的幼犬,他使我的快乐和感动,具有了单纯的质地,也使我得到的慰藉变得简单而直接。一个人的内心,原来竟可以如此容易得到满足。

我感激着这小兽,因他也有了对造物者的感激。从我不知的时候起、在我无法触及的暗处,小刀一定潜移默化地柔和了我的内心。

对一只小兽的情感竟可以如此,以致部分地充实一个人。偶尔的时候,我会因他想到因果,想到他的前世和后生。

他该是一个有着真性情、有着血性,却不经意间堕入罪孽的人。是我前世的兄弟。

### 小刀的关键词

小刀的性格:温和、敏感、多动、胆怯、仗义、沉默。

他温顺到喂他药时,我可以直接用手拿着药粒塞进他的嗓子,因为他怎么也不肯吃,只把药塞进嘴里不行,他用小舌头顶出药粒来;将药化在水里不行,他连水也不肯喝了。

他似乎没有杀戮的欲望,也不知可以下口去咬某一个生命。一切于他,只是善意的游戏。有时我怀疑,他所属种类还能算是犬科吗?

他在房间里一刻不停,将喜爱的东西衔入他的小窝:某一只袜子,一根骨头,某一只拖鞋,一颗小钉子。有一次我发现他窝里,有我丢失很久的一支钢笔,已被他咬得稀巴烂。

然而他又莽撞。砰的一声,他撞到了书柜玻璃门上。他自己吓了一跳,懊恼地趴下、抬起一只前爪,揉自己撞疼的毛茸茸的小脑袋,太疼的时候,他唔儿唔儿地哭了。在某一个夜晚,他第一次发现灯光下自己的影子,他吓坏了,跳蹿起来,想甩开影子;他冲着影子大声地吠叫,警告那影子,后来跃跃欲试,企图捉住它。再后来他忘了,追着自己的尾巴玩得开心。

他到了镜子前面,看见另一只幼兽。他的恐惧是巨大的——我听见他奇怪地叫了一声,猛然站起身时他已蹿到脚下。他狂吠着,朝客厅的方向。镜子在客厅里。我抱着他来到镜子前,一起看着镜子里的小兽大声吠叫。过了一阵,他终于犹疑地安静下来,嘴伸向镜子嗅里面的小兽,在挨住镜子的刹那,又倏尔退开。

有一次客厅里传来凄惨的尖叫,——我第一次听到他这样的叫声,没来得及穿鞋就窜出去。他遇到了危险:一只爪子卡进木沙发的空隙。沙发高,其实他跳一下就可以拔出爪子。但是他低矮得可怜。我向上方抱他一下,好了。

小刀太胆怯了,以致让我觉得羞耻。见到别的犬,他就夹着尾巴不动弹。他的体形太小,成年京巴犬相对于他而言几乎是巨兽。我于是开始教他躲避——奔跑,一旦跑起来,没有小型犬可以追得上他。

他又是执拗的。在躲开别的狗的尾随后他总要折回来追,那狗又追时他再次飞跑。

小刀的仗义,使我多少原谅了他的胆怯。一次在路上,一个男人打他的狗,拎起狗链,那狗在空中乱扑腾着挨打。胆小的小刀,竟然在我毫无提防的瞬间冲上去,竖起耳朵朝那男人拼命地吠叫,我怎么喝也喝不住他。

那当儿我的内心,涌上莫名的感动和自豪。

小刀的体形,使他难能有合适的玩伴。我有时便想,再养一只犬吧?养一只大型犬,如此也可以保护小刀。我喜爱一种细犬,他的体形几乎是小刀的放大版,瘦长,敏捷,奔跑速度惊人而持久。这种犬像极了我见到的、在汉砖上绘着的打猎场景中的一只犬。他是否也是神话中吞噬月亮的天狗的原型?

我得知这种犬在中国五个地方有产。论坛上有个网友,我叫她老扁,她所在地正好有这种犬。老扁答应为我打听,却再无音信。

我在偶尔时,会想象一只大的细犬和小的小刀,一同在草坪上飞奔的情景,为之沉醉。我今年迫切地想要购一辆车,带我的孩子、女人和狗去野外露营。两只狗在帐篷外守护着,他们和我们一起享受野外浓重的夜露、黑暗,享受头顶上水浸过一般润湿却又皎洁的明月,或者低垂闪烁的星辰。

孩子、女人、车,以及小刀和还不知名字的细犬,共同构成我最为切近的幸福憧憬。

小刀的喜好:睡觉打小呼噜;喜欢布条尤其是黄色的布条,喜欢拖鞋、小球、小孩子、奔跑、跳跃,喜欢洗澡。喜欢家里来人,是个"人来疯"。

他的呼噜声是清脆的。像打快板的声音,急促,脆亮,梆,梆,梆,就这样。这么小的幼兽在深夜发出清亮的呼噜声,真是奇迹。很小的时候,他睡觉极沉,有时我嫌他吵,轻轻抱起他,放到客厅沙发上。他不会惊醒,继续在沙发上打他又小又脆又响的呼噜。

他小时候吃东西不知道饱,我总担心他撑坏了。

小时候他喜欢卧在我的拖鞋上。一只拖鞋,差不多可以容纳他的身体。现在小刀仍然有这样的习惯,有一次他拖走拖鞋,笨拙地想卧上去,我看见拖鞋上只能容得下他的屁股。

见了小朋友,小刀蹦着冲上去,使劲儿摇小尾巴。遇到弯下身来逗他玩的小朋友,他就跳起身来舔人家的脸。

小刀的跳跃能力,一般养犬的人家怕是无法想象的。他那么小的个头,可以从一米五高的窗台一跃而下,毫不费力。下午带他去公园外面的草坪,下楼梯时他总过于急切,在接近地面还有三个台阶时便飞蹿下去。

最初的时候,他怕水,洗澡时得满房间里追着抓他。进水时,他像人一样发出一声长长的叹息声,很无奈的样子。一两次后,他开始喜欢洗澡,在水里舒服地哼哼着。

但是他怕电吹风,冲着电吹风不停地吠叫——他以为电吹风的叫声,是对他的挑衅吗?

家里来人,尤其人多时,他就不是他了,小疯子一样。他有着强烈的表现欲,跳,窜,跑来跑去,吸引人注意他。

**小刀的血统:混血的鹿犬**

小刀已经掌握的词汇:回家、吃饭、过来、走、睡觉、别动、小刀、狗狗、温暖、老爸。

"走!"小刀听到这声音,会立刻从房间的任何地方噔噔噔跑来,他竖着耳朵半蹲着,急切地望我——这只有片刻,他噜噜噜跑向门口,卧在那里等待。

"走"是出门去草坪的信号。他是焦灼的,在门口坐卧不安;不时返回来,看我正在做什么,喉咙里发出低沉的、不耐的催促声。如果等待时间过长,他便直立起身子抓门,再不走,他喉咙里的低吼突然转为明亮的吠叫,像小孩子压抑着的抽泣陡然爆发为大哭。

"别动"是在外面有车经过时我的呼喝。疯玩的小刀听到这个词立刻站在原地。然后,他看到车。

他知道"小刀"和"狗狗"都是叫他,知道他"小刀刀""小狗狗"的名字,也知道我女儿的名字"温暖""天放""暖"。

"老爸!"温暖在草坪远处,朝坐着抽烟的我高喊。她身边卧着的小刀蹿起,黄褐色短箭一样朝我的方向飞跑过来。

小刀懂得"回家",在玩够了的时候听到这词,马上从草坪蹿出来,奔向回家的路。他在我前面不远处停下,奔回我脚下,如此往复。

吃饭、睡觉、过来,这些词都为他熟知。在即将来临的一日,他还将掌握一个词,这一词的分量,将远重于他目前所掌握的词汇:

它会是豆豆、毛毛、莎莎等某只母犬的名字。

我安静地等待接受这些。我觉得自己仿佛就站在造物者的身旁,和造物者一起,观望和等待一切必然的发生。这必然在原始洪荒时便已萌动。

## 第二章　十五日

### 第一日:小刀病了

小刀被两家医院判为绝症。其中一家拒绝医治。

他得了一种叫犬瘟热的病。该死的第一家兽医院骗了我——小刀小时,我带他去一个叫酷迪的宠物医院打过预防犬瘟热病的疫苗。

一家医院说,治活率仅有百分之一。有朋友在骗我,安慰我,骗我小刀不是犬瘟热,让我千万别放弃治疗。但是我明白的。我明白。

我起誓一定要治好他。我要治好他。

有朋友到了太原。我顾不得去看他。有报纸的约稿误了。我请他们见谅。

可怜的小刀。此刻在我怀中间歇地抽搐。像所有病重神志不清乱咬的狗一样,小刀咬住了我的手。但他仍然不肯下力。

你要好起来。好起来。我们必须用尽一切办法打败那个东西。

我等着。等着两点钟到来。今天小刀打了六种针。我要等着两点钟,给他吃今天的第五种药,是每隔两三小时吃一次的药。

## 第 二 日

打了11针。其中上午4针,下午7针。

吃了止抽风药、止泻腹药、医院配制的一种药等3种药各3次;

吃青霉素V甲、犬瘟灵、螺旋藻、VC、VB等5种药各两次;

吃羚羊粉1次。

今天下午得知,太原市南郊北营村发作大规模犬瘟,犬成批口吐白沫倒毙路边。

## 第 四 日

小刀又熬过一天。三天了。今天打了12针,又加了两味药。

参评一个文学奖,终评时遭暗算——有人给组委会打匿名电话。

这人此时可能在阴暗处窃笑。

而我对这种下作举止的蔑视,远远多于愤怒。本人在纸上的劳作,岂会因一个奖而改变?

我永不会改变自己对卑鄙小人、龌龊行径的严厉抨击。但是也祝小人的内心安静罢。愿造物主宽恕他,因他射出暗箭时的心惊胆战。

也愿造物主因我所受的卑鄙损害而偿还我——赐福于小刀。此时已过午夜,是小刀熬到的第四天了。

## 第 八 日

第八天来了。凌晨4点多,小刀尖吠,抽搐。抚摸他时,他下意识乱咬。他一定周身疼痛,在里面外面。

半小时后症状依旧。喂他吃药。又半小时,他安静下来。睡去,肚腹仍轻微地抽动。

撑过去,小刀。

## 第 九 日

小刀熬到第九天了。第八天是何其沉重和艰难——我承认我是狭隘的,这狭隘终于令我无法遏止地发怒了。当医生劝告我停止治疗采取其他措施时,我听到我说出的话。我说:住口。请你住口、住口!

她惊愕地张大着嘴。我憎恶地望着她切近的、惊愕地张开的嘴,用力使自己目光转移开去。

那一天我是悲伤的。他间断地尖吠,发作。雷电震震引发他的病痛,他剧烈抽搐——我以往那般喜爱天地间的壮观景象,但此时只有莫名的愤怒。

抱了他一夜。五次发作。差不多是三个小时一次。那个东西,在我怀里抽打着小刀。而我看不到他。抓不住他。我攥紧的拳头一无所用。他像一个躲在暗处的卑鄙小人。

第九日,小刀安静了许多。但我不敢肯定什么。

我感谢这些天来朋友们对小刀的关心和祈福,他们中在网上博客里的有半树、心丽、塞壬,有聊天室里问候的粒子、张少华,有电话、短信里关心的朋友。我非常感谢他们。

有朋友不解我何以对小刀如此用心,我想在这里答复他。小刀是与我有关联的生命,我必要负责。若我能耗十数天的寿命不做事能拽回他一条命,那么我是欣慰的。我又怎可以因钱的缘故弃他于不顾呢。

网友雪儿回复说:"不知道该怎么说才好,大家都希望小刀能熬过去。可是,他熬得这么艰难,这么痛苦,我们又只能眼睁睁看着。现在,我要劝你放弃,也帮你的狗狗早点解脱。即使你骂我,像鄙视那个医生一样鄙视我,我也要这么说。我真的再也不忍心这样看下去了,无论是对你,还是小刀。"

我答她:"于我,我终须尽力;于小刀,他也终须尽力一搏,无论有多痛苦,有一丝机会便不可放过。我以为小刀所历痛苦,恰如我们所经历、所忍受之一生,无论生有多痛苦,我们终须坦然面对,穿过火、涉过没顶的积雪,直到归于泥土。而无论遇何事,我们都不会、不该放弃生的。

"病痛只是一生之一部分而已。

"我这样说可能矫情了。但是道理是这样的。终谢你的真诚和直言。然我和小刀,都不会那般孱弱。"

小刀带给我和我的家人的快乐,是巨大的。我需要尽一些微不足道的努力来偿还他、报答他。事实上我久已视他为家中一员。

人有六道轮回,也许下一世,他会是我的兄弟,无论做狗还是其他。

现在第十天开始了。我们要继续搏下去,和那个看不到的东西厮打。我望望小刀,他病得枯干,眼眶深陷,他的兽须脱落殆尽,脸部露出粉红的肉皮,他不能自主地抽抖。我心中尖锐地刺痛。

## 第十二日

风凉了。幻觉中仿佛看见,风变了青白的颜色。
想起遥远时间里的诗句来。

> 袅袅兮秋风,
> 洞庭波兮木叶下。

记得以前和朋友聊,说诗句里状写的袅袅叫着的秋风,像一只尖吠着的莫名的小兽。

第十二天了。第十二天过去一多半了。抱小刀下楼去医院的路上,小刀发作了三次——他的嘴不由自主地抽动,咬牙切齿。我真希望他咬住那个暗中的事物——这时我觉得,我咬紧了自己的牙齿。

小刀的一只眼睛化脓。医生说不要紧,不会像我在医院里见到的那犬一样失明——眼球上凹下去两小块,像葡萄瘪了一点。医生说,小刀还须撑五天的时间,这五天是最后的关键。

再五天,比心丽说的多了七天。有些累了。有如天暗下来,却见路仍然远。再五天暖就回来了,她要看到小刀,要带他下楼去草坪上玩。

我可能矫情了。这件事最后,似乎变成了心力或意志力的较量。我将什么物事压在了上面?

或许有太多的人觉得不可理喻。但我是这样的人。我没有办法。这是我真实的情况。我有可能,是个极笨极蠢的人。

这事也会是我一生的隐喻。多少次我这样,不计一切去做某一件事,众人觉得荒唐,不解,因我放弃了太多他们认为的价值,还要受那么多的煎熬,负载那么多世俗意义上的苦难。

但是我乐意。我愿意做我想做的事,不惜一切。别人以为的价值,于我有如粪土。我不是在藐视众人的眼光和价值判断,而是强调我既决定了去做某事,便与那些价值没有关系。

有时在落寞中,我也艳羡他们所得的、抱紧的,但我绝不会改变自己的念头。我不会掷下手中物事,不管它是稻草,还是生铁。

## 第十四日

隐去了网上博客中关于小刀的内容,因不愿连累朋友们一起伤心揪心。

然而终觉,应该告知朋友们最后的消息。

小刀于阴历七月十五大发作。——确切地讲,是七月十六凌晨五点半左右。我疑心,是那夜在阴暗处拥挤着的魂灵惊着了他。

但是他依然活着。医院给他打了很重的镇静剂,以防他病痛发作、侵害脑部。他沉沉地睡着,心脏仍然有力地跳动。他是坚强的,念及他的顽强,我禁不住自己的难过。是我让他受了这么多的罪。是我认为一名幼犬,也应该像一个不服输的人一般坚强。——一个不服输的人有那么坚强么?

与医院的医生聊起来,得知他是我二十年哥们的妻子的同事,又是我另一哥们曾共事的朋友的大学同学。小刀于是自昨夜留在医院治疗。这样也好,他病情随时会恶化,需紧急采取措施,在家里我没有办法,也来不及采取办法。然而心中总有一个念头

## 贰

困扰着——小刀会以为我不要他、不管他了么？

昨夜十点自医院回来。在外面吃饭。拨到肉时突然泪不能禁——以往吃饭，总要拨肉给小刀的。但现在他不在身边了。

回家。耳边仍响着他窸窸窣窣的走动声、他唔儿唔儿的轻叫声。有一刻我忍不住起身去另一房间找他。要站起身时明白，只是自己幻觉。

今天中午，带了一点牛肉、十几个注射器里装着的冲好的蛋白粉去看他。我实际上不敢去想他、去看他。磨蹭了很久，直到不得已，怕他饿着，竟忘记了自己的恐惧。

他知道是我来了么？他一动不动。我喊他时他睁大了眼，再不闭上。他连转头的力气也没有了。我抱起他，他瘦成这个样子，我像抱着一小把柴。他的皮毛枯干。他成了一张皮胡乱束着的一小把骨头。

我喂他注射器里灌着的蛋白粉。他不怎么咽。我咬着牙扒开他的嘴帮他张合嘴，强迫他把蛋白粉咽进去。

我将牛肉块嚼碎了喂他。他不咀嚼，我将碎牛肉塞到他嗓子眼里。

他用舌头一点一点顶了出来。看到他能顶出牛肉，我竟有欣慰的感觉。

医生说，他不能吃，下午得给他输液，加进营养。

晚上六点又带了一小瓶冲好的蛋白粉去看他。我见到他时他沉沉地睡着，我俯身时他的耳朵动了一下。又一下。他也许知道是我来了。镇静剂仍在起作用。他不能睁眼、不能站起身，或者我是在骗我自己那是因为镇静剂在起作用。

他的腹部仍在抽搐。但嘴角已经不再抽动了。艰难地，将蛋白粉用注射器抽出来一点一点喂完小刀。

医生说,他的心脏仍在有力地跳动。他如此顽强,令我敬服和如此难过。而我自己,只是一个外强中干的人。我远不及他。

小刀,你要熬过去。一定要熬。

而我要做事了。已废弃半月。不做事不可以的。昂贵的医药费终需付的。工作已积了一大堆,要拼命才赶得出,好在我惯于拼命做事。暧也马上要开学了。

我有时想自己是过分了。矫情了。何以对一条狗如此?这是许多朋友的话,我竟无力无语可以辩驳。我有时想,也对,有那么多的人需要去关爱,怎可以对一只犬废弃大量的时间和金钱,以致无暇顾及那些迫切需要帮助的人们?我想起前年春节临近的一个寒冷的深夜,数百四川工人的悲愤面孔。他们聚集在一个单位门口,快过年了拿不到工资回不了家,他们衣着单薄,看到他们我就觉周身寒冷。——是给我做过木工装修的刘师傅求我去帮他们的,我所能做的,仅仅是给有关单位打了一堆电话,连威胁要告知上一级部门外加要对此事曝光的恐吓,结果仅仅是为他们讨到一点回家的路费。面对他们的感激涕零,我无地自容。

我找不到合适的理由说服自己,为什么要这样对待一只犬。我渐渐不大想了。也许仅仅因为他是与我有关的一个生命,一个完全仰仗和依靠我的生命。我做不到任由他生灭。我不能不全力以赴拽回他。

有时又想,我连一只犬的生命都拽不回,还谈什么对人如何如何呢?我竟如何失败。我不得不如此自责。有时我又迷信起来。"流年不利,诸事铩羽,以致竟累及小刀。"我想起和朋友说过的话。

这样的悖论不断地撕扯着我。鞭打着我。在这愈来愈深、愈来愈凉的夜里,悲哀愈发沉重起来。

## 第十五日

### 晨

小刀没了。

我没有什么感觉。朋友们勿再在博客里跟帖了。谢谢。请你们见谅。

小刀自2005年4月20日回家,2005年8月22日清晨7时离开。他出远门。不再回来。

### 夜

葬完小刀,是午夜12点了。

月斜斜地照着。他在一棵树下睡了。一张毡子,两只他吃饭喝水的碟子。一袋他爱喝的酸奶,两个他的玩具,其中一个是小球,一个是史努比玩具。

站在房间的阳台窗前,点燃纸烟来。月斜斜地照着。小刀在窗前楼下的树下睡着。在三个季节里,他曾在那树下的草坪上疯跑。在春天的日暮、在夏日的午后或者黄昏。多少次我在楼上窗前的桌边,听见女儿暖呼喝着他在楼下草坪上疯跑。

想到写过一个关于小刀的文章。一个曾活生生的生命,于我仅剩下那少许干瘪的字了。

小刀短暂的生命,仅仅与我漫长一生的三个季节有关。

这时我还不能知晓次日的恍惚——我昏睡去的某一刻,雨开始飘落下来,无休无止。一直到次日午后,雨意缥缈远去。去了那树下,茫然去看,竟似什么也没有了。一些草蔓,已经延伸到葬小刀的地方。一只破瓦盖着的地方,下面深处,是他。

在树下呆坐了一阵,有一刻觉得他像不曾存在过一样。一切像是别人的事。

突然恐惧起来。世间事,大抵都如此罢。而我已遗忘了太多人事。也被遗忘,以致竟似无痕迹了。

(作者小注:文中涉及的那位我叫不上名字的四川木工刘师傅,于2009年冬天死亡。当年刘师傅43岁左右,身体强壮。他患重感冒,去所租的房子附近一家小诊所输液,三天后猝死。这家诊所并无从医执照,输的药有问题。

刘师傅从未出过远门的妻子从老家赶来,举目无亲,没有办法。刘师傅手艺好,人仗义,手头是攒了一点钱的。但钱多被朋友借去,连借条也没打。他死后无人认账,只有一个侄子还来五万元,说刘师傅借还应有不少钱借给朋友,因为他一直说要买车。

开诊所的人拿来5000元钱,威胁刘师傅妻子说你拿上钱赶紧离开,否则连这5000元也没还得被收拾。

刘师傅的妻子无助之下,在他的手机里找到了我电话,多次打来电话一定要见一下。于是找律师朋友义务帮打官司,之后有关机构抓捕那医生判刑,并对死者家属做了较合理赔偿。此事耗时半年。

本年度3月5日,刘师傅的女儿秀秀找到我微信来表示谢意。做此事并未求人感恩,但终归是快慰的。我常想,我非圣贤,偶或做事不当无意间伤人,但也尽可能做些好事尤其是襄助正义之事。我视作扯平,或者也算积德消业?一记。)

## 20. 不吃狗

有人说，人都顾不过来，你管什么狗？可笑。

但是这话，也可以反过来问。即：你连狗都不顾，还会顾什么他人、人性、人类？

因为爱狗，我有意研读过一些涉及狗的史料。在古中国，狗曾是重要的肉食。西周时祭神也会用狗来祭。古代的刺客聂政之流，勇士樊哙之流，以屠为业，屠的主要是狗而非其他。

但经过几千年畜养人们发现，狗是有灵性的动物，是渴望与人类交流的动物，是能与人类交流的动物。它会时常望着你的眼睛，渴望从你眼里琢磨、判断你的想法。在农业社会，狗忠诚、护主、灵性的真实故事每每令人热泪盈眶。故而很久以前，狗作为普遍性肉食的历史便已停止，吃狗的现象已约等于消失。在当今很多领域，它还是工作犬，被用来搜救、缉毒、导盲等。大难发生时比如汶川地震，我们也看到搜救犬的身影，为救人它们昼夜工作，累到趴下就站不起来。2010年我采访震动国内外的王家岭矿难，同样见到搜救犬扑向黑暗的满是泥淖和积水的、人不能进去的矿洞，去寻找可能生还或已经殉难的被困者。我记得有一只硕大的黑色拉布拉多犬受伤，它在矿洞深处传来凄惨的尖叫，那空气中荡动的犬吠令所有在场者心里一抽，就仿佛犬爪在我们心上挠了一把。

狗这种生灵，与人类相处之融洽，打动人类心灵之深切，以致世界上不少地方都竖有狗的雕塑。广为人知的，是拍成电影的忠犬八公，那是一只日本柴田犬。不太为人知道的是在阿尔卑斯山，一条叫黑蒙的搜救犬。它从雪中救出过40个人，却被第41个获救者误以为是狼所误杀。它被葬在修道院的墓林里，碑上还刻有诗人拜伦的著名诗句：

> 你有人类的全部美德，
> 却毫无人类的缺陷。

即便在中国，也有一座狗墓和雕塑，在江西九江。事发2003年11月28日下午，厨师在市场买到一只不知有剧毒的狗，给30多个职工改善伙食。做好后喂了三块肉给一条叫赛虎的狗。狗不肯吃，对锅狂吠。聚来等分肉的人越来越多，狗用头撞人们大腿，但人仍然不明白它意思……狗坐在地上凄惨哀叫。它长嚎一声，把地上的三块肉吃掉。不到十分钟它倒地翻滚抽搐，七窍流血而死。人们惊呆了。事后卫生部门化验，狗肉里含有"毒鼠强"，其剂量足以杀死一头壮牛。它以自己性命救了30多个人。这不是小说家言，它是真实发生的事件，是新闻。这狗被当人一样下葬，当天100多人冒雨为它下送葬。三年后，人们为它立雕像。

我想问的是，那些被救的人，以后还会吃狗肉吗？大家能想象即便是像赛虎、黑蒙、忠犬八公那样的狗，在中国，也有可能被毒杀、被卖入黑市然后吃掉吗？

此外，你能想象一个盲人视若眼睛、视若性命的导盲犬，被人偷走杀掉吃肉吗？

然而在中国，在当下，这样的事不以奇。

而且，狗这么一种灵兽，在当今、在广西玉林，吃它被当作节日大肆操办！这是何等的残忍和荒蛮。

有人说，吃狗比堕胎更罪恶。对此我不置可否。

又有人说,吃狗肉和吃其他肉没什么不同。这样的论调我是反对的。因为其一,这论调忽略了狗和人类的情感交流,忽略了人对狗的情感寄托。我知道的是我所在城市一个爱狗的老太太,自己高血压、糖尿病等一身病舍不得治,给她的狗看病。是一条老年金毛犬。这狗朝夕陪伴她十多年,想想看,狗能做到的陪伴和带来的情感慰藉,即便再孝顺的子女也不能替代——你能朝夕陪伴父母一辈子吗?你要工作,要养孩子,你再爱父母也不可能。一定不可能。但是狗能。

这狗后来死了。那老太太大病,当年过世。

其二,持狗肉与其他肉一样吃论调者,忽略了狗肉的来源:绝大多数是偷盗。

其三,忽略了人养动物的动机。一些动物人养来为吃,而狗多半是人养来做陪伴,它们中的许多却被恶人偷走,杀掉,吃肉。

还有人说,有多少多少吨含剧毒的狗肉流走在全国的市场上,这个我信。偷狗犯用药、用毒镖给狗下毒装麻袋偷走。无论卖狗肉者提供多么详细、完善,多么健康的狗肉来源资料,明眼人均知,狗肉绝大多数来自偷盗黑市。

我作此文时,我附近小区的上周还连续丢大犬,监控拍下过黑夜三人用毒镖射一只阿拉斯加犬装麻袋带走。

我母亲说,老家村里每过一阵,就一个村一个村的狗不见了,偷狗犯用一种俗称十步倒的剧毒药,狗一吃就糊涂了,晕了,有的未及被偷走被主人发现,却无法治,当场死掉。

有人爱狗,养狗,将其视作家庭成员。这并不矫情。有人说人都养不活却对狗那么疼惜,太做作了。我反对,我亲见过街上乞讨的一个老人,他与一条流浪狗相依为命。一个生活无着落的人为何养这狗?我多次见他黄昏时搂着狗,抚摸狗,他望向狗的眼神及人狗相依的场景令我如此感动。

也有人怕狗,讨厌狗。但,这绝不能成为支持杀狗、吃狗肉的理由。

一位微信中的友人说:"玉林,中国的缩写。一个畸形发展的所谓的光明世界。"

微友黄静泉说:"世界上,有此行为的国家极少,但中国却极多,难道我们中国人太劣等?"

微友、散文家李颖说:"多年前我陪一对日本老夫妇参观岳阳,中午景点安排了狗肉,我也疏忽没介绍,吃完后他们才知道。接下来整整两天他们惊惧不安,一直说感觉有只小狗在肚子里汪汪叫,非常难受。那时我年轻无畏,以为他们那种表现,不过是某种程度上的矫情……"

在满街是无痛人流小广告,广西山区孩子上学用棺材板做桌子,人民在夜摊上吃含各种毒、含粪便食物的当下,我对狗肉节充满无力感。想起它我就像被锐器捅了一下,然后被各种情绪淹没。然后是无力。我尽量不去想有这么残忍的节。但近日不能避开。我想写点什么,继续感到无力。这时我总是深恨自己,何以欲下笔却空洞难言。

我只能做自己能做的事。我自己能做的是:

不吃狗肉。

远离吃狗的人。

看到偷狗的人能阻止就阻止能报警就报警虽然报警多半不了了之。

我还能做到的是:此生不入玉林。我不能阻止那可怕的节,也不能直面那地狱场景中的狂欢。我知道我若看到会瞬间崩溃。有人辩解说,玉林有吃狗之风俗,那么我说,"再使风俗淳"一直是古人为官的理想。而当今玉林沦为恶名远播于世界、好莱坞明星群起制作反对食肉宣传影片的恶城,自然与时任地方官息息相关。

## 21.四十四

四十四岁某日,比做爱愉悦的六件事:

### 香　液

天热了。首先是脸感觉到,热风自敞开的落地窗一阵阵扑面。专心做事。忽然一阵香气袭来,香得令人一怔,抬头,下意识想到食物。但肚子不饿,也不到吃饭时间。再看窗外,不是外面的花香,香气不在来风中。它就在家里。

以气息猜度,应是米兰开花。起身去看,果然是它。去年偶然发现,米兰开花会析出细小的露珠一般的香液,阳光一照,香气四溢。我从没觉得一滴小小的香珠会如此动人。

这一次也是。一树细碎的花蕾,只有临窗见光的数枝开放,便是这般清香。我专心在桌边写字时花香冲来,我像被它打了一下一般猛然清醒。

它惊扰了我,于是我在文字中记下它,留住它。

### 剃　头

三日一次,自行用五层刀刃的吉列剃须刀剃光脑袋,多年如常。

我对数字和日期迟钝,但知道今天轮到了,因为已经觉得没洗脸一般。不用镜子,一手摸脑袋一手执刀,摸见有头发楂的地方便是未剃尽。自行落发,真成了四十岁以后最重要的事之一,以前也重要,但剃头终究没现在这般勤快。

剃头时莫名其妙想到庄子的庖丁,但更多想到的,是小时看悬于两树之间被刮毛的猪。那猪早已停止过场般的叫唤,安静的空气里震动着刀子刮毛的嚓嚓声。那么我既是猪,又是杀猪汉。唉。

运刀如风,五分钟内搞定。神清气爽,觉天空都高了许多。往来走动,头带凉风习习,所谓虎虎生风,大抵不过如此。我自带光源,又能自行生风。妙哉光头,此短文可谓之光头赞。

带老虎去某处弄酒坛。工人搬货,几个妇女在远处指指点点说着什么。一会儿工人回来装车,笑着告诉我:"她们说,现在的和尚都变了样,这个和尚又抽烟又弄酒,还养那么大那么凶的狗。"

某日在外地,一群朋友欢聚饮酒,我夸口给在座的每位,都赠一坛我泡就的鲜花烈酒。酒醒后有点咂舌,但是要兑现。去年千字酒赋换到的一千斤烈酒,这是最后一批了。有小酒厂还曾来问能否卖给他们一些,他们要拿去当母酒配酒。我当然不会卖。这阵恶忙,一直没顾得寄,但今天要做这事。

装酒,浓烈的酒香和花香冲荡开来,瞬间盈室。寄去的,都是我尊重的文界友人。我不能天下文友均寄,因为文友太多太多,而酒实在还是太少,所以酒也是看缘分的。那晚在座的朋友,大家有福了哈。想到你们将在某日饮用此酒,我已开心,竟似醺醺然有醉意了。

## 救　雀

儿子臭蛋在院里喊:"大鱼快死了,爸爸快来啊!"

我一边下楼一边纳闷,院里水池只有几条金鱼,哪有大鱼?

原来是一只还扑腾的小麻雀。它大概想喝水,不慎掉入。这是今年第二只了。前一次发现时雀已死,所幸这只活着。

赶紧捞起来。是刚刚学飞的小麻雀,湿透羽毛以后,它那么瘦小。原来是这样一个连毛共几两重的小东西每天叽叽喳喳,空中到处飞。

我把它晾晒在院里桌上。它站不起来,就那么歪着,两只纤细的爪子朝上,偶或一抽。眼睛直愣,我拿指头吓它,它眼珠不动。它的小肚子有点圆,这么个小东西,人的肉眼能鉴别出的,也就是它肚子有点圆。它喝水喝晕了。

不知从哪冒出满院的麻雀,高高低低,到处是它们小子弹一般的叫声。它们大概以为我抓了小麻雀,就齐声污言秽语詈骂。

我回屋。一会儿再看,院里桌上空空如也,只有小麻雀躺过的一小块水渍。小麻雀已经不见了。

院里仍充盈着麻雀的叽喳声,那么它们中哪一只,是刚刚我救起的?

忽然想到,去年这水池是养过鲫鱼的。那时臭蛋吃奶,就弄鲫鱼熬汤给臭妈喝。人们说活鱼是水里加了某物使鱼保持兴奋,我就弄了几条养在池里,心想养一养排排毒,再吃吧。

但是竟然不能杀了。我不会弄这个事。只好又带到市场上让卖鱼的处理。仍觉不忍。再以后,不养。

今天假慈悲一次。万物轮回,救这个麻雀,算是给鱼赔不是吧。

## 老　　汉

院里偶尔抬头,已不见天。满架葡萄藤绿意踊跃。阳光打在花架边缘的葡萄穗上,青青的小葡萄大了许多,贼亮贼亮。

种花去

多年以后会想起,愉悦的感觉包括这一种:随意在小院里一站,眼睛余光瞥见某物,一抬头,一串阳光中欢快的葡萄,青丢丢圆鼓鼓地盯着你,就像它们原本正在干什么,他突然一望,把它们吓着了。

葡萄太疯,斩断一些枝蔓保存营养。葡萄也多,看样子能有至少150斤。这一棵比别人家院子三四棵都结得多,真是骇人。

今年的樱桃树也丰收。鸟和马蜂吃得厉害,也的确熟透挂不住了。剩最后一颗,红丢丢在树上晃来晃去,像是偷窥,又像是想藏匿叶间。喊来臭蛋,臭蛋跳着摘,够不着。于是把枝头给弯下去,他一把摘下,握紧在手中就跑。

他去给妈妈炫耀。我听见他在厨房说:"妈妈,是蛋蛋摘的!妈妈你猜猜,在哪个手里?"

这是今年最后一颗樱桃啊。要等一年,才能够再次吃到。

母亲打来电话,第一句就问:"今年樱桃结得不少?"然后又问葡萄。我立马知道,我家那个急性子老汉又干了坏事。

果不其然。父母夏天住在老家村里,门口有一块不小的菜地,种了各种菜还有几十棵果树。有樱桃,有葡萄。老家葡萄品种不好,我移回去几棵。去年,葡萄死了。今年,葡萄又死了。母亲说,好可惜啊,那么长的蔓子,绿油油的,好端端长着长着,就干巴了。

我听见电话里父亲在一边咳嗽的声音。母亲不好意思直说是父亲的缘故。我问:"是不是我爸又一个劲上肥,给烧死了?"

母亲没奈何地电话里笑,说,可能吧。你爸老是着急。

我家老爷子是个活宝。回家我若问起,他断然不肯承认是自己干的坏事。他会说就浇了一次肥,或者抵赖,说自己根本没施肥。可惜了这棵上好品种的葡萄苗,若不烧死,今年该挂不少葡萄了呢。

朋友们,你们谁家,有这样急慌慌的老汉?

## 做　　客

去发小家做客,他儿子小,刚上幼儿园。臭蛋玩他家玩具玩疯了,问话都不理。这发小,就是我写短章《豹皮》他终于给了我那张文物般的豹皮的家伙,叫高原。他老婆是有丈夫气的大大咧咧的山东女汉子。他们儿子也闹腾,不知因什么事大喊:"我鸡鸡小,爸爸鸡鸡大。"

半天了,他还响亮地自言自语:"爸爸鸡鸡好大。"

哈哈,女汉子两口子,也会尴尬。我赶紧看臭蛋,他正专心弄各种玩具,应该没听见。话说我好担心臭蛋学会、以后动不动乱说……

## 洗　　狗

大型犬不怕冬天冷,却惧酷暑。每年夏天,都有热死的大犬。

我家狗,只要我在太原、在家,夏日每午都给它用水枪冲凉水澡。狗毛乱飞粘衣服,故索性裸了与它同冲。我院植被茂密,葡萄架更是葱茏,不必担心走光。只觉身与心一般赤裸坦荡。

糟糕的是老虎好奇、左看右看,总凑上来想舔某物……万一它下口,那鄙人以后穿汉服可真成太监了。只好不停地抽那家伙嘴巴子。

和某友说此事,他笑得乱七八糟。说你应准备一堆香肠……我说那可不行,万一它咬错了更糟糕。

和狗一起洗澡,也是人生一大愉悦之事。想想这狗两岁,小儿臭蛋两岁半。他们会相伴多年,彼此成为对方的幸福,而我成为他们共同的幸福。反过来一样:他们一起,构成我的重要幸福。

## 22.稷山枣

臭蛋姥姥家在稷山,家里有个枣园。稷山板枣质量如何,我就不用说了。不懂的人去问度娘。

这个村叫贾峪,但我妻子并不姓贾,村子也少姓贾的住户。附近有著名的大佛寺,内有释迦牟尼佛像,当地人叫土佛。

愿佛祖保佑我儿臭蛋。

贾峪离我老家翼城川吴,走高速距离六十公里。

我丈人两口子在贾峪村务农,经营枣园。枣园不下化肥,不打农药。枣花开时,有不少虫子吃,所以枣有点减产。不打药不下化肥,有我的劝说作用。但他们没有埋怨我。他们都是善良的农人。

我丈人很细心,非常善于做家务。我丈母娘年轻时,是著名的女汉子。据说现在她每到过年就喜欢买碗,买好多。又据说,这是因为她年轻时脾气暴,一吵架就摔碗,碗摔个精光。过年买碗,是那时候落下的后遗症。

我丈母娘若看到我这样写她,会生气吗?

她会怎样生气呢?

其实我有点畏惧丈母娘。我比妻子岁数大,但她要嫁我嘛。结婚时妻子做主,多少瞒了一点我年龄。但女儿暖今年上大学,丈母娘是知道的。这样我年龄就暴露了。我们担心她会生气,结果她没有,还非要给女儿臭暖钱,拦都拦不住。

我很明白丈母娘他们没什么钱。农人,哪里有钱啊。但臭蛋百天庆贺时,他们拿了三万元做贺礼。那是他们多少个日月的积蓄啊。我吃惊至极,一定要给他们留下,结果只留下一半。

我丈母娘很勇猛的。有个村民把田种到和我丈母娘家田之间的路上来。我丈母娘二话不说,当着他面,把种到路上的麦子全部铲掉,一棵不剩。那人骂,我丈母娘才不惧她,举起铁锨就往上冲。那人吓得躲,连说我不跟你说我找你老公去。我丈人比较好说话。

去年、前年,我家的亲戚小姑、四姑、二姑、三叔,还有不少他们的朋友、亲戚,开车去我丈母娘家买枣。我小姑一家就买了一百多斤干枣。我丈母娘要请他们吃饭,但天快黑了他们着急往回赶,还有六十公里路呢。我丈母娘说你们稍等。一会儿她满头大汗赶回来,她买回六十多个堪称巨大的热腾腾的包子。

我丈母娘一家,就是这样的实在人。丈母娘常说一句话:"咱不占别人便宜。"我听这话,总觉有一点点傲气在里面。

总有那么一天,她会把这话教给她的小外孙臭蛋。我每想到这里,就不由得欣慰和感动。

新鲜的秋风把枣儿吹红了。新鲜的枣儿摘下来了。我说妈,每年你都把枣半卖半送,给我七大姑八大姨了。今年我帮你卖点枣吧,这枣儿好。丈母娘好汉得很。她说,你爱处朋友,得,给你两百斤枣送朋友吧。

我吓一跳。但我断不能拿她枣做人情的。

我在网上查一下,又问我丈母娘枣的成本,同时想中秋节犒劳微信公众号"小众"的订户朋友。枣量并不多,只能有个意思了。发出去,睡得迟的朋友,谁抢到算谁的。这些枣,都是我丈人两口子精选出来的好枣。于是,在纯文学公众号"小众"里,有了一次别开生面的售枣活动。

## 23. 犬吠雪

### 梨 吃 钉

旧年,梨树不开花结果,村中老妇就往树干上钉颗大钉子,一边钉一边骂咧咧,诸如再不结梨砍你烧柴之类。次年,梨果然累累。

此事颇奇,至今不明其理。

### 晒 屁 股

阳光很快就能晒到我写字时的屁股了。但不能晒脸和晃眼。在多霾时代,阳光有多重要。我又是多么热爱日光和月光。我要擦亮玻璃,让阳光和每晚的月光全部泼洒进来。

作为一个粗莽却又苛刻的完美主义者,我不得不自赞一把。装修房子时,我曾测算四季光照的倾斜度,到处查找资料,多次和工人交涉直到他们不耐烦了又不耐烦。做完后的情况是,夏天最热时,阳光只能晒着阳台玻璃最下面的台阶。冬天最冷时,阳光能晒着我自己但晒不到电脑屏。

我认为我应该牛一下。

## 犬吠雪

哈哈！下雪了。西门虎同学才不足八个月大，没见过下雪，向天惊奇狂吠中。它很少叫的，几乎像个哑巴狗，现在连续吠叫半小时多了。

是所谓并犬吠雪。

## 去远行

需要一次轻装简从的远行。抛开一切，说走就走。世界离开你的努力，运转正常得很。再去哪，多久回，路上待定。

一早出发。

山逐车转。满目寂寂绿意中，时有一树灼灼红花乍现，红得烧人眼睛一般，又像整树花扑到人脸上来。人一惊，它们却又远去了。

## 梨花雪

黄昏一树雪白，为何让人悲伤。

## 驱蚊子

昨深夜微信发图说室外凉爽美好，且已用怪招驱蚊。多人求教用什么怪招驱蚊，回帖、微信留言甚多。只好总复：

蚊子咬得受不了，我只好放开老虎让它到我身边。它裸露面积比我大，至少可吸引一半以上蚊子。

## 鸡 蛋 花

鸡蛋花开。母亲多次错过,一直没见它开花,这次见到了,颇惊喜。

此物在南方普遍,福建海南成高大行道树,不稀罕,北方却喜欢得紧。我从一指长把它种到了现在比我高。买时五块钱。

想起某年在杭州,西湖边的白乐桥村张村长兴奋地给我看他的花,我见有棵小盆景榆树,于是醉了。他的榆树,大概与我的鸡蛋花同理。

## 花 袭 狗

花香沾光头,明月来窥人。

今晚茉莉小树发飙,绽花二三百朵。香到不忍离院进室,香到老虎不想吃肉。

## 季 流 转

院中一天好云。月在云后,尚未出来。

"生活波澜不惊,内心四季流转。"

嗯,南方没四季的朋友不太容易理解。

有次和越南友人一起玩,她说:"你们真好……你们有四季,我们每年只有两个天,下雨天和晴天。北方冬天冷,但冷得很舒服……"

## 24.众生痴

见某个混蛋哥们在微信圈贴出自酿的马蜂酒、桂花酒、木灵芝酒、杨梅酒,不禁酒虫大动。深夜行车外出,思觅处饮。见路边男女争吵,女子蹲地时而大哭。

心中突然难过,酒意顿消。此等小男小女,极度欢乐既而龃龉、愤怒悲伤,谁人没有过。

我觉路边的,仿佛就是旧年的自己。突然想到《大话西游》的结尾来。"那个人好像一只狗啊。"

我没停车,真的狗一样走了。

佛说众生皆有痴毒。而我有痴毒未解,痴之深矣。又以为深情,乃是一种能力。爱和忘我的深情,其实太多的人,并不具备。

所以每每见到或者迷乱或者理智的游戏。

在深夜,一个人,穿过自己伤口,不经意望见了太多人心中的伤。

## 25.恋玫瑰

### 蹲 一 截

玫瑰,品名艾米莉,所谓没药香气。

还有各色水果香,如柠檬。有的香气我受不了,比如一种叫红双喜的,我闻着就恶心。

有次爱茶的友人质疑:你每天纵情烟酒,嗅觉早坏了,怎能闻到茶香?说这话的是石头。我就是能,能嗅到细微的差别。我从小被妈骂作狗鼻子。家里好吃的藏哪,我都能找到。家里剩菜饭坏没,我是鉴定师。

品名奥德赛的,藤本,可长到4米。用烟台花友冷绍玉寄来的枝条嫁接而成。是浓烈的老玫瑰香,我最爱的香气。感觉它与目前所称最香的伊芙系列相较,丝毫不逊色。

樱桃越来越少了。没法说有多好吃。反正我嘴刁,以前市场上买的、老家樱桃园摘的,放冰箱我尝两个就再不肯吃。臭妈觉可惜只好吃掉。小臭今天吃得着急,舌头都咬破了。

葡萄越来越大。看来今年结得不错。秋天喊一波朋友,坐在月亮下吃葡萄,想必是好的。一种紫丢丢的葡萄,吃一两颗手、嘴唇、舌头都染紫。熟透了好吃至极。去年秋有次吃饭带了几串大家尝,恰巧有人路上买了新疆无核白(不知是否正宗)。pk结果:紫葡萄完胜。当时有人带着孩子,桌上剩余的葡萄我一把抢过递给了孩子。

万能的微信圈里,有没懂气象学的朋友可以告诉我,为何最近午时狂风大作?这还是太原吗?

但是晚上反而静下来,风止。有时没一丝风。我喜欢坐在院里,透过架上葡萄藤的空隙,看月亮和星光。这时能听到葡萄藤窸窸窣窣的声响——不是风。确定不是。它长得太快,一天往前蹿一截。那是它向前攀缘时发出的细微声响。

## 像 永 远

夏日炎热漫长,像永远要这样。它像青春一样具有欺骗性,身在其中觉时光宛若停顿,但一晃就不见了。

艾尔弗开花,德国玫瑰,浅绿色花朵,藤本。我处冬寒,风硬,冷,干,枝条在尽量保护的情况下仍每年冻挂,始终种不到宣传图模样。

## 看 月 亮

此时夜一时,月光美得人欲仙欲死。却原来还有不少朋友,此时赤身起来看月亮。

在这样的夜晚,我的狗老虎兴奋异常,时不时站起身来走几步。它站起来和我差不多高,有时我觉得它比我还高一点。

在自我认定里,老虎一定不愿认定自己是狗。而我也不愿把自己认定为人。做人何等无趣。

## 恋 玫 瑰

有一些玫瑰品种,大于寻常牡丹。

玫瑰才该是天下第一花。所谓牡丹国色天香,是因唐时尚停留于蔷薇阶段。但中晚唐蔷薇已有向月季发展的趋向。未知哪个牛人,把一季开小花的蔷薇搞成了多季开花的月季,至今世界一流园艺家惊叹不已,觉匪夷所思。

中晚唐的达官贵人已开始迷恋月季、蔷薇。武宗时宰相裴度建别业,遍植蔷薇,诗人贾岛作诗刺之。现藏于大英博物馆的晚唐绢画《引路菩萨图》中,出现有现代月季特征的蔷薇花。北宋正式出现月季。

在欧洲,月季、蔷薇、玫瑰仅用一词表述。欧洲常说的玫瑰,即月季,致里尔克死的玫瑰,乃是中国所称月季的花。

约瑟芬是狂热的玫瑰迷。英法战争期间,两国约定,当英国运送玫瑰的船只通过时,双方就暂休战。

月季原产中国,但式微已久。1963年,474种经战乱保存下来的珍惜品种集中于帝都天坛公园,之后的国家混乱中,这些花基本毁灭。就是说,中国月季发展的高峰明清时人们欣赏到的美之极致,今人望不到了。

今日世界有3万多种玫瑰。它只才是当之无愧的世界第一花。发展出丰花、微型、微型大花、藤本、切花等多品种,花瓣多100以上。香味多种,色泽多种。它的丰富,娇艳,复花性,又岂是每年只能开一周的牡丹可以比拟。

中国的月季,没几种可以列入世界排名。可能有一两种能列入全球的3万多种?

美国各州设立有玫瑰种植园,尝试种出适合各州生长的玫瑰品种。

## 26.爱古刀

### 长　谢

　　多少人懵懂热闹,貌似高朋满座熙来熙往,内心却孤独无人识。"今知人与人交,不在时间长短,不在朝朝暮暮。气息相通,一语可见生死。" 人生天地间,得一知己,足矣,可以长谢上苍之眷顾。

### 刺　芒

　　大风吹倒一树花,赤膊处理。太阳明晃晃,一阵大雨泼将下来。雨滴敲击,宛若芒刺在背。
　　黄昏,大风推倒的花柱终于扶正。品名姜乳酒,好花。
　　好花如美人,不必发一言,其美咄咄逼人。亦如不世雄文,置之暗室高阁,夜深尤作龙吟。

### 情　书

　　一份情书,风中微微翻动。
　　(法国玫瑰,品名情书。浪漫至死啊)

## 厮　杀

黄昏将至,用水枪冲花木,在我是享受。如此,觉一日富足,未白过。

家里每天有各种惊心动魄的小厮杀。

1.小儿臭蛋和手机。我手机每天被臭蛋霸着,弄得黏糊糊。昨天他把充电宝扔澡盆里了。我勒个天,他往鱼池里扔了本书。但仍然万幸,幸而不是手机,不是平板……终于有一天,他还是把手机扔水里了。

2.蝇虫和蜘蛛。有几个巨大的蜘蛛,结网在各角落。偶尔观察到杀戮,那真是一种险恶的冷酷的杀戮啊。

3.老鼠和电线。木地板下的防水线总漏电,百思不得其解,还以为中国假货如此凶。撬了木地板看,我靠,防水线一截一截皮开肉绽。

4.花和花。那棵疯子一样、春天单株开大花超过5000朵的圣阿尔班,杀死了它旁边的山楂树。春天我赶紧挪走它旁边的帕特送朋友,最近那朋友说,是活了。但疯子花仍然发飙,杀死远离它的一棵花。我发现时那花已干透,香消玉殒了。

5.花和狗。今天,老虎又刨了比前几天大几倍的坑,五棵花根受伤。

6.狗和鱼。老虎跃跃欲试,总想捞几条鱼上来。这个家伙是我养过的狗里,绝无仅有的爱吃鱼的。我好几次在楼上窗前,瞥见它盯着鱼池想办法,哈喇子滴到鱼池里。

## 雨　后

总是一场雨后,池水就变绿。雨得多脏啊。好在不影响雨。

前一阵一条鱼肚子大得歪着身子游,老是抢不到鱼食,女儿觉它可怜,就捞出来放盆里。结果一夜它就死了。

葡萄熟了,有浓烈的酒香。麻雀吃了些。雨水打落了些,把地板也殷成斑斑紫色。去太谷看地时给老猫带了两串,嗯,她拿手里不舍得放下。村里牛老师淳朴,竟去夺她葡萄——意思是让她放下葡萄去摘枣。猫边躲边吃说,我怕我放下一会儿忘记了。嗯嗯,某些小蹄子该馋坏了。她们刚才跟别帖说葡萄,猫精,忍着不吭气。

葡萄长得太快,我家植物的确呈半兽状态。它和蓝雪每过一段时间,就非要拦住大门。怎么能这样呢?表示有点生气。

去市里疯了一阵。突然一阵秋风吹起,吹得心里无比快乐,快乐得像个懵懂少年。

## 古　刀

这么多年,未觅到一把称意的古刀。也是人生一憾。

古物中独爱此物。古刀沉默,如满腹心事的旅人,尚带仆仆风尘。坦荡,一览无余。刀身微颤,如花在春风中摇曳。光芒流泻,宛若烈酒杯中微晃。古刀如美人,瞬间摄人心魄,可交生死,直见性命。

## 夜　风

月光美好得令人发疯。但夜风凉了。

想想不远的冬日,被衣服包围、裹紧,我就不由得发怵。我多么厌恶受拘束的感觉。

## 秋　杀

微醺而归。两日未着家,虎目光如炬,站立咆哮。这厮太难看,不拍它。

草木疯狂,蜘蛛在大门口蓝雪上结网。丑陋的东西,难道竟想让我低头。

茉莉又疯了。没办法。

葡萄越来越紫。

葡萄也疯了,居然要上墙。

秋之杀气,快来吧!让我和植物们都冷静下来。

## 深　秋

秋天已高远,晨起胸襟一开。随处白昼蝉声高唱,遍地夜晚蟊斯微鸣。请从容,坚定,我行我素,请像秋之长天一样广阔。

我仍然期待万木摇落、黄叶纷飞的深秋。不远了。

## 记　忆

品名:红色伊甸园,原产法国,又名红龙。藤本,耐开,耐晒,复花性好,但花苞不易打开,同时长势不快。花开几乎无香。但作干花处理,却有浓郁的老玫瑰芳香。

它让我想到为记忆筛选、美化和强化的情感。记忆并不真实。

## 枯　枝

长满倒刺的枯枝，剪下，因拿出去倒太费力，扎，故烧掉。草木灰拌土种花，是上好的。这样的劳作让人忘我。看一堆扎过你的刺变成热烈的火，有小快意。枝条在火中发出奇异的清香。

但我有小沮丧，小罪孽感。不知这算不算造霾。

## 大　鸟

日暮华西。有很大的鸟拍动翅膀飞起，扔下一串乌鸦叫一般的嘎嘎声。

我其实没有看到它。它拍动羽翅发出的动静，把树巅的枝叶都打得一阵乱响。

## 27.长夏逝

遛狗散步,夜风已凉。又一长夏已远去。且静待秋天,千山又万种好颜色。

今年再忙,也须扔开一切,纵狗踏山。

不知小时明月,家乡为何唤作月明(音mie)爷爷(音yaya)?家乡的朋友,现在还这样教孩子吗,或是已不像以前年月,已再无便利和闲暇在夏夜带孩子坐院里看月亮,孩子数星星数到困了睡着?

旧时光不再。美好不再。思来伤感。

晨起白云满窗,猴子扛棒子贴画在玻璃上飞,不觉间心情大好。云朵很像羊群,而且是肥肥嘟嘟的干净的羊。我要有这么一天好羊,可就太美了。哈哈,贪念又起,赶紧打消。

院中花开。有一朵芳香大花,深粉,已连开十日,仍然微雨中怒放,不见败老之态,力若弓开满月。

傍晚,盛开的牵牛花,一个个把自己关闭起来。日本人又叫它朝颜?

史铁生的话,可能是我目前状态。我坚持认为这是好的:

"寂静的墙和寂静的我之间,野花膨胀着花蕾,不尽的路途在不尽的墙间延展,有很多事要慢慢对它谈,随手记下谓之写作。"

能随时切近观察到自然,可能是一件幸福的事。我放弃很多才得如此。放弃的不只利益,更包括很多的躁乱、追逐、陷在循环中欲罢不能的被动心态。

今日我认为我得到的远远多于所失。我更像一个人了。诚恳,坦率,真实,随四季和晨昏流转喜怒哀乐。

我或许因此贴近了我热爱或厌倦,但摆脱不掉的文学的真正核心。我认为我之前所书,有很多背离这核心,饱含了本时代的各种虚弱、矫情和做作。这些是我日益警惕的。

我所选择的尽量贴近自然的生活,并非依赖多少财富才能办到。完全不是。这样贴近自然,舍本朝以外,几千年里历朝历代,中国人都是这样生活。

我认为且日渐肯定地认为,是当下的绝大多数人,活错了。我不会因十几亿人中绝大多数那样生活,就认为他们对,就去折从他们。

最不能容忍当代一些作家写自然潦草,我斥之为轻浮犹如狎妓,不是内心热爱,只是觉得需要写来舒服一下。

不懂自然,很多典籍也不能真正领悟。且不说孔子,来看庄子。庄子是伟大的自然主义者,若论现今的美国自然文学,那么庄子早已是古老先驱。他从自然得哲思,与古希腊著《工作与时日》《神谱》的赫西俄德的注重具体与实用又大为不同,其内核更接近而又超越现今的美国自然文学。

他观察和写下诸物的循环。鲲到巨鸟,到微小的光中飞舞的透明的蝴蝶。

庄子每每论道。所谓道我解为诸物循环之道。庄子说:"道在矢溺。"怎么理解?

结合庄子是漆园小吏、管理漆树林来考虑就豁然。矢溺是诸物循环重要的一链。当然,他只是以最卑微之物设喻。

# 第叁辑

## 悲伤如一条北方河流仅剩的水

日出而作天自高,深土张目十万虫。
阿香梳发拂轻柳,鸧鹒遗声过蒿蓬。
神州无恃龙马喑,荒山未破夔蛇躬。
北国启蛰不见春,夜起推窗听大风。
——旧诗《启蛰》

云朵之下,
我的幻影高过群山。
俯下身去
轻抚每棵树颤抖的尖梢。
我听见鸟鸣掠过,
和在母腹中听到的一样。
河水在旁边妩媚流动。
——摘自新诗《278.五行木之篇》
2016.11.25 13:04

# 1. 黄河败

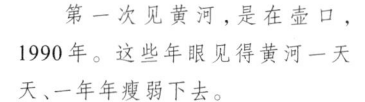

第一次见黄河,是在壶口,1990年。这些年眼见得黄河一天天、一年年瘦弱下去。

世言汹汹,称道电影《泰坦尼克号》中大难临头时贵族的表现,称之为贵族精神。

面临生死大事而坦然处之,这风度,在中国古代,普通有修养的士人便能做到。他可以贫穷如颜回,暴烈如子路;改过如朝闻道夕死可矣的周处,奋起如闻鸡起舞的祖逖,坚忍如守睢阳曾以数千弱卒敌十万叛军的低级军官张巡。大恩如仇,可以侠义如李勉所遇之无名刺客;梅妻鹤子,可以高隐如诗人林逋。也可以自平民而就高位仍存底色,风流美好如"陌上花开,可缓缓归矣"之钱王。

"泰山崩于前而不惊。"这是中国(曾经的中国)极为珍贵的平民贵族精神。称之为对人类、对世界文明的重大贡献,并不为过。

在山里马场,见到不多的马匹。我爱其奔跑和嘶鸣;但更看到它疲累的样子:低垂了头,默然、惶然。

它暮色中的剪影迅速被黑暗吞没。

夜间的梦好长,细长的透明的线仿佛延伸一生,没入尚未来临的时间。我梦见皇帝。他赐我黄金;我一直想要的某个美女,以及满足人间的其他欲望。我抬头望他,他似笑未笑,他的表情像上帝,也像魔鬼。

我尽力闭嘴,没有喊出皇恩浩荡的字句。挣扎着转身,再挣扎着醒来,我继续羞愧为人的虚弱,和种种虚伪。

我梦见世人之梦,梦中皇恩浩荡的呼喊震耳欲聋。

次日兴起去看黄河落日,走得晚了,眼见得落日一点点沉沦。及至,天灰黄,河水昏沉且少,大为失望。无甚可拍。

这是任侠的王之涣见过的壮丽大河,要过一会儿才能流到鹳雀楼下;是曾映在自祁迁居到蒲州的王维眼里的黄河;是勇士入水恶战蛟龙将其杀死的黄河;是秦伯将亲生女儿祭献给他的黄河;是重耳渡过迎娶秦公主、两国结为秦晋之好的黄河;也是孔子终于未能渡水入晋的黄河。

所谓"胡马饮河",最不济,当胡骑绝尘而至此横亘大河,也须十万匹铁马硬生生止步、齐刷刷低头。

此刻它和我所处的时代一样,干瘪,枯槁,肮脏,沮丧,在秋风中胆怯得发抖,然而毫无诗意可言。

## 2. 庞泉沟

庞泉沟秋天，溪流愈加清澈。清晨的阳光，宛若世界初生之光。离开时我用大矿泉桶装满一桶水放到车后备厢里。城市生活中，喝这样的好水已是奢侈。

一切均在蒙昧中，像正在书写的汉字不知所向。大巴车在山间穿行，云朵在空中疾速穿行，太阳或隐或现，有三三两两的雨滴溅落车窗上。车急转，对面山崖上明晃晃的阳光瀑布一般垂落下来。一车惊呼。一树野杏花在车窗上一闪而过，一刹那间我只想到一个词：惊鸿一瞥。她开得那般明艳，那般恣意，我仿佛看到车穿行而过时碰到她一个低枝、低枝颤动，杏花扑簌簌飞舞。光中的杏花瓣晶莹剔透，在记忆中永远处于坠落的状态。

那时我几乎是安静的；因寡言而貌似安静。我不知当时在想什么，似总有莫名的悲意，和纷至沓来又一个抵消一个的狂妄念想。是年少的轻狂，抑或不知愁滋味的意气？

那是一次令人沮丧的旅行。车到驻地，才下午四五点钟，天光已暗。四面环山，落下去的太阳在山崖后面，映得大山昏黑逼人。我似乎有征服大山的欲望，目测山并不高，我企图一气爬上崖顶。但只爬了一个小土坡便气喘吁吁，返回的路上，鞋子里的土、石块和各种草木种子尖刺,硌得脚生疼。

原本夜晚点亮篝的期望值落空:山禁严厉,不允许点燃任何明火。在即将消逝的天光里,我急切地寻找着什么,似乎想攫取某一个姣好的面孔。但我那般茫然,因为其实我并不知想要寻觅的是谁。

大山的黑暗很快把我们嵌在里面,那黑暗仿佛压迫着皮肤,举手投足都觉吃力。在黑暗中走动,总是下意识地抬手推开前面什么东西。手电筒打开,勉强推开一个小缝隙,在几米外的地方,光便被等待已久的黑暗吞噬了。

我们住农家院舍,大通铺,七八个人住一间房。太早的睡眠折磨着我,太多的杂念折磨着我。这一夜我构思了一首后来命名为《逐日》的长诗,我依稀记得那些稚嫩的句子:

> 时辰到了,他随手抛起手杖
> 太阳如熟透的桃子落向湖面

在不安的睡眠中,我似乎做了春梦,模糊感知到身体的僵硬和温热。梦中的女子依然面目模糊。有一个瞬间,她似乎幻化为我某位女老师,但这形象很快飘移了。

在一张残留的旧影中,我看到当时的我。他那般陌生,完全是另一人,我几乎不记得他了。影像中他精瘦,头发像刺猬一般直竖,眼睛明亮而锐利。我看到他貌似冰冷的眼神之下的盲目和狂热,像是要攫取什么,但更像是在决然地放弃什么。

这已是二十二年前的记忆。带队的赵瑞锁先生,当时还不到我现在的年纪。我已有十年未见到他了吧。那一年我十八岁,刚上大学二年级。照片上的同学们,也已多年不见。人生常如此,总有为数众多的人不断被散落遗失,乃至遗忘。

但我并没有遗忘他们,偶尔的深夜,我会思念他们,想起这次庞泉沟的旅行。这旅行像我的青春一样仓促和慌乱,却始终不能忘怀。这时候想,那些亲爱的同学,不见也罢,想起他们时,他们永远是一张张青春逼人的笑脸。那些上学时愉快或不愉快的记忆,都变得无比亲切。点燃一支香烟,在缭绕的烟雾中,他们的身影清晰起来,生动起来。

庞泉沟,在晋西的吕梁大山深处,有原始森林横亘绵延。篝火终于明亮,已是初夏夜晚,仍然在庞泉沟。我已是另一人,被称作诗人黑五,刚刚婚娶不久。无边的黑暗热烈地围绕着熊熊燃烧的篝火,人们在唱歌、跳舞、饮酒。我坐着默不作声,忍受着牙床肿胀的剧烈疼痛和轻微的发烧。我出神地盯跳跃的篝火,有着湿气的木柴在火中噼啪作响,偶或突然跳将起来。我望那些飞溅的火星,看它们一个个在空中下坠,暗灭。

我的好友韩湛宁先生,在摇摇摆摆地唱一首叫《醉酒的探戈》的歌曲。我清晰地记着他镜片后的眼睛,眼神里温和的笑意。他是一个永远温文尔雅的人,我几乎在羡慕他的状态。

而我在人群中那般孤独,心中充满狂躁的欲望。虽是初夏,面部被篝火炙烤的同时,仍然感觉到背后山风的寒凉。我似乎想挣脱什么,是试图挣脱孤独呢,还是渴望孤独?我记起在城市的某个十字路口停下的茫然无助,我突然控制不住地有撕破了喉咙大吼的念头。

这喊声也遗落在庞泉沟的山间。多年以后重新造访,山不会记得。我的一呼一吸,早已纳入山风之中,那山风久已吹散或者止息。

次年,我辞职南下。再一年半,我返回我曾居住的城市,在灯下端详我那次自庞泉沟带回的一束小麦。小麦插在一个陶罐之中,小麦的尖芒,在灯影里仍然清晰而锐利。前日与韩湛宁先生通话,他在深圳,是享誉国内的著名平面设计师。

　　再度造访庞泉沟,已是秋雨霖霖的季节。一行人雇车前往,带队的老井,是我散落多年但并未遗忘的又一位朋友,他久前已退休,当时是某报现代都市版的副主任,一位有才华而始终未能施展之士。似乎是我提议前往此地的,那么当时我一定是想起了前两次的游历。我不会知道,在大山之中的休憩和某一刻所做的思考,竟会导致人生的行程发生重大变故。我曾多次想到这次在庞泉沟山间的游走。细雨凄迷,雨并不成滴,飘落面部,人能感觉到像细微毛发触动皮肤般的微痒。或许因了雨的缘故,这次游历在记忆中从容而漫长。似乎并非一夜,而是山间无数个岁月。

　　我能忆起的,无非是一些细小的情景,这情景因无数次的回忆而被多角度审视,被无穷放大,还伴随着一种莫可名状的饥渴感。我记得仰面张嘴去接雨丝,记得在山间行走,路遇一群又一群警惕的牛,记得山路上被雨水泡得巨大的一坨坨牛粪,奇怪在记忆里这一切都无比美好。还记得推开院门前的黑暗,去买山民捉养的野兔,记得山间夜晚无比强大的静谧,一种宛若时间中止的静谧,记得山间黑暗中交谈的细言琐语……归途中我曾让司机停车,一行人下车透气。山气氤氲,几米外云雾缭绕,草木气息令人沉醉。我在路边采摘了一束野花,花朵上沾的雨水溅落在手上、胳膊上,冰凉若女子的指尖。

　　一位同行的女子,像庞泉沟夜间的黑暗一样沉默。在某一刻我望向她,她的眼睛黑白分明,正看着车窗外某个方向。一只黑色鸟儿在细雨中翻飞,腹部柔软的白羽一晃而过。

　　多年以后,我曾向这次同行的某旧友提议重游庞泉沟,旧友神情不屑。我暗中嗟叹,同样的游历,何以在人的记忆中迥异?

## 叁

张罗一群小青年、带了爱女温暖童靴,自驾前往庞泉沟露营,是近年的事了。记忆像秋末冬初的阳光一样清新和灿烂;心思单纯而明净,犹如庞泉沟中的山泉。

寻找露营地颇费周折,林中树木高大,落叶堆积黝黑深厚,但不够平坦;山泉边又太过潮湿。最后我们只好在山顶前往中阳的路边扎营,三个帐篷一字排开,好不热闹威风。

时值半下午,天离黑尚早,留了人看守营地,其他人一窝蜂散开寻觅美景。暖童靴端着相机,拍了一大堆奇形怪状的树木、野花和地形。天冷冷地蓝,蓝得洁净,蓝得清冷;下午的阳光仿佛在微风中抖动,野草枯黄丰茂,草尖如小兽的绒毛。光斜洒林间,草木斑驳犹如豹子华丽的皮毛。

时令已有些晚了,树大多叶落,残留的树叶红得那般招摇。却又不是一色的红,而是无数种红铺展开去,中杂多种黄,或浅黄或黄绿或灰黄或灰绿,又有多种绿,这些色泽与云朵的白、天色的蓝、阳光温和的黄融为一体,天愈加高远,地愈加苍茫延展。暖童靴远远在林子里喊我,我跑过去,她低声说老爸,这地方有些害怕。我四下打量,这地方林木茂盛,阴气很盛,树木长得奇形怪状,七扭八歪地森森然。我拉了暖走,一边想起老乡柳宗元的句子:

以其境过清,不可久居,乃去。

好友冯居士自告奋勇带了锅灶和晚餐,于是乎冒天下之大不韪,由冯居士上手,挖地灶做饭。去桦林捡的桦树皮油性很大,火苗呼呼蹿起来,人间气息升腾起来。小伙子们太能吃,饭菜量远远不够。又开车下山,去山民那里买了野兔,回来亲自捉刀烧烤。结果把一大只兔子,烧成了小小一块黑炭。一行人咽着口水感慨:是庞泉沟收走了那只兔子。

打了泉水煮茶,举了杯看,茶色浓绿诱人,茶好生清香。遗憾的是香烟抽光了。深夜还多次在路口等待,等着向停车休息的司机讨要或购买。

夜风强劲,寒意四下里涌动。大家分别钻帐篷休息。一夜无梦。凌晨时迷迷糊糊被暖童靴推醒,她低低说,外面有动静。侧耳细听,的确有沙沙的声响。抄了睡袋边的刀出去,什么也没有。另两个帐篷正鼾声四起。我在帐篷外细细巡看,发现有梅花状的蹄印,看上去与猫爪极为相似,只比猫爪略大。在晨风中等了许久,不见动静。刚返回帐篷,又听到不远处类于猫叫的声音。

叫醒众人起来查看。大家纷纷猜测,有可能是一只出于好奇前来观望的豹子。

归来当晚,我梦见了豹子。那只皮毛华丽的大兽,和庞泉沟下午阳光照着的林中茂草混合在一起,不可分辨。博尔赫斯曾说,豹子是阴性的事物,有着强烈的性意味。我曾多次梦见豹子,但迄今为止,这是我最后一次梦见豹子。

庞泉沟沉默着,有如尚未被书写的汉字。或许是机缘巧合,或许是来自庞泉沟的召唤,我在第五个夜晚,在今夜,遥望记忆中黑魆魆的庞泉沟之山,状写了它在黑暗中的轮廓。这是在很多年以后我才记下的四个庞泉沟之夜,在书写中,我感到内心狂乱风暴远去的声音,感知到一种多年未有过的静安。

这是在静安中的书写,还是书写之后才得到的静安?我无法确知。完成此文的一刻,我才下意识发现,我写下的四个庞泉沟的夜晚,恰恰是一年中四季的轮回。我是将自己经历的二十二年,隐置在了庞泉沟的四个夜晚之中。

## 3.水沟空

独行山间会产生幻觉:你独自嵌在山中,如同被松脂包裹、缓缓动弹的昆虫,有一天不动了,成为标本,变为琥珀。在漫不经心的时间中,人的生命也的确如是。某一日到来,以骨或灰入山,不过如此。

但此刻我感到的,是个人微小的孤独,面对一个巨大孤独体时所感知的逼迫,它在空间和时间上同时挤压过来。虽偶见行人、车辆往来,但没有别的目的,仅为这山游走,在此时、在此年,大概唯我一人。

在太原东北山地,路过废弃的村庄,村里天主教堂还完整,尖顶覆压在天空之下。教堂背面,已陷入挖开的巨大土堆。不知何时,这教堂会被拆除。教堂和教堂旁的民房,早已无人居住。有成片的果林,它们黯淡沮丧,树间干黑枯败的枝干甚多,看样子竟似也被遗弃。

一日无意间撞进一个村子,问村民,叫水沟。暮春下午,阳光明艳,平整的田地里,矮得一米高的桃花,在光秃秃的田里绽放,看上去既荒败又诡异。高高低低的梯田里,果木正在盛开。有李花、梨花、小果子花,均一树树雪白,被夕光照得透明。微风轻拂,它们犹如为自身的美不能自已地战栗。

深恨走时急忘带手机相机。次日再来,同样时辰,仅隔一日,却无向前之美。一些花已败,同是晴天,却光线混浊无穿透力。

怅然若失,觉如错失一个美好的人,而因了错失,美好者在记忆中愈来愈美好,如自带光环。

还是看了些树。近年来它们让我迷恋不已。已结絮的杨树,长了榆钱的榆树,长嫩叶的杏树,未发芽的枣树、核桃树,以及依然苍黑的土槐。

这个叫水沟的村子,原本每条沟都有水冒出。但周围有了六个煤矿,挖得水再也不见。现在村里多处房子裂缝,成严重的采空区。问村民为啥不找矿上,答说煤矿十几年前就不干了,现在找谁?

村里打了深井,四百米深。正是黄昏,人们纷纷出门活动。没有年轻人、小孩,基本都是老头老太太。问,说是年轻人都去了城里。

村里有采摘园。但草莓园去年就不开了。说是来人太少,成本顾不过来,现在只有果园。果园搞采摘,也不行。邻近村子在搞生态旅游,建别墅来卖,那生态旅游区我去看过。

水沟村也在扩建,正扩路,要扩到6米宽。一老汉说政府批了几百万。我问,贪吗?老汉嘿嘿笑,说这个钱不好贪。但若在用料上做手脚,就不好说了。他指前面一处刚建起的二层楼房,那楼正好戳在要修的路边:"那楼我看着建起来的,用料就不好,钢筋全是非国标,水泥也不行。建得也难看,我都看不上。"

一切都粗糙,应付。对自己都如此。回程我在想,改革以来三十余年,人和自然,发生了什么样的变化,自然且不说,映在眼中。人心也是巨变,这般沧桑。

人间荒岁,不堪一度。我不知觉间已是中年。近年来不断在想,我真正想要什么,怎么去做。人终须找回自己初衷;若已扭曲,那么再扭回来。

落日正坠,仿佛发出惊心的、击鼓一般的滚动声。万物之上的光辉,被迅疾地收回天际。

## 4. 飞鸟殇

去东山看梨花，来到一个十多亩地大的果园。果园西侧临路，围以栅栏；东侧悬细密的防护网，网上挂满鸟尸，早已风干。有的鸟头没了，有的没身子，有的只能认出一张鸟喙。

仔细辨识，鸟的品种有鹞鹰、喜鹊、乌鸦、麻雀、斑鸠等，还有猫头鹰。麻雀最少，想必因个头小，挣扎时可以摆脱。亡鸟多是大鸟。奥维尔写在缅甸射杀疯象的经历，大意讲到体形巨大的动物倒地而毙时，对人造成的心灵震撼。而在此处，大约六十米长、不到两米高的防护网上，挂了至少七八十只大鸟，目之所触，无不惊心。

鹞鹰在本地较少见，但此处却最多，我走几步便认出五只来。此物凶猛，迅疾，我小时常见它在空中捕鸟群。往往是两只，大概雌雄一对。一个在前面堵鸟群，众鸟回飞逃窜，后面的鹞鹰便扑飞过来，利爪一挠，或利喙拧断鸟脖，或用翅把鸟击落。细血和羽毛在空中撒下，偶尔微小的血滴落脸上。但我们只能捡到鸟的几只细羽。我亲见过，鹞子擒一只黄鹂，就在高于我头顶不远的地方，以不可思议的速度一下子不见了。

在我故乡，鹞鹰唤作鹞子。此处这么多鹞子，我猜它们是自高空看见网上挂着的鸟，便猛扑下来捕食，不料就此被网挂住，不得脱。越挣越紧，渐渐力竭。慢慢饿，渴，晒，淋，死。干，干透。被风吹得越来越少，渐渐不成鸟形。

鸟会流泪么?我没有见过。以往背负的青天,在它们眼里定格。晦暗。消失。最后,眼睛不见了,成两个空洞的小窝。有一天,小窝也不见了。

太多太多鸟,就这样被风吹得魂飞魄散。

此处荒偏,人烟罕至,也不知这些鸟在网上挂了多久,又不断地补充入新的鸟,乃至今日。我见到整理果园的农人,递根烟搭话。问打药不,他说,哪能不打药啊。又说,这十二亩果园,收成每年也就三四万。他这个在村里还属于管理勤快、种得好的。

我看他旁边别人的园子,花树稀稀落落。

他说,鸟啄果也啄花。没办法啊。那些死掉的鸟粘在网上哪个地方,其他鸟就不来了。我心知他的说法未必对,眼见那些鹞子,分明是望到网上有鸟才下来捕食却被困而死——我小时有次黄昏视线不好,家里鸡网便缠住一只鹞子,它也是同样原因受困。

农人也要讨生活,我没有办法劝说他,身心皆有无力之感。中午回来,满脑子是那面长长的防护网,上面挂着的一只只鸟尸。它们在风中荡来荡去,羽毛拂动,刹那间觉得它们仿佛还活着。

这真是本时代地狱般的景象。这也是有翅膀的鸟的自由,被细琐之网斩断的景象。鸟凌空高翔、俯瞰人世,曾一度让我神往,羡慕,渴望,恨不能引为同类;今日见这等惨烈,令人心魂俱摇。

整个下午有雨,夜间依然,淅淅沥沥不断。决定明天得空,开车戴手套去收鸟尸。埋到我园中,且让鸟魂伴花。

中国传统,终是入土为安。它们也可肥花。它们的魂灵,仍会自由翔舞。鸟儿啊,看我葬你们的分上,你们在高蹈之际,切勿相互攻杀。哀哉,痛哉,悲哉。

## 5.雨夜韭

我爱诸物原始之美,包括食物原材料之香。"雨夜剪新韭。"韭是古老植物,新韭可理解为头茬韭菜,头茬韭菜之香,生态、人心败坏的今日人们只是生怕吃到毒韭菜,太多人已不能领略。

春夜微雨,低天高树沙沙作响,原野的一片漆黑中,却有诸物之大欢喜。那沙沙的微响,几乎是植物们生长的声音,其中韭的动静特别大,一夜之隔它长高一大截。清晨割带着雨珠或露水的韭菜,绿生生的韭叶,就像绿意在荡动。每一叶都是绿意流荡的珠宝,携带了春夜的躁动和微凉。

韭爱水,爱肥。种韭是种根的,韭的根部强大,一年下来,不分根它就长不好了,因为根相互盘绕,必须给它们腾出足够地方。

有一年装修家,没处吃饭,多年的习惯是只要在本地,每天就至少要吃一顿家里饭。否则便拉肚,闹病,等等。在外面吃了不到一周,撑不住了。邻居宋哥两口子看我可怜,再三邀我去他家吃。不好意思去,宋嫂就盛个饭盒送我院里。躲不过,于是一吃三个月。

有一天宋嫂说,我来包包子。她院里种着韭菜。宋嫂说这是头茬韭菜啊。我没多想,继续去工地监工干活。黄昏再去,满家热腾腾的包子香。宋哥还没回,我闷头开吃。吃了几个才开始数,嗯,一共吃了15个大包子。我难为情,说有点多了。宋嫂笑说你别数啊,数什么,咱吃就是。我连说饱了,却忍不住说再来一个,于是又吃两个。

次日晚又吃昨日的包子,6个就顶住了。想不通昨晚,那至少17个大包子,如何就轻而易举落入肚中。

我觉得这是我一生吃过的,最香的一次包子。此经验不可复得。断然不可复得。

韭需常割,一茬一茬下去。所有生命力坚忍顽强的植物,均令我心生敬意。我院里种得密实,已无处种,但太爱韭之况味,不惜斩去院外绿化带干枯的灌木,寻空种了几垄韭菜。是央来邻居小陈家的韭根。去年才种,到今年已不知吃过多少茬了。

今年第一茬韭,斩来用盐杀一杀再凉调,居然可用作配菜深夜下酒半斤。在院中微有醺意,却想到儿时的一种野菜,叫小蒜,根部像蒜,叶形状和味道似韭。少时春天,常挎了篮子和母亲挖来,用此物做饺子馅。它的清冽,又过于韭。小蒜这种野菜,至少与人共存了数千年啊。

百草枯现在到处是,杀得田野魂飞魄散。小蒜说不定在故乡绝了。

## 6.椿芽长

草木在寒风、冰雪中蛰伏一冬,春风一吹,嫩芽纷纷探头。光中望其剪影,像一只只小兽初生的绒毛一般惹人怜爱。这些芽在漫长冬天积累养分,在春天爆发,其力无穷,一日之内晨昏之变都令人吃惊。

有些芽可吃,且是人间美味,比如香椿。南饮明前茶,北食香椿芽。掰了树枝,采那些从深褐到浅绿渐变的芽头,汁液沾上手指,眼前树枝晃动,同时晃动错置的,是午餐或晚餐做好的香椿炒鸡蛋。

所谓春天,在人,目之遇,肤之感,心之触,鼻之嗅,还要包括味蕾之品,对北人而言,椿是可以食用的春天,它实在太配自己称谓了,"椿"之右偏旁的"春"字,既是发音,更有人对它的食欲期盼和充分尊重。它便是春天的味道。

椿芽之美,椿芽所代表的春天之味美,更在于摘取的过程。我还残留着少年记忆:院落之后有一棵椿树,枝丫离房顶有一截距离。它保存了我少年时代每个春天的成就感。爬树摘椿是我的事。椿树枝干光滑细腻,有熟练爬树技艺的少年方能胜任。坐在树上摘完椿芽,意犹未尽,每每站起身来,在与房顶平行的树枝上荡动枝条,借弹力忽然一跃,就飞到了房顶,下面惊呼,是拾椿芽的奶奶和弟弟。

从房顶返回椿树更难。树干距离房顶一米多,需要看准,伸双臂，在房顶边缘身体向椿树垂直倒下，过去时手正好抓住树干。那时我就只有一米多点个头。倒下抓住树干时，人就像一根横在房顶与树干之间的小桥。这样做必须万无一失，若失手就相当于自杀。多少次我在反复掂量树下的尖石和地面的软硬。有一次黄昏心怯，无法在房顶返回椿树，忽生冒险之心，打算从房顶直接跃下院落。昏黄的光线中，站在院里的弟弟傻傻地抬头望我，五六米的高度，使他身体变得那么矮小。我没敢跃。

那么椿树于我还代表春天的危险，而我安然跃过许多个春天。有时感念造物，敬畏之心油然而起。在我少年，一些玩伴要么被造物收去，要么伤痛伴随一生。比如有小伴在我们常玩的水库淹死，有小伴玩跳井游戏时跌落井中。我记得重的惊恐：暴雨之后放学回家，独自一人从井上跃过，脚底一滑，在井上面摔倒，横在井面上。

这是旱井，浊流仍在汇入，翻滚，井水已满溢，我的红领巾浸在水中。许久我不敢动，听着自己爆裂一般的心跳。我等四肢和井沿牢固的接触，又担心时间过久，手脚力不能支。它成为我持续一生的噩梦，每在情绪极度紧张时，我梦见这一幕。

而当我少年，坐在椿树高处望远处春光时，也多次想到这次可怕的危险。我不停地荡树枝，以确定要爬过去的树枝能承受的分量。椿树长得飞快，椿芽之后，椿树会长出稍硬的枝条，已不能做菜吃。掰下椿枝，像剥香蕉一样剥它的嫩皮，吃那椿枝。微甜，异香，脆嫩。吃得太多，有时生惧意，想自己头顶会长出椿芽。说像剥香蕉一样剥椿枝皮，是后来的比喻，少年时我没有吃过香蕉，也没有见过。

时光飞快，椿树枝再长半月内质就变得坚硬，不能吃。它们呼呼地长着，仿佛风一吹便伸出一截手臂来捕捉雨露，也打捞日光和月光。

# 7.拔荠荠

在今日,若一人游历他方三年始归,他未必能认出自己家。前提是他房子仍然在,没有被拆。

那么故乡、家乡,对具体的人来说,我更想到味蕾。故乡就是家乡饭。对故乡的怀恋,有时不需要经过大脑,你身体的部位存有对它的依恋,比如脚,比如嗅觉,而胃的记忆最固执。

浆水菜霸占着我胃的记忆。它是故乡最重要的风味菜之一。做浆水需要用一种长在麦田里的野菜,就是荠荠。用其他也能做,比如芹菜叶、萝卜秧子,但味道差得太多。

去采这野菜,我们那里叫拔荠荠。挎了篮子,春天满地去寻。麦苗青青,紧贴了地面,也只有在春天去采,麦子若长大就不好寻荠荠了,荠荠也不再好吃。

在麦苗中找到叶片不太一样的荠荠,的确不用镰刀,是拔,连同它白嫩细长的根须。若地太干太硬,根就断了,我们说"蹶根了"。有时提着篮子小心翼翼回家,因为有意外收获:篮里放入了几颗鸟蛋,有时是毛没长齐的小鸟。它们被放在篮中柔软的荠荠上面。有一次我居然挖见了一窝蛇蛋。蛋很小,不及鸟蛋大。摔开一颗看,蛋黄里面游动细小若虫的蛇。

做浆水菜,叫剜浆水。要用浆水引子,然后把荠荠置入带盖的瓦罐,倒入清水面汤,再把瓦罐煨在常年暗火不灭的炉边——我小时炉火是这样。借了炉火的微温它慢慢发酵,越来越酸,就能炒制来吃了。

浆水菜，在我们那里最好的做法是加豆腐和鸡蛋、土豆丝。我不知它有多久的历史，总觉应是古老做法。有几年家乡人说这东西不能多吃，致癌。其实不然。我从2010年为了种花，在距离老家八百里开外寓居的太原制环保酵素，然后又制人喝的酵素。此物对人体极好。有一日我恍悟，从浆水的做法来看，它不也正是一种酵素吗？咸菜致癌，用盐等物腌制。但浆水不用任何调料，靠自然发酵。所用原材料完全来自天然之物。浆水菜是好东西啊。

我以为浆水菜我老家独有，因为相隔不足百里的数个邻县，百姓都不吃此物。有一年在京，和原籍甘肃的作家秦岭提起，他大为吃惊，他以为他老家天水才吃此物。

某一年又到陕西汉中地震灾区，原来那里人也吃浆水，当然做法又不同。如此美味，独立于国内数地，并不传播，也是咄咄怪事，至今我想不通其理。一般没吃过的人，初次难以适应，倒是真的。但吃几次，便会上瘾。

苤苤现在难寻。农田多有农药。家里看护儿子臭蛋阿姨，老家是代县，她说前年在老家因农药野菜，就吃死了人。怪异的是即便农药浓烈，有虫仍生，它们似乎变异，生出可怕的抗药性。今年清明在老家拔苤苤，发现有些苤苤，根部有一窝窝白生生的虫子。这种虫子，此前没有见过。多地朋友有此反映。

# 8.吊死鬼

对吊死鬼的记忆始于塑料和农药。1983年,11岁。生活的村子每天都有污秽的漫骂声,农田呛鼻子的农药味中,总有人家的鸡死去,鸡越来越少,猫和狗也几乎绝迹了。老鼠却变得巨大。晨起我急慌慌去厕所,突然骇住——巨大的老鼠横在猪槽边的路上,后腿站起吱吱尖叫示威,我清晰地看见它嘴边炸开的胡须、尖长的利齿。

这不是夸张,是确真的描写,它在拙作长篇小说《村庄凶猛》中做了变形处理,以期由扭曲现实物象而更接近心理真实。

在以后的岁月中我没有见过那一年那么可怕的老鼠。它们咬死我家剩余不多的鸡,在黑夜咬了我姐姐的鼻子。姐姐说,不疼,就是黑暗中摸了一手血。在邻近村子,老鼠在黑夜把一个婴儿的脑子吃了。

鸡瘟不久也出现,一个村子一个村子挨着洗劫。昨天有人去邻村,回来说那村子鸡死绝了;第二天自己村子的鸡就开始死。它们站着,头一歪跌倒,再看时眼睛已僵。

农田里开始盖塑料薄膜,白花花一片,烂掉的塑料飞舞,一片不祥景色。这是我记忆中最惨淡的一个春天。然后风热起来,夏天来了,吊死鬼也来了。

这是一种长在榆树上的虫子。此前没见过。它们蜘蛛一般拉长丝吊在空中,有时垂落到人的脖颈,它接触的皮肤便起一层红疙瘩，越挠越痒，溃烂。它在空中撒尿，那液体溅落胳膊、手上、脸上，也是一层红疙瘩。它们繁殖能力惊人，很快树上、院墙上、地上、家里，到处是吊死鬼在蠕动。

这是一种浑身长细毛的斑斓的虫子。它没有敌人，鸡和鸟都不肯吃。杀死的吊死鬼扔在蚂蚁洞口，蚂蚁们绕开，并不驮走。这真是一种令人绝望的虫子。我记得对它的恨意，用手捉并不会痒，一群小孩捉上千只吊死鬼，弄成堆，用树枝拨动它们，用枯枝点燃它们，看它们在火中蜷曲扭动，散发出臭肉的味道，仿佛这样，我们遍身的红疙瘩就能够不痒。

有时踩它，感觉到它身体在脚底爆裂，喷出恶心的汁液。一整天时间，总觉得脚底黏糊糊。

榆钱曾是春天的美味。但那一年起不再吃榆钱做的拨烂子，至今没有再吃过。此后生态急骤恶化下去，直到今日。

在我固执的记忆里，生态失衡始自那一年，吊死鬼的出现，便是不祥的兆头。午餐将至，我们只能无奈地警惕有毒的蔬菜，或饭店的地沟油。

## 9. 树花碎

望见一棵好树，忍不住驻车去细看。

我潜意识里，这才该是花的样子，高举一树繁花，满不在乎地开着。边开边落，它即便落花，也像神灵一般，抓了大把大把的花瓣自高空抛下，飞飞扬扬，洋洋洒洒。像那些低矮的植株，开几朵娇嫩的花，风一吹就陷在泥里的，我所不屑。包括牡丹。

这大树的花还能吃。

友人葛水平说，她幼年生活的山里有很多高高低低的大院深宅，但没有人告诉她那是美的。她也和别的孩子一样，去破坏那些院落，打烂东西，还有快感。她说活了这么多年，到今天，才明白些美，尝试着重新来过。

我们的教育，从不告诉人们什么是美。法国作家西尔万·泰松则说："七十年的唯物主义教育，彻底毁掉了俄罗斯人的审美。"他曾只身前往西伯利亚森林，在那里独居半年。

这大树之美，也恰是我幼年印象中极深的美。只是多少年，我不敢认为它便是美，大美，令人战栗的大美。它那么简陋，无须照料，随随便便开那么多花，又长那么快那么高大——它算花吗？多少年里，我的确有点羞愧地，不敢肯定。

而今日我知，它便是素朴的，强大的，坚忍的，是大美之花。

昨日我便路见一树这样的花，它正盛开，在正午与明晃晃的阳光夺辉。它满树披离的雪白花串，的确使阳光为之黯然。它在车窗外一闪而过。我心中起了惊悸。而时间静默中止，仿佛很久。

不是我开车，手机也没电。若是已高饮大酒，我唯愿上前，抱住它苍黑的、满是裂纹的树干，大哭一场。它凭什么，如此打动我。

然而它就站在一片臭水沟旁。周围破烂狼藉。

今天我遇到的树亦然，没有臭水沟，是路边。到处拆房、修路，灰尘恣意放荡于其上，花朵已是暗白，像被侮辱了的良家女子，脸上的绝望和木然。

树下，已有很多被拉断的花枝。显然，折它的人只取大的花串，小串不要了，上面花依然多，却已蔫软，想必躺在地上已有些时间。

不远处，有妇女仍在折枝。我没有说什么，开车离开。下次我来，树未必还在。也许它们只剩一个个仅露出地面的树桩，被截断的平面惨白如骨。什么都没了，连被锯断时它们发出的尖细的嘶叫，也消失在空中。更可能，它所在的村子也荡然无存。推土机呼啸，上面很快楼市林立。我所在的时代，这场景司空见惯，多到令人麻木，无奈到让人不愿去想，让人拼命在心里骗自己，这种事不存在。

我只是见证者和记录者。在此时既受到美的打击，又受到美被毁坏的打击，在这双重的打击之下沉默前行，而眼前恍惚。

它们是槐花。

# 10.核桃皮

生发我童年的北方小村宛若传说中的息壤,在记忆里无限伸展;而写作乃是唤醒记忆的过程。我开始写,只记得模糊轮廓;在写作过程中,它渐渐清晰。我用文字无限地接近它们,占有它们。

这一次我看到一棵核桃树。我家有个后园,园子干旱,并不丰茂。土墙也倾圮,直立的土墙上有个透明大洞,据说是当年从军的父亲探亲回来,好奇的三叔偷枪对墙射击所致。

核桃树在园子东北角上,细高,记忆中数年它不长大,永远细高瘦弱状。桃树树皮光滑,爬时须脱掉鞋子,靠光脚与树干的摩擦力把住,双手用力攀上去,无枝可借力,它不开杈,一直要爬到树顶端,才能钻进它在园子上空稍展开的小树冠。核桃木质坚硬,却易折断。我有一次脚踩断细枝、瞬间失重——

我没有跌落,靠单手中指钩住了树枝,在高处风中晕眩,再慢慢找回平衡。

从生了嫩叶起,每天爬上去看,没果子。有一天忘了,直到某日抬头,它已结满青果。兴奋是难免的,树干在每日数次的攀爬之下愈加光滑。起初摘下青果,用石头砸开,里面未熟,是透明的一窝液体。

液体成固态时就能吃了。果肉的皮苦,难剥,嫩的果肉,却比熟透时别有滋味,因为有嫩的果汁。但青绿的核桃皮最难处理,沾到手上就发黑,弄到衣服上会变成污渍一片,无法洗除。

某日为母亲守院里生的灶火,添柴,拉风箱,忘记是蒸馒头还是炸油饼。我拿来用细线拴着的、前夜在屋檐下掏出的麻雀,连长线一并扔进灶火,轰的一声,火燎了眉毛,是村里杀猪时那种燎猪毛的味道。火瞬间烧断拴鸟的线,一股黑烟从烟囱飞出不见了。是那只麻雀。

我于是想到了处理核桃青皮的办法。放火里烧一烧会怎样?

带汁液的核桃皮是烧不掉的,只发黑发烫而已。但再剥时,青皮居然利落了,和果核分离,汁液也不再沾手发黑。被烤过的核桃嫩仁,散发出诱人的清香。母亲、奶奶嗅见,竟问我要。晚上稀饭里也煮入了核桃嫩仁。

这是我所知的核桃最好吃的吃法。秋天核桃树坚硬的树叶坠落,天大了起来,开始摘核桃了。核桃仍然需要去皮。一般方法,是把核桃埋入炉渣,待沤烂皮。有一年我埋,然后忘记了。再挖开时,核桃一捏就烂,连仁也糟朽了。我于是又想起从烟囱飞走的那只麻雀,它原本在齿颊间留下细嫩的、带焦煳味的肉香。童年很少能吃到肉。又或者是埋入石灰中后浇水的鸟蛋,挖开石灰,鸟蛋被烤得蒸发掉,无影无踪,连蛋皮也不见一块。

父亲在老家门口的菜地,哼哧哼哧种了几棵核桃树。他要自己干。我看他挖树坑,感觉到他一声不吭中的开心。我没有问他,我想他的童年一定也摇曳着核桃树,手上沾着核桃皮洗不掉的污渍。他当然有着与我不同的童年记忆,相同的是映在仰望的眼睛里的,那些晃动的核桃青果。

## 11. 风与花

2017年2月,园中春雪中的玫瑰。傲岸与娇嫩。

有一年就到了晋北。仲春,花开花落年纪。大风淹没一切,高于房顶、树梢,高于鸟群,高于天空。风不舍昼夜,白昼惨淡,太阳仿佛即将熄灭、无法救转的炉火,有时它被彻底淹没。夜晚凝固在风中。永远是风,永远是风声,席卷、遮掩一切。走在路上,大风滚滚,心中茫茫。路像僵死的蛇,蜿蜒,阴冷,诡异,不知哪里来哪里去。积过脚脖的浮土陡然卷起,在前面、后面、左边和右边,包围和吞没你,吐出你滚滚而去。大风或者自背后汹涌而来,觉尚在远处,刹那已到背后。先是猛然一推,缩头,觉出头上的寒冷,觉大风刮断头发。或者是大风突然折回,长路上的积雪,自很远的地方站起,倾斜着向你压下。黄昏偶有鸟群,黑压压遮住视线,忽然它们拔高,或远逝,像在风里无助地漂浮。

一切不可阻挡地颓败,一切消解,裸露,风剥去皮肤、风干血,击打嶙峋的骨头。唯留一种颜色：黄,麦田上的枯叶灰黄,树木黑黄,在风中垂死一般地挣扎和撞击。黄蔓延开去,遇到山崖,滚滚而上；上面是天空,灰黄迅疾地卷过去,唰地展开,从东到西铺下来,盖住地。

  人像一座坟墓般沉默。风中止了一下,万物静止,万物各在其位,风止在空中,似只有一瞬,一切不曾改变,风自原来中止的位置继续,一切重新继续。也许只是人的幻觉。幻觉再一次出现,等它过去,没有,还是没有。人疑惑了一下。人仿佛听见了齐声的呐喊！

  眼前花开了,漫山遍野地开了。那些低矮的梨树无边无际地开了。没有遮拦,疏落的梨枝光秃秃开满了花,花遮住花,觉梨树抓住这一瞬,随你视线波展而去,开花、开花,你看到它就开花,远去、远去,一直开到有光的地方,开到照亮了暗。没有任何衬托,唯有黄,灰黄、暗黄、昏黄；唯有一种颜色,白的梨花,在天地的黄中惊心动魄地绽放和绽放。凄凉和壮烈。风暴突起！风卷来,像有什么狂怒,将天地连为整体的黄一把撕裂、风刮过来。视线能见的梨花冲天而起,一并飞向天空,鹅毛大雪一般撒落。人站在落花中,觉风宛若自脚心卷起,花落下,卷起,笔直地上升、上升,到天空之上。

  这些只是瞬间,无数次刹那间想起的碎片,只是此刻想起的瞬间,2004年3月某日下午4时,我在窗前,看外面树。这里叫花港海航,我在三楼。树梢就在眼前,茂盛,绿枝婆娑。北地的树现在还裸着,多少次我在高处看它们,记忆存留着瞩目凝视它们产生的晕眩:树梢在大风中猛烈晃动,或向一侧倾斜、倾斜,不断地倒下去,突然又变了方向,有如大浪中就要打翻的船只,看着它们,感到晕眩,就仿佛你在那船上。

但此刻的树风景画一般静止,比对树的记忆还要静止。在感觉里晃它们一下,定睛看,它们没动。后来知道,一株是香樟,另一株就是桂花,还有一株是广玉兰。树间有小的池水,浑绿平展,金鱼成群地漂浮,沉下去,从无数个方向聚拢,分开。那鱼大得如北地的食用鲤鱼,或比鲤鱼要大。下楼,瞥见电梯口小桌上的花瓶,细高圆肚,宛如颀长而丰臀的女体,晶莹透亮,瓶底铺蓝晶晶的石子,一尾红的小鱼若有若无地摇曳。

出宾馆,马路对面便是西湖,路边有茶馆。走了斜斜的木板小桥,一大片用木板搭成的平地,露天随意放几张桌椅,却显得错落有致。边缘是绿的树,一个角上,一株树斜斜地生着,正在开花。人仿佛能听到它们开花的声音,那花如此繁茂,不甚费力,随随便便地开着,就有那许多,以致花枝似承受不住,向桌边微微弯下腰身来。那弯的动作妩媚至极,却又矜持,似随时要躲开去一般。

但桌边无人。我看那树花,不禁呆了。

周围是葱葱的绿意。绿原来可以有这么多层次,深的油亮、发黑,浅的几近透明,在光中可见树叶上的脉络。有的黄绿,有的嫩黄,有的绿得飘逸,有的绿得风骚,有的绿得浑然、密不透风,倒一般也无风可透。有的树叶疏落,叶片阔大,有的叶窄而密实,有的树叶四面八方向树枝收拢,有的四下里张开去。在无止境延伸开去的绿里,突然有这么一树繁花,雪一般白,这白就显得那么艳丽、张扬和热烈。白色可以热烈,是想象无法达到的了。知道那花树叫白玉兰,也是以后的事。

这时候才记起木桥。木桥用板块钉成。木板整齐,钉痕细致,似乎不是用来走的。低了头看脚下,觉得鞋子脏。沿木桥漫无目的地走下去。有时眼前被树横住,木桥从树的旁边闪过去;实在闪不过了,桥就把树围在里面,树周围有较大的空隙,人得侧身让着树过桥。桥拐来拐去,不觉远长,已不知走了多久才下了桥。是石条路,仍然整齐洁白的石条。石条与石条间有空隙,杂草从空隙间长出来,绿白相间。路边有花圃,或者也称不上花圃,不知名的花杂七杂八地开着,低小如同地衣,也尽情地开花,白的,蓝的,紫的,红的。心里说,那么小,你也敢开花,还开那么多。

眼前忽而豁然,是一个湖。湖不开阔,周围生许多花树,花开得热闹。这湖像是山水为花树所逼,不大情愿地退出一处,让花占着。花霸道得很,不仅向空中伸展花枝、绽开花朵,且要向水中映照,让花枝在水面上延展开去。有些花飘零,荡在水上,那花树也满不在乎。它有的是花,只顾着开呢。几个女子恋着花树,照相,照自己或者花,看装束像是学生。我走上桥,靠拢去看花树,也看那些女子。她们也正是开花的年龄,正说着什么,软语呢喃,我听不懂,只觉得那话像此间山水一样柔腻。其中一个极美,一袭白衣,我在不远处看她容貌,一霎时竟分不清她和花了。她倏尔走上桥来,我下意识让开。美原来也会是让人敬畏的。再往前走,突然觉得困了。腿木木地疼。已经走了多远呢。想回去的路,心中有一点点恐惧。看天色,已有将暮之意了。

# 第肆辑

## 人之卑微,穷一生不能遍行一条山脉

一鸟力压大城过,恍恍云摇千山轻。
津卒急河正思渡,客子高楼总梦瀛。
画壁难成金樽满,草卷初就夜空明。
风吹脚踝骨脊瘦,犹能击月作铜声。

——旧诗《云摇》

我们在巨石上
镌刻发生过的事,名字,
以抵抗遗忘。那些痕迹
和石头本身一样孤独。

——摘自诗作《135.在巨石上镌刻发生过的事》

## 1. 夜西湖

日光飞尽暮雀飞。

沿白天路走,不觉间已偏离,索性放任了漫游。湖边密树间,微暗的路灯渐少,树的枝丫每每延伸到小径上。低头过去,弯腰时带动暗暗的花香。花枝仍在头上轻抚了一下。枝应该是微颤了,像少女抿了嘴偷笑。走开一段,始觉花香远远追来,驻足细嗅,袭近的花香又躲开去。

又或者那是前方的花树,在黑暗里娇慵地舒展身体。西湖还远着吧,一切黑影幢幢,抬头看天,星月消匿,天低低俯下来,在高树顶梢停住。天空的黑也层层叠叠,云朵重重,如人心事忡忡。

春寒泛起,微风里挟带着润湿气息。风似乎是黑色的,树有的浅黑透光,有的密实高大。花树是能魅人的。暗昧逼人,我辨认那些白昼时见过的树,香樟、玉兰、广玉兰、桂树、栀子树,它们似乎四下里悄然围拢上来。周围寂寂然,却有什么正在萌动。如花朵开放的声音,一个繁枝在开放时花朵间的碰撞;花瓣飘落,砸在水面上,砸在一个嫩黄的叶片上,那叶片正在绽开;虫子们在土中蠕动,地面的土壤松动和突起一顶点……只是一切无以辨别。

但这生机与水杉无关。一大片水杉林,树间夹杂着他类树木。水杉高耸,那是夜间最黑的黑色,刻板,具体,静止,僵硬。像火焚烧过的残木,呈现一种接近于死亡般的黑色。看到它,人的思维仿佛陡然而止。

好在自水杉林间已经窥见波光,心生欣喜,再前行几步,天空一下子变得阔大。是西湖边了。

水宕延开去,到极远处为山势所阻。遥遥处灯光也不多,水面反射着数不清的水源,叶片的绿、花枝的白,也许还包括人眸子里的光、手中烟头暗红的光。在水岔的完全黑暗处,水也有暗的光芒。水面波动不休,却无大浪,基本上是平静的。水几于岸平,波纹自极远处层层积来,或者远去,小小的水波时而拍到岸上。有时以为是水波,却是鱼儿跳起,在不远处泼剌剌落入水中。等它跳起时水波又拍上岸。奇怪的是不觉西湖远大,它总是小巧的,甚或过于精细。

心事水波一样浩渺。人和事纷至沓来,忽而远去。长久因于此间阴柔山水,该是乐不思乡吧。这样想,突然心生厌倦了。想起故乡山水,那莽苍苍大山,那不可遏止地奔涌着的浊流。此时那些山当还秃着,或石牙交错,或土壁浑然,那秃却自有不屑于掩饰的苍凉和雄野。

西湖总的来说是阴性的,它似乎代表了成熟妇人的美。关于西湖的传说暗指向人对性爱的追求。《白蛇传》描述了一个追求性爱的妇人,她由蛇变化而来的身体,让人意会到暗夜里的缠绕。她悉知男子一切,而男子对她的过往一概懵懂。故事里几乎带着抱怨的口吻,指责了男子所有可能具有的品行:软弱、轻信、处事无能、负情,他脆弱到可以被吓死,轻信到死而复生时,相信自己所见只是被女人用腰带化就的一条草蛇。

《白蛇传》有几分自女权主义出发的意味。"上有天堂,下有苏杭。"中国式的天堂里,似有性爱至境的一席之地。这样想,不禁哑然失笑了。

宝俶塔就在不远处阴暗地矗立着,塔身破碎地倒倾在湖中。鲁迅写过一篇关于塔的文章,语境恍惚、锋芒乍现即隐,后来竟被用作阶级分析。

塔的本意,原为镇水镇妖,在此间却多了一层警诫的含义,即压抑人对情欲的激情。只是因了白蛇传的故事,这警诫之余,似乎也有艳羡的意味了。人皆而有了向往与恐惧、艳羡与鄙薄的双层尴尬。

单纯地来说,西湖这般柔媚入骨,却又何用塔来镇水呢。

西湖向来与美女不可或离。在岸边远眺,一堤横亘,是苏堤了。千年前苏轼手携美妾,虔诚的佛教徒朝云,走在堤上。也许一边还有放旷的和尚佛印。我没有考证过那时,一条白蛇的故事有没有显现在人的心中。若有,他们一行会不会谈论到,又怎样谈论?

但他们一定会谈到白居易。他们会遥遥地望向另一长堤,是白堤。当年白公与他的美妾在苏堤上漫步,时间和事件戏剧性地发生了重复。而在我的想象里,时光折曲,他们四人仿佛就在昨日,同时各自显现在苏堤和白堤上。

在西湖还有一个特例,是苏小小。她代表了一种不负责任的挥霍式的情爱。这是一个美得惊鸿一瞥的女子,身处勾栏却让人觉得洁净。亲近了却又觉她在远处。她是一个置身于飘忽状态的女子,永远正在离去的女子。她的亡故,让人觉着有着坚定的、花盛开后一定要飘落的个人意愿。

在西湖边的黑暗里,我反复地想到这个女子。多年来我曾迷恋的《聊斋》里,也有着太多她的影子。她凝聚了太多人的渴望。

有一个刹那我想到了秋瑾,她呈现西湖暴烈的一面,这暴烈与吴地的王夫差自戕式的雄壮、情深一脉相承。而秋瑾的魂魄也萦绕在西湖边上。

此时的西湖,正在隐入更深的黑暗,杂乱的思绪也被吸纳进去。我不知何时会书写下关于它的文字。也许日后想起西湖,它仅仅会与一个名字联系在一起:苏小小。

在此夜的梦中,会有着无边的风情和春情。栀子花无边而落寞地芳香着。"郎骑青骢马,妾乘油壁车。"我梦见这样的诗句,初醒来的时候,觉得那似乎出自我的笔下。

而在春尽的时候,我将清晰地嗅到那清香的栀子花的气息。

## 2. 金陵秋

南京依然是热的。车站昏暗的路灯下,人鼻梁上沁出微汗,闪着细细的光泽。我在午夜感知自己身体的温热,看到人群中飘浮的面庞。

拉上窗帘后的房间,静止一般的黑,让人窒息和失声嘶叫。时间不知过去多久,醒来的时候有一点点恐惧,而人似乎愈加困倦了。

在南师大的校园里游走,看到暖水瓶,看到饭盒,看到晾在窗外的被子的衣服。我想到从前。我坐下。看到旁边的一只石凳上坐着一对男女。我想象自己走在南师大的情景。

走小小的土坡,来到傅抱石纪念馆,是木建的三层小楼,楼依地势高悬起来。看到卧室、书房,听到走动时木地板发出的吱呀声。我站在阁楼,看窗外婆娑的大树,觉得它像是我的房间。我知道我渴望这优雅、高贵、古朴,及不抢眼、不炫目而有意避让的矜持。

在钟山。我在无人行走的山路上坐下。落叶寂寞。旁边的小亭内,谢安著名的棋局久前已结束。风缓缓地吹来。

湖边支着小小的帐篷,有人探头来向外张望。我正在走近他。是一个老人。我看见帐篷里有一个老妇人。他们在湖中游泳。

风缓缓吹来,有一些事随风涌动。金黄的落叶哗啦啦自头顶泻下。日光在下坠的落叶上迅疾地闪动。

种花去

　　一个低矮的老人在山路上行走,手持长长的竹竿,背后跟着一个老太太。他用竹竿敲打高高的银杏树,果实四下里滚落。老太太拿着袋子捡拾银杏果,时而扶一扶滑到鼻梁上的眼镜。她弯腰俯身的动作迟缓、单纯、快乐而令人心酸,这一幕永远定格在我的记忆中。

　　得到老人的许可,我捡起一枚他打落的银杏果。我有些恍惚。多年来我曾梦想这样的场景,而此刻,我分不清记忆和现在的真实。我觉得自己像一个梦游者,行走在陌生却感到亲切的场景。我遇到的,都是我多年以来渴望见到的人事。

　　夫子庙的夜市。一刹那的幻觉里,我听到来自乌衣巷的马蹄声,以及飞鸟拍动羽翼的声音。我不知它们是离去还是来临。在小摊上购买两枚木制的护身符,我想到三年以前,曾在这里看中但终未购买的一盏花灯。

　　前往酒吧。看到先我进入门口的一个男人的背影,他行走时有些忸怩的动作,他微微有些谢发的头顶。我知道他是我约好但从未见过面的朋友。我揣摩这个独身男人,想他可能具有的人生观和处世原则。

　　我坐在玄武湖边,天黑下来。不远处的白色有些耀眼,是衣服,它旁边的黑色在动。我看到我昨天坐在玄武湖边。我听到无以计数的模糊的耳语,它来自昨日、前日、明日,在风中散乱不辨。而我清晰地认出一个耳语。我想到多年以来失落的事物,有很多已经混淆在一起。有一些记忆已经丧失。

　　有一些疼痛,在时间中渐渐变得坚硬。而另外的时间一点点叠加上去。我还不能知晓这些时间的性质和意义。

　　风自极北之地缓缓吹来,挟带着无以计数的飞鸟和落叶。日光在吹拂中渐渐淡漠。我将走入秋风的中心:北上赶回家乡,我就要和秋风不期而遇。我已经听到家乡秋风袅袅。

## 3. 庐山雾

十万只大鸟覆压的冬日黄昏。恨无鹏鸟大羽翅，拂越众木跨千山。

诸事锥心，即便身在庐山。当1514年，中年的唐寅自于王朱宸濠府中佯狂逃出、来到庐山，想必心境便那般复杂。他曾在此留下一幅画作，迷茫和阴冷气息在画卷上弥漫开来。还有谁在画卷中感触到这些？

于我，庐山在时间和空间上都已远离，变得恍惚和不可信。也许我该留下一点印记，一点在庐山的气息。庐山并不会因一个人的书写而减石增雾，而我觉得随着书写的展开，它正从心中一点一点消失。

只是一次半公差式的游玩。现代旅游的概念，和嫖客一词一样，带有若干轻浮的意味。随行人颇多，有肥胖老太，逼仄的山路上她的屁股堵在眼前左挪西挪；有不辞辛劳带着衣服、每到一景点就换衣的妇人或者少女。这些令人厌倦,而混迹人群之中,却也自有些污浊的快乐。

夜间乘车上山,雾腾腾罩着山路,车灯唯能照开路前方二三十米的距离,此外一切不见。车窗上很快白茫茫积了水雾,用手擦开一块探头看,黑漆漆一片,——那黑是有体积和压力的,时轻时重逼着眼睛,让人一惊和下意识地躲——水雾继而又漫上窗。

车进山门停下购票时我跳下来,抽了半支烟。好凉。这是九月。风大,雾无声无息地迅疾地扑上来、扑上来。那雾有阴杀之气,让人觉得不祥。当年彭德怀在庐山,可曾有这样的预感?

这是对庐山最初的印象,和内心情感一般茫然。夜里下榻牯岭镇一宾馆。心中烦闷,出来走动,黑暗步步紧逼,人很快便一点一点退回房间。被褥潮湿,入睡时我想到多年以来我不断失落的一些事物,它们永不回归;想到一些具体的人,我很久已经不曾记起他们了。此时他们像那些雾一般,无声无息地、迅疾地扑上来,扑上来。

这一夜有莫可名状的事物闯入我的梦境。我梦见正在阅读的书卷,一边读纸上的字迹一边消失,用手去抓,读过的纸页也不见了。在梦中我似乎并没有焦急,这一幕就消隐了。而另一幕开始:我梦到在整理自己的记忆,我找到了一种方法,用它可以遗忘那些不愿记起的事和人。我似乎没有整理关于庐山的记忆。它不存在。

对庐山最初的认识来于李白诗句,与水有关的句子自少时起便令我欣喜莫名。然后是宋美龄的别墅,中共的庐山会议,庐山遂因国共两党巨头的青睐而名震天下。此外有朱熹在这里待过,一个令我厌恶的人。我其实并未读过他的理学论著,而仅凭直觉便将此人斥于千里外。他与我无关、对我而言并不存在。

但是我找到了庐山更为久远的人的气息。

在庐山次日到了花径。花径之名源于白诗,白居易曾在此地流连忘返,这个自称是"太原白公"的人让我觉得亲切。他在春末写下"人间四月芳菲尽"的句子,在秋夜、在山下不远处的九江书写江上的明月。人世每一个春末和秋日都依稀仿佛,我今日所在的庐山正是秋高时节。这时令白公不在,他在九江。这时节另一个高贵而寂寞的人是常处山间的,他种豆,采菊,修补八九间草屋。"结庐在人境,而无车马喧。"那时候的庐山何其清爽,如今已宛若闹市了。

这个人是陶渊明。庐山原来竟是他的家乡。这个渴求淡泊的人不会想到在他身后,庐山变成了一处与阴暗争斗密切相关的场所。

找到陶渊明令我略感到一些安慰,但庐山几乎没有关于他的任何纪念场所。也好,他原本便是个寂寞的人。这样想,心下渐觉安然了。

庐山流水要看一看的,首先是著名的庐山瀑布。但导游说离此间尚远,不在游程之内,如今也风范不再,只好作罢。看了两处瀑布,分别是大口瀑布和三叠泉,却并无甚可观。水量颇小,如三叠泉落差虽大,却只有细细一股流水,算不得瀑布,所以叫泉了。下了那么深的山谷去看,心觉不值。

这些已是庐山遥远的、日趋淡薄的气息。人皆知宋美龄的庐山、彭德怀在庐山的万言书,谁曾见有人提过陶渊明的庐山?那是庐山渐渐丧失的事物。

## 4. 月光破

*水沟的黄昏。光线刹那间还在沟顶一排树梢上停留。回首之间,沟底的教堂已在暗昧中。扭过头来,太阳已经沉沦了下去。*

有一年,所有形式的字迹剧烈晃动,变得模糊、朽烂、面目可憎。我抛弃书卷,离开上班下班和回家的路。辗转很多地方,有一天,就到了岳阳。

乘车常过汨罗,那是我崇敬的楚国诗人的故乡。红土丘陵遍生低矮的灌木,它们在风中摇曳,在雨中默然,在黄昏黯淡地临近和远去。每每注目凝视"汨罗"路标,心中总生起类于凄迷的复杂情绪。而我终于一次也没有前往。

此前在长沙的岳麓书院附近。现在我短暂地看到那个极端、执拗、沉默、暴烈、叛逆的人。我不大相信他就是当时的我。他那般陌生,眼神里有仇恨和狂热,以及撕裂什么的竭力压制着的欲望。

我在那里从夏末待到次年初春。天冷下去,雨似乎永远在飘落。爆竹声终日鸣响、此起彼伏,是一种人伸开双臂才能围拢的大盘鞭炮。这里的人习惯于围着蜂窝煤炉烤火。拿一床被子捂在炉上,一家人将脚伸进去。光线昏暗,掀开炉子时微亮的炉火及一种奇怪的、升腾和弥漫开来的气息,那时我不知在看到和经历的时候,这一幕正在以一种我所不知的方式,沉重地镌刻在我的记忆中。

人们在家门口撑开麻将桌,哗啦啦的搓麻声一直响到深夜。我渐渐习惯了这种声音,它如同雨在深夜的淅沥声般自然。他们养一种类于猪的肉狗,此前我没有见过这种动物。它似乎不配叫狗,周身光秃秃不长毛,常懒懒地卧在麻将桌旁。走近了它没反应,踢一脚,它也不叫一声,笨头笨脑地站起来,换个地方躺下去。肉狗听说是被养来杀掉吃肉的,在湘地,它们的生活态度与人类似。

许多记忆悄然隐去,一些残片,仍在暗中沉浮不定。我看到我自虐般的生活:每天吃一顿饭而不知饥饿,脸迅速瘦削下去,内心依然狂暴而茫乱。我在夜雨的泥泞和黑暗里行走,我看到一双沾满污泥的靴子。看到很多张飘忽的面孔。

为什么我以残暴的方式,来彻底破坏自己多少年来建立起的理念?

我记得我在此购过的书籍。《资治通鉴》三册。《王小波文集》三册。我从来没有在如此长的时间内,购如此少的书。在深夜、阅读的欲望升起,我强迫着自己。那些书我没有打开过。

书籍和我当时强迫自己的信念一样,莫名地消失了。多年以后,我重新购了这些书籍。

我在春天的岳阳街上行走。初来时这里浓郁的小城气息让我感到亲切。我记得在一条并不宽大的小河里游泳。记得在夜里捕捉萤火虫。记得窗前竹影的摇曳。然后,憎恶自亲切中滋生开来。我和工商局的人员讨价还价。和公安局的人员讨价还价。和租住的小楼房东老太太讨价还价。我在春天的岳阳街上行走,时常有强烈的不真实感:我怎么在这里呢。

有一天,雨开始无昼无夜、无休无止地落下来。

　　淫雨霏霏
　　连月不开

我想到的仅仅是范仲淹的句子。我在岳阳楼看到范仲淹的句子。无心游玩,但洞庭湖还是映在了眼前。

我没有想到洞庭湖竟这般远大。水混浊着,荡动着。不可或歇。我迷恋它原初的名字:云梦泽。它更应该是北方大泽,不应在湘地。《山海经》里所说的"河渭不足,北饮大泽",那大泽该是这样的所在。很多年后,我明白目睹洞庭,在当时减轻了内心的饥渴。或者说一种文化上的认同,略略减轻了内心的纷扰。

岳阳原本与饥渴感颇有联系。上古时大旱,射日的后羿曾在此杀死巴蛇。我得承认我是迷信的,有着致命的宿命感,比如对水的迷恋与恐惧,一种复杂的交织的情感。登上驶往君山的小舟时,我心生惧意。"洞庭波兮木叶下。"时值春末夏初,我无端地想起屈原的诗句来。

也想到苏轼在洞庭深夜所见的荒败景象。想到柳毅,一个怀才不遇者在洞庭与自然神的交流。想到水面上破碎的明月,以及漂浮着的峨冠。

我身边的同行人开心地笑着。她不知我想着什么。其实我也不知她思量什么。我们都不知两年后,将彻底地分道扬镳。

也不知不足一月后将返回故乡。又不足一月,我在电视上看到,我曾走过、居住过的场所,为自洞庭湖冲出的凶猛洪水所吞噬。这一年洪水泛滥。有传言说,为保武汉,有可能将洞庭炸开,牺牲岳阳。真如此的话,岳阳将永远成为洞庭的水底。

当然包括我曾经生活过的那些地方。

我此刻的书写像对梦境的记录,一切呈现飘浮的状态。它们莫可名状地显现,在不知道的地方隐去。的确曾经真实发生过吗?我还不能明悉这经历和生存必然性的原因,以及其必然的结果。

我看到我的父亲,我在长沙的车站送他。我听到他自嘲般地说,这么多年没出门了。在车站看到这么多人,好像还有点怕呢。

我看到我的女儿,她两岁。我牵着她的手,在夜间走过一所空荡荡的楼房,灯惨淡地照着,楼道拐了一个弯又一个弯,似乎永远没有尽头。

而七年已经过去了。我的女儿昨天说,爸爸,我梦见你带我走过一座楼房,走廊一直走不到头。

有一些暗昧的东西,一些苗头,也许将在时间中一点一点昭示,一点一点不容改变地、清晰地显现。一点一点坚定地证实。七年以后,今天,我沉浸在字迹中。我觉得强烈的饥渴感在平息下来。

## 5. 雁荡虎

豹皮与花。豹皮保存得不好,上面有细微的小洞。另外特别可惜没了豹尾。

　　江南之美好,总使人想到无边风月。北地隆冬降临,大风啸叫、长夜漫漫,惯以烈酒浇骨杀寒;江南烟雨连绵之时,却该是情不知缘何而起、一往而深了。暗夜中的销魂和无名思念,自会无处不在。

　　但江南不只柔媚。它有世人怀想不尽的苏小小、白素贞、秦淮八艳,亦有侠骨飘香的秋瑾,还有英魂缭绕在西湖之上的岳鹏举以及传说中的武松。有乘钱塘怒潮而至、素衣白马的伍子胥,有阴鸷的文种和勾践,有世人帝王梦之外最大的梦想——范蠡,功成身退,携美人隐,富甲天下。有钱王式的风流,"陌上花开,可缓缓归",亦有惊世之才徐渭。

当然,我也会想到南宋、南明小朝廷在此间的糜烂,想到"文革"期间江南多少吨被焚烧、被化纸浆的古书。我宛若望到散乱而厚积叠压的册页在大火中抽搐、蜷曲,嗅到呛人的浓烟。我多想伸手进去,抽出哪怕一页边缘被焚烧的犹带火星的纸——而我清楚,若在当时,我伸手过去的同时就有棍子呼啸而下,会有血迸溅在大火之中。

"七十年的历史唯物主义彻底毁掉了俄罗斯人的审美。"是西尔万·泰松在说。文化记忆中的江南,和现实的江南,自然也差距甚大。

"采莲南塘秋,莲花过人头。"对江南,我亦时常心头缭绕这样的怅然与美好,忽一日就到了江南温州,到了温州的南塘。《西洲曲》里的南塘原来是古俗:村镇之南建塘。古时南塘,江南处处有之。

在当今,温州人以商名动世界,据说中国的房价也是温州人炒起来的。作为炒房人故乡的温州,房价更居高不下,一度超出十万元每平方米。我去时房价回落,到三万了。

我以前对温州的印象也仅止于此。温州人多金;温州人多智。多智不假,刘伯温是这里人,如若说刘基太远,那么看温州的数学家博物馆里有那么多近现代数学家,便令人哑然。我戏言温州文友:你们大概是温州最笨的人,去弄文字而不弄数字。

此间人士并不文弱,或者是人各取所需、各见所爱,我每见此处人物的豪迈,其行止又不失俊雅。觥筹交错时种种美食,精美不似人间之物。感慨人心之巧,竟致于此。

但在我看来,温州文化与中原农耕文化颇不同,它更多的大概是海洋文化——我激赏它更有进取意味的一点:海盗文化。这是一股中国历史上罕见的、强劲的民间海洋力量。温州临近海洋,世居于此的人们惯于大海中跌宕,死生悬于一线。他们更坚忍，更能闯荡，更不安于命，也更能抗争。如此，温州人称豪于世界，不足为怪。

古语所谓"上岸击贼，洗足入船"，那是何等的洒脱自如。每每看到想到这样的句子，便心驰神往。在温州我油然想到的古人是东吴甘兴霸，和明代纵横海上的汪直。虽然他们并非温州人，但我固执地认为，他们在一定程度上代表了温州人某个精神层面的东西。甘兴霸即甘宁，三国时吴国大将，少年时号称"锦帆贼"，往来江海之间，以锦缎系船，其夸奢如此。甘宁为人意气纵横，为将勇猛。后者汪直在他的时代，浙江宁波的双屿港、舟山沥港一度成为世界贸易港口，曾造访双屿港的葡萄牙人平托在《远游记》中称："上千所房屋，包括教堂、医院等；居民3000多人，其中有1200名葡萄牙人。"而同时代葡萄牙人所著的《中国志》一书中亦称，海商在双屿"是如此自由"，"除了绞架和市标外一无所缺"。

明朝海禁之后经多次惨烈战争，浙江双屿港及沥港被夷为平地，汪直远走日本平户做生意，在那里自称"徽王"。他造的巨船容纳两千人，甲板上可驰马。一代海上之王汪直是有大争议的人物，旧日历史以汉奸称汪直，认为他与倭寇勾结。近年不断出现从另外视角评价他的文章。

温州古称瓯越，又为永嘉。代表此间人士另一精神层面的人物，当是谢灵运了。他曾任永嘉太守，创山水诗派。"山水美好，每有出尘之想。"我在微信中感慨。在楠溪江、岩头古镇等多地游览，每每心生温和的感动。他地赤日炎炎之时，冒了缠绵细雨游览雁荡山，不热不寒，身心同等的舒畅。我尊敬的徐弘祖曾多次来此。我不惯打伞，昂然行走雨中，此山竟不用爬，绕山缓缓而行，不觉路之远长。餐间杨梅酒酒味淡而口感佳，颇能解渴。我在手机上写：

溪水清高,白云在腰。
雁荡渐近,凉风袭袭。
瀑布如练,微雨缥缈。
楠溪浩荡,草木招摇。
我心欲狂,抬头大叫。

雁荡古有虎出没,《广雁荡山志》云:雁山不出荆,有虎不伤人。不出荆,是说雁荡山不生荆棘。有虎不伤人则不大可能了。胡兰成曾流亡至雁荡避难,与当地一寡妇同居,时与张爱玲婚约未解。他个人私生活属私德,不置评。但此人大节有亏,污山水之佳。他记录了20世纪40年代雁荡山虎出没的事。

雁荡山古有多种异兽,如棕熊,善攀树,力大,可将几棵并立而生的树的枝杈扭结为巢,栖息其中;有仙马,奔山如走平地,鬃毛雪白;又有狗头虎,全身为虎形而略小,大约是豹猫之类的兽,性凶猛甚于虎,能搏食牛羊。

雁荡山间的异兽,今日可还再有?

在我眼中,偌大江南,友寥寥数人,他们亦为本时代的珍稀物种。想到江南一词,我便立刻想到他们。他们是:黑陶、庞培、柯平、东君,以及一些还不太熟的友人。其中一奇女名无因,有侠气,出言每有金石之声。我未曾见过她。

他们中谁是棕熊,谁是虎、仙马、狗头虎?

雁荡茫茫,白云缭绕。"群山犹如一把铸就的剑。"

是诗人庞培在吟哦。

# 6. 玉龙雪

一

世道人心,像玉龙雪山峰顶的云雾一般茫然,寒凉难以企及。我相信那些被抓和不断被抓的、情妇或情夫动辄上百的落马官员,他们也怀有美好的情愫,在某一刻感触到涌动的爱意;我也相信,那些每日接客若干的歌厅桑拿小姐,她们也有爱的哀愁和对爱的神往。我在自己所历的时间里见证过一些。比如,某友丈夫难以理喻地,爱上某歌厅小姐,把自家的车也上成那小姐的户口;又比如,某小姐爱上了某友,她返回老家之前,情意难舍涕泪满面,专门为他制了毛衣,回去后还打电话问他是否需要钱。又比如某年,我所在的城市以扫黄的名义,抓了大批小姐——大约有近千名,就关在我住处附近的派出所边的招待所,需交纳数量可观的保释金。我当时做记者,亲眼见有的女子,数个男子来交纳罚金。有时他们相互遇见,看不出其表情中有别的什么。只是交钱赎人而已。似乎彼此有默契,一切只在点头之间,不用商量。

我也记着某个发小迷茫的神情——20世纪90年代,他弟弟绝望地爱上一个湖北小姐,抛家别子而去。他说,去火车站送,弟弟毫无留恋,和那女人去了她老家。

发小弟弟和我同岁,我见过,他不像是有多决绝的人。写到这里,我仿佛能看到那张清瘦的脸,看到他跳上火车决然而去的神情。这么多年过去,他现在怎样了呢?

我希望人人有尊严地活着;理直气壮地活着,虽然我知道,在当下,很多人活得几乎没气了,或因长期不敢出气,气息慢慢变得虚弱。我并不赞成用身体去换取钱财,但同时我尊重那些性工作者,她们有对自己身体的支配权。相较之下,她们比窃国之盗徒强出太多——比如我所在省份一个叫杨晓波的女人,她曾是某市市长。这个在台上时以嚣张闻名的女人落马后,曝出"通奸罪",情夫从上司直到司机。她在电视节目里痛哭流涕说什么"家庭重要爱家人"。很遗憾,那一刻我只觉出恶心。

但是,什么是爱情呢?

高原的阳光毫无遮拦,像一桶水一般劈头盖脸泼将下来——不,阳光更像是一大群一大群地、蛮不讲理地扑上来,不由分说打耳光……不停地打耳光。

## 二

我是太容易沉浸于场景的人,向来不敢去影院。在丽江我便遇到了尴尬。去看情景剧《丽江千古情》,太丢人了,我旁边坐着一位女作家,剧院音响那般强烈,我却几乎能听到自己泪淌下来的哗啦声。我只好掩耳盗铃地,侧过身去,又伸一张手挡住脸。

剧罢出来阳光一照,情绪立刻烟消云散,觉出自己可笑。叶梅女士问我,哪里把你感动成那样?我不知该怎么回答,只好说,是我自己没出息。

丽江是慢的。据说在高原,人的呼吸、心跳、动作、说话,都会慢下来,况且斯地如此美好,宛若遗立于世外的桃源。我也浸入这样的场景。不怎么想事情,但还是会联想到爱情。所有旅行都像艳遇,人心中充溢着邂逅美好事物的向往,这向往当然包括爱情,这仅仅是一种情绪而已。

丽江,世以艳遇著称,"一座充满艳遇的古城"。大略意蕴也在于此。

我不信廊桥遗梦式的艳遇。但承认,在旅行中,在丽江,我心中随意荡动着艳遇似的情愫。同行作家开玩笑,说晚上让玄武去酒吧钓鱼,看有多少美女上钩。众大笑。

某作家路上讲某个有关爱情的故事,涉小荤。某美女,男友众多。某男与之燕好,二人上床。美女说,我只用一种牌子的套,杰士邦。某男无法,只好出门重买。走很多地方未买到这牌子,于是买了一种很贵的进口套回去。

美女一见,拿起便扔地上,穿衣掉头摔门而去,义无反顾。

这作家朋友打算写一短篇,名曰《贞洁的避孕套》,因他认为,只用一种套也可视为一种贞洁。

## 三

丽江行走,情爱往事纷至沓来。比如鲁迅,看《伤逝》便知那是对爱情的悼亡,他所热恋的乖姑,大概那时在心中已然远去。多少年来,《伤逝》是我印象极为深刻的迅翁作品。我清晰地记取了弥漫于篇章中的哀伤和幻灭感。

世人传为佳话的神仙眷侣林徽因与梁思成,恐也失真扭曲。人对记忆总会蒙上光环,无论个人记忆还是历史记忆。记忆并不真实,它总放大或美化,或者忽略。梁思成1962年于林徽因死后迅速续弦。所娶林洙,为梁弟子之妻,而梁与弟子同单位。梁弟子不久蹈水自杀,他善泳,死时衣冠整齐。梁林故事里有太多悲凉。然而无须谴责,无须辩解。

在丽江一座古戏台前,丽江纳西族小说家和晓梅突然驻足,说:"20世纪80年代,这里曾经失火,有多对年轻人在这里相约而死。"

这是我在丽江听到的最震惊的事,也是我写下此文的重要由来。

纳西古俗中,男女情投意合则私订婚约。但1723年改土归流之后,婚姻由父母包办,一些青年,在无法获得情爱自主时相约殉情。最理想的地方是纳西古史诗《鲁般鲁饶》中描述的"玉龙第三国":在玉龙雪山脚下风景优美之处。史诗一唱三叠地,称颂着那个可让爱情永恒的灵魂圣地。

殉情方法:用一根绳双双吊在一起,或在一棵树上各自垂吊;或两人用绳子拴在一起,互拥着跳水而亡。

阿列克谢耶维奇说:"各个时代都有三件大事:杀人、相爱和死亡。"但在丽江,在玉龙第三国,人生三件大事诡异而完美地合为一体。据说准备殉情时间漫长,需一月或更多。过程中决定殉情的男女始终处在极度兴奋和甜蜜的癫狂状态下。在精心选择的殉情地点,搭起漂亮的"游吉"(纳西人称殉情之帐篷),尽情欢愉直到殉情前一刻。地点一般在高山、草坪和杜鹃林附近,三者缺一不可。这也正是史诗中"玉龙第三国"所描述的场景。

性爱狂欢之后的幻灭感,有类于死亡的寂灭情绪,性爱与死亡或许本有相通之处。但,何以只在纳西族中,出现承载相爱而自杀者灵魂的"玉龙第三国",并且千古传唱于有宗教意义的古史诗中?

强烈而极端的情爱,脆弱,稍纵即逝,驻留的只是片段;时光流逝,而情爱变质。顾城说他知道人性是不可靠的。那么美好的禀性,都有浅陋和乖戾的地方,都有翻覆和变化的可能。这位看得如此通透的天才诗人,最后也仍不免卷入人性迷乱之中,归于灰飞烟灭，同时连带了他亲爱的人们。

那么，纳西史诗《鲁般鲁饶》，是试图以死亡的形式，永远存留人们最美好、最纯粹的情爱吗？

玉龙第三国，那会是怎样一个上界的国度——它四处流荡着人们甜美的爱情，随处是一对对年轻的、俊美的缠绕的躯体，一双双脉脉含情的眼睛。生命不再有衰老，爱情永不消失、永不消减。周围杜鹃花盛开，玉龙雪山在远处守护。这天造地设、天荒地老的美景，和与死亡同等强烈的爱情何其匹配！

这种将极致的情爱以死亡的形式驻留的文明传统，它也是一种极致的审美。

小说家和晓梅说，直到20世纪90年代初，依然有相约去殉情的年轻人，不是一对两对，而是一群一伙。

四

这里还有一处与情爱相关，便是木府。此地徐霞客曾常驻，与丽江土司木增往来，并教木增之子读书。徐霞客在云南作游很久。在允许纳妾的时代，徐霞客在丽江是否有情爱故事？不得而知了。但有一点可以肯定，在那样的时代、在一年多的异乡孤寂中，徐不太可能没有性爱生活，即便土司木增赠他侍女作陪，也会有的。

日后他离去，是否有情爱挂念？徐霞客后来患足疾不能行走，是木增差人将他送回。回到老家江阴，这个意志坚忍的人受到人生最后一击，他终于彻底垮掉：他挚爱的小妾怀着身孕时，被他夫人卖给家中一个李姓佃农。孩子出生后，那小妾仍寄望儿子能回徐家，取名李寄。寄者，暂寄留也。

这是无比伤痛的情爱故事。史载徐霞客回到老家之后，终日不视客,不理事,对床喃喃自语,不久死去。

李寄一生未回到徐家,但他是徐霞客诸子中最肖乃父者。不久兵乱、改朝换代,国破、家亡。徐霞客游记佚失。李寄成年后多方搜集、手抄,今日方可见到徐的游记著作。然而也已遗失三分之二内容了。此处不详述,事见拙著《十七世纪的世界游圣》。

## 五

爱情有时像交换秘密。相互尊重的人们心照不宣保守秘密,不因时间流逝情感淡化转移。

但马洛伊·山多尔说:"爱情不堪直视,孤独才是唯一的真相。"

而爱情每使人更加孤独……而且虚弱。

自我觉醒且能忍受继而享受的孤独,却是强大的。

在丽江断续想到这些,思维缓慢而滞重。

此地我是重游。一刹那间忽然忆及旧年丽江、大理。秋雨缠绵,心中温和,石头城洁净。还有泸沽湖的水波,久违的固体般的黑暗,矮小的马,藏人家的大醉。一切清晰,如闪电般强烈,和迅疾。一切历历如昨。

一去六载。此番我至,霖雨已去,菊开正盛。我在通彻的阳光下拍一棵盛开的三角梅树。阴影浓烈。紫花满树,树荫里亦尽是花瓣。

心存落英。如梦如幻,如露如电。

我宛若听到自己内心的喃喃自语,写下这样的句子:

寒夜里人们拥抱着
温暖的肉身

种花去

在寂寞中相互安慰

灵魂夜游时刻
我望见一对对疲倦的脸
在时间中败坏的脸
有的担心失去　有的挣扎离开

情深而悲，悲而寡淡。庄子是悟得深的人，能写妻子在坟头扇干坟土的故事，又能在龌龊环境中坚持唯美主义者的身份。——后者堪为一种巨大的、仍可供今人效仿的能力。他梦巨大之物，鲲或巨鸟，最后梦自己化为在光中飞舞和战栗的蝴蝶。

我已逾不惑，然而在所历时间里，仍不能懂何谓爱情。我在此处写下自己的惆怅，同时宁愿相信：爱情存在。它仍是上苍赐予人世的最诱人的礼物。没了它，或不信它，世间会变得何等面目可憎。爱，仍可视为一种信仰。

强烈的爱稍纵即逝，但于我们依然重要，因为还有对爱的记忆。多少人一生生活在对爱的记忆里，以此抗拒时间的虚无。

## 7. 骨脊山

十月的老家清晨院中，空中到处飞舞的，是快乐而聒噪的麻雀叫声，却看不到一只麻雀。

"白色的老虎无声息地向西方飞驰……"我曾在诗作中吟哦。吕梁山在晋西。杀伐之气每从西来。古老的五行之中，西方主金，金又可理解为兵事；西方主不祥的白色，其兽为白色猛虎，连万木摇落的秋天都自西方而来。

我所见到的关于"吕梁"的最早记载，乃是在我多年痴迷的庄周笔下。在《庄子·达生》篇中，他有"孔子观于吕梁"的句子。但考据之后我大失所望，原来此吕梁非彼吕梁，庄周所说的吕梁，应在现今徐州附近。

晋西真正的吕梁山最早的名字，乃是骨脊山。"吕"为象形文字，据《说文解字》，"吕"字古时写作"呂"，上下两口象征根根相承的脊骨,中间一小撇象征着脊骨之间的联系。吕梁的"梁"字,在这里被当作阻水的山石。所谓吕梁,意即像脊背骨一样的山。

在广漠的呈穹隆状的晋西高原上,地形以东北到西南为中轴,中间一线突兀而起,两侧渐低,这脊梁一样横亘八百里的一线,正是吕梁大山。骨脊山位于吕梁山脉的中段。

在吕梁山腹地,骨脊山西南、群山环绕之中,便是离石了。离石,又一个与石相关的名字。有说法称离石得名于旧称离石水、今称东阳河的河名,但离石水又得名于何处?离字,或解为明亮之意,或解为极言其多之意。我更倾向于后者,离石,即乱石磊磊。离又为易经中八卦之一,像火。是象征战火吗?

离石曾名石州、石郡、左国城。因了骨脊山和周围诸山的地势险要,离石古来成为兵家必争之地,杀伐不休。战国时杀妻求将的吴起,在此地击秦筑城;胡服骑射的赵武灵王,击灭楼烦、林胡时曾来此地;秦赵之间多次恶战,离石成血肉磨坊,反复易手。东汉末,南匈奴已入离石。西晋时五胡乱华,南匈奴刘渊在离石建国称汉。闻鸡起舞的刘琨、祖逖,率军与刘渊大军多次搏命厮杀。旋即刘渊部将、羯人石勒建后赵,离石再度转手于后赵。唐时吐蕃入侵离石,宋时金人攻占离石,明时俺答入寇离石,明末李闯大军破城而入……

战乱频仍,离石自公元713年的唐开元年间起,一直到清朝,人口始终保持在一两万人之间,直到清末才人口激增。

翻阅离石县志,今人所修的县志读来味同嚼蜡,无甚可观。唯有对自然灾害的记载引起我注意。志书说,离石这个为干旱困扰千年的地方,在公元966年,竟然下了五尺厚的大雪。五尺雪是什么概念?足以将人活埋。志书又记载清道光以后,狼群为患,四十多年不灭。在公元1842年、1845年一直到1885年,都有关于狼灾的记录,严重到豺狼食人、道路断绝无人行走。志书特别记载了1845年的冬天:黄河结冰,野狼三五成群自陕西踏冰而来。从这样的记述里,笔者仿佛望到暗夜里的狼群,一双双闪着绿光的眼睛迅疾逼近;听到它们的爪子踏在冰面上的急促、细微而又冷酷的声响……

在北齐时,骨脊山曾易名为骨积山。这是一个令人毛骨悚然的名字,可以想见当时骨脊山和离石战事的惨烈。但骨脊山并不仅于因征伐而致的荒败,它还有着久远的神秘智慧。一位佛教大师自骨脊山深处缓缓走来,他便是将佛教彻底中国化的标志性人物之一、佛教第二十二代宗师、离石胡人刘萨诃,他与高僧法显、慧景及道整一起,早于玄奘230年赴印度取经。

刘萨诃释门的名字是慧达大师。公元360年,刘萨诃在乱世中出生。少年时的刘萨诃放荡不羁,曾从军征战,是一位杀戮无数的骑兵首领。三十一岁时,刘萨诃酗酒昏死,七日后方醒,自言杀孽深重,遂皈依佛门。

公元409年至435年,刘萨诃从印度取经回国之后,在家乡离石一带宣传佛教教义。在战火遍地、礼乐崩坏、人命朝不保夕的年代,刘萨诃宣传的佛教教义,对人心起到何等巨大的安慰,官民云集争绘其像,以为供养。刘萨诃这个名字渐为世人所忘,大师慧达则被广为传诵。离石至今流传着在马茂庄石佛寺内雕放高大的大红沙石佛为其作纪念像的传说。慧达大师还在骨脊山麓的千年里修建北禅院。他更与敦煌莫高窟更有着不可分割的联系,是继乐尊、法良二大师首开(共一窟)之后,大规模策划兴建莫高窟的最重要人物之一。时至今日,慧达大师被世人神化为是观世音菩萨在俗世的转生。离石人则自豪地称其为中国的佛陀释迦牟尼。慧达大师生自离石,出自骨脊山啊。

骨脊山还有更古老的历史。数亿年前,这里是汪洋大海,地壳百万年百年间地缓慢隆起,渐成骨脊山。"大禹不凿龙门阙,黄河直下北冰洋。"我所敬重的、与我共居一座城池的林鹏先生在诗句中说。但龙门在这里改为孟门似更为恰当。郦道元《水经注》引《淮南子》曰:"龙门未辟,吕梁未凿,河出孟门之上,大溢逆流,无有丘陵,高阜灭之,名曰洪水。大禹疏通,谓之孟门。"今天的研究者认为,在远古时代晋陕峡谷黄河并未贯通,有无数个高原悬湖存在,以孟门的定湖为最,悬崖峭壁环绕,阻挡黄河南流。河水喷涌而出,越交城、顺文峪河杀入汾河,洪水漫流横行天下。大禹登上吕梁山主峰、今日海拔2535米的骨脊山观察山形水势,在距骨脊山50公里的孟门凿开蛟龙壁,疏导河水顺晋陕峡谷奔流而出。

又据《汾州府志》记载,骨脊山顶原有汉代刘耽所撰的碑刻,可以辨认的有六十三字,记舜禹治水之事。

"其名骨脊者,以泰山在左,华山在右,常山为靠,嵩山为抱,衡山为朝。此山窿居中,依然为天地之骨脊焉!"常山即恒山。这乃是郦道元的赞叹。他以今人熟知的五岳与骨脊山并举,并认为众山之中,只有骨脊山堪称天地的骨脊。这位至少在1500年前登上骨脊山的人物,映入他眼中的万物,一定远比我们今天所见丰饶。

而骨脊山静默着。世间荣辱,与它何干。它只是任凭强劲的山风,送出阵阵松涛。高天之上,仍有鹞鹰翻飞;密林深处,仍有凶猛的、皮毛华美的神秘大兽敛了锋利的爪子。它在潜伏,或即将暴起。是豹子。

## 8.青岛海

腊月二十,汾河冰上的落日。是日自作春联:"林鸟催蠢醒,河狸负冰匿。"

一

很久以前,青岛这个名字在我眼里幽暗而神秘,——它让我莫名地想到青鸟。我固执地认为两者之间,会有某种秘密的维系。青鸟是一种与幸福有关的鸟儿,它在梅特林克的笔下飞走和消失。它也降临在神话时代的东方:在西王母身边,青鸟盘旋着,有如当风颤动阳光的时候,迅疾移动的云朵投下的阴影若有若无地闪烁。

但青岛是一个半岛,又称琴岛。于是错觉里它似乎具有了声音,偶或发出鸟翼拍动般的轻微声响;它在东方的大海边,当海浪在风中又黑又白,小小的青岛宛如鸟儿在空中振翅一翻的刹那,露出腹部柔软的白羽。有时候我又会因为青岛,想到一个黑瘦的小女孩儿,她后来有了鸟的名字,叫作精卫。

我还没有三十岁的时候,写过一首与青岛和幸福有关的诗歌,叫《写给一个人的古诗:开门白水》。但这幸福感如此虚弱,迅速地颓败下去。现在想来很可能,我一边写下那幸福感它一边消失。

2005年5月,当自一路拥挤不堪的火车中跳上青岛,还来得及捕捉住那幸福感留下的正在散尽的记忆。出站便是大海,它没有浩浩然茫茫然的大气象,仅仅像一个不太大的湖,轻轻荡漾着,波动着。暖第一次见到大海,我不知她是否心存失望。但她很快开心起来。在海上冲浪,她拼命喊着再快一些、再快一些,她嘎嘎的笑声、尖叫声和快艇划开的长长的雪白的浪路,不断迅疾地抛在身后。前面仍然是她的尖叫和笑声,而海水等待着白浪溅起。

在留下的影像中,她灿烂的笑容映照得我们如此阴鸷,如此茫然。

几年里,我们时有时无地往来。有和无的到来都是暴烈的。如同帛被撕裂时发出的几乎闪着微光的声响,它如此绝望,短暂得让人渴求帛撕裂的声音再长久一些。

而今如此疲倦。

## 二

这是一个漂亮而精致的城市,记忆里留下了它洁净的暗红色西式建筑,在蓝天中刺开的尖顶,以及街道两旁不时闪现的粉红色的、呆滞的、像浮肿了一样的花朵。司机师傅说花叫复樱,是樱花的一种。奇怪青岛何以种植如此难看的植物。后来知道那花学名叫双樱,是青岛著名的三种花树之一,另两种是丁香和紫藤。青岛以花知名,始自20世纪初殖民时期,德国人在青岛建植物试验场。1914年日本占领青岛,又大肆种植樱花。

出租车司机带我们在青岛市绕了一个多小时。宾馆贵而差。在沿海的地区往来穿行了很久,四五次下车询问,皆客满或者价高,或房间不适宜。最终找到了一个幽雅的海边旅舍,是国际青年旅舍。进去时便觉得纵然贵也就这儿了。

请的哥师傅吃了饭。不知他载我们来这家旅舍,是否有回扣,但心觉即便怎样也值了。吃了很多杂七杂八的海鲜,我们闻所未闻。暖拿了一个竹筒样的海底生物,要带回去玩,又将剥去肉的贝壳悉数带回。

返回旅舍。在服务台前,暖好奇地上前拉一个等待登记房间的黑人女子的手。两只手挽在一起,黑色和黄白色对比鲜亮。那女子粲然地笑着,在雪白的牙齿映照下,她黑肤色的面容美得惊艳。

出门转一个小的弯,便是大海。下午在海边,看天一点点暗下来,混茫的海水渐渐沉浸入暗中,唯脚下的海水泛起的白浪仍清晰可见。灯火渐亮起来,映入海中,但海边的灯火似乎永远是阑珊的,有着隐约的萧瑟。海的尽头,天光奇异地亮白着。

五月的青岛像北地的秋天。夜晚的寒意渗入皮肤,愈来愈觉得的确是冷了。

沿海岸走,不知觉间走出了很远,到了汇泉湾的八大关,到了一处风景极佳的地方。可惜已太晚,周围植被茂密,海风涌动,周身的寒意涌动,觉那些黑森森然的树木自四下里悄然围拢上来。

也很累了。打车返回宾馆。

夜里去司机师傅告诉的一个叫王嫂烧烤的小店去吃海鲜。鱿鱼好香。此时的深夜写到它,觉得很饿了。

出门带的衣服都薄,没想会这么寒凉。家乡着单裤,热风呼呼往裤管里灌得出汗呢。返回宾馆，又带暖去一家超市购了衣服。

夜风很大，习习地阴阴地吹着，没有灰尘。心中或有或无地黯淡着，却又洁净，温和地清凉着。

这一夜，隐约有不快地爱着她。

只爱着她。窗外夜风吹动发出的声响，与海水在不远处的荡动声混合起来，像有什么巨物在空中拍动着黑色的羽翼。它像正在来临，却更是飞走。

## 三

在晨光里的街道上行走，阳光如此明媚，却无暖意。海风吹拂着日光，这里的日光也不像北地春暮：日光在暖风中紊乱起来，细碎的光线搅在一起，乱哄哄地响着，让人暖和得晕眩——这里的日光永远是笔直的，清爽地一根一根，在凉湿的海风中垂直地颤动，它们甚至不会弯曲。

在小店里买著名的青岛啤酒。散啤一块钱一斤，用软塑料袋装着。购了三五斤边走边喝。啤酒下口，一下子凉到了头发梢上。

心中凉凉地快乐着。

沿福山路高高低低地走，到了沈从文纪念馆。是一座苍老的石头楼房，我喜爱的沈从文先生，当年便在这里教书。他的学生里有一名女子，后来成为共和国第一夫人。当然，在沈先生当年梦幻一般的心中，是不会有关于这些的思绪的。他只是想念着文字的美，想念着自己绵长的述说。

他也在初夏青岛的凉风中想念着一名叫张兆和的优雅女子，心中有温和而又清凉的悲意。在北平时写给张兆和的情书中，他喃喃地诉说着内心的疼痛："望到北平高空明蓝的天,使人只想下跪……"

他在青岛待了三年,第二年夏天,腼腆、倔强、内心却有着自焚一般骄傲的沈从文,在巴金的陪同下,前往苏州向张兆和求婚。

他这次终于得到了比较肯定的答复。回到青岛后不久,他收到张兆和的电报:乡下人,来喝杯甜酒吧。

不久,张兆和调入青岛大学图书馆做管理员。

他们相依一生。然而,乡下人喝到的酒并不甜美。他的一生,仍然皆有着隐约着、温和着、绝望着、清凉着也清晰着的悲意。

他隐约有着不快和渴望地爱着她。只爱着她。

已是六七十年前的往事了。却清晰如昨。苍老的石头房子里住了人家,不能进去观望。外房壁上写了一些同样沧桑的高大标语:

保卫毛主席,保卫党中央。

门口一块招牌,标识着沈从文纪念馆的名字。招牌旁的铁门朽红着,亮绿的藤科植物自高处蔓延下来,向空中招展。一些我不知名字的花,红花,寂寞而强烈地红着。

红得人心中隐隐作疼。

四

青岛还有一个著名的人,他也在附近,无论如何要去看一看他的。

是康有为先生了。

康老先生也葬在青岛。"文革"期间,他的骨骸被青岛人挖出来鞭尸抬着游街。虽则在那样一个人心疯狂、理直气壮地疯狂的时代,我仍然对青岛人的做法略有鄙薄。人做错了事便是做错事，不可以有任何理由作为遮掩了。

先生的寓所濒临大海，一座小二层楼的建筑。显然是新翻修过，但暗红色的木构房屋、屋顶的暗红色的瓦，间以雪白的墙壁，在天空青彻的映照下显得庄严而清洁。心觉这样的处所，是配南海先生的了。

先生初自德国人手中买下这套房子，大概自己又进行了整饬修理。晚年的先生得意于此处，命其名曰"天游园"。

坐在二楼阔大的阳台上的书桌前远眺，大海目力可及，仿佛遥遥可以听见海浪的翻滚声。心里琢磨着天游园的含义，和先生命名时可能具有的心情。眼前，院落里的桐花正开着，紫白色的花束肥硕地、繁盛地招摇着。

先生当年发动公车上书，促成百日维新，失败后流亡，仍致力于建立君主立宪制国家，反对革命的残暴和极端。房间里悬有他的书法，我不懂字，但观他的字迹，仍然惊诧于他字迹的肥硕，和草莽气息浓厚的野逸，下意识觉得他的字迹处处在破，却守得苍白。中有他撰写的一联，颇有意味：

陈诗聆国政，讲易剖天心。

天心既被剖开，那么，天也当易换了。

读先生的《大同书》，是返回以后的事了。书中他述说了对国家未来的强大梦想。他是一位要命的理想主义者，他的书也有着太多的梦幻色彩，而对社会改革的阐述，理论性也远高于实践性。这样的书更适合作为文化学著作来读，而非社会学或者政治学。

但毫无疑问，先生是一个伟大的人，一个人类当中的巨人。他所憧憬的幸福宏阔，他试图创建和命名的事物宏阔。我时代的知识分子，显然不具备这样的梦想能力，不具备可以向往如此强大幸福的能力,谈不上试图创建,更谈不上创建。

传说中的青鸟,曾经强大地映现在他的心中,引导了他一生的足迹,使他的生命趋于丰沛。甚或,引导他来到一个命叫青岛的城市。

然后,青鸟消失了。

精研易学的南海先生不会想到有一日,他亲自选定在青岛崂山象耳山的墓地,被世人粗暴地掘开。"康有为没有办法实现的理想,我们今天已经找到了实现的办法。"一个可怕的声音无所不在地回响着。

与此同时,他远在京城的女儿康同璧迫不得已,消灭个人所谓的"小资产阶级情调"。她泪流满面,在深夜里提着暖壶,用滚烫的开水浇死自己心爱的兰花。

在同样一个深夜写下此文时,青岛已经是我半年以前的记忆了。我眼前浮现着那样的景象:一个衰老且仍在迅速衰老的女人,一边浇出开水,一边望着兰花的枝叶萎缩。它们嗞嗞地轻微地响着,像竭力发出垂死的嘶叫。在静寂的夜里,那声音如此惊心动魄。

这是对青鸟记忆的彻底抹杀。我觉得有一种事物,也正在我的书写中不断远去。它急迫地等待着,等待在我最后一个字里彻底消失,包括我内心深处对它的记忆,包括梦境。

## 9.壶口瀑

壶口瀑

妇孺皆知壶口：国家发行的纸钞上赫然印着壶口的图样。但对没有亲身察睹过的人来说，图片、影像都是苍白的；文字也仅可传达观者的内心，读者若不亲临其境，那么怕是连这些也无法体悟。我想到范仲淹在远离岳阳楼的地方为它写记，他并未见到刚刚建成的楼样。但他一定亲临并熟悉浩大的洞庭湖，或者还曾设想若自己来此地做官，将如何主持修建一楼。他的书写如此高妙，不谈楼如何如何，而是书写了个人对洞庭湖的体验和自己写作时的内心。单独的楼或单独的大水，都是孤立而单调的；而他驱使简洁内敛的汉字，抵达了江楼合一时人内心的苍茫之境。

我时代的壶口，实际上已非景观化，更多地被喻义吞噬。苦难、雄壮、在生死存亡关头团结而爆发出惊人的力量，是中华民族的象征，如此等等。"每个人被逼着发出最后的吼声。"国歌里唱。见过壶口的人明白，这吼声简直便是说壶口大水的。

历史记忆里的壶口经过筛选、积累，远大于现实中的壶口。

光未然在1938年目睹壶口,心中如大水一样汹涌,作出了著名交响乐《黄河大合唱》。我所在时代,壶口没有产生过什么——有一个已经作古的人在这里骑摩托车做跨越冒险活动,他事先曾承诺用活动所得钱财,为贫困的地方上建一所希望小学。此事终于不了了之。他之后又有一个本地的好事者骑摩托车飞越黄河,并因此一举成名,不久因骚扰采访他的女记者而陷入诉讼事件。吉县人说,他原本是一个贫穷的无赖。

我在壶口,只是写下了这些关于壶口的现实中的龃龉。

壶口位于山西吉县和陕西宜川交界处,距吉县25公里,两县在两岸皆分设了关卡获取旅游收入。宽和落差50米。尽管有太多的审美疲劳,前往者需经历一路的颠簸,为一路上灰暗的高度污染的空气搞得心情沮丧,但是乍一见到,还是令人震撼。

我认为它可能是中国大地上最凶恶的大水,混浊,勇猛,势不可当。宛如噩梦中的景象一般,它像岩浆一样翻滚着,撞击着,以可怕的速度和力量、以赴死的勇气自高处跌落。在空中水流仍咆哮着撞击、抢夺,跌落水底的大力使它们飞蹿溅起,细小的水雾弥漫在空中上方,极远处干涸的河床上的石头皆被水雾蒙湿。下落的浊浪翻腾着,相互撕咬着,滚滚而去,无以计数的浊浪蹿起,闪发寒白的光,让人想到正在攻击的锋利的獠牙。

"弱水三千,我取一瓢饮。"一个似乎平静、自尊而知足的声音。但这梦呓般的理想化显然是不切实的。三千弱水,何处知哪一瓢属你?而若换作壶口大水,这么一滴,怕也是吃不消吧。

瀑布展现了水的堕落之美。上善若水,水恰恰又是吞噬一切的最具毁灭性的力量。此处的大水冰冷而狂暴,令天地震骇,人的思考中止,它不由分说地卷着人的思绪前往不可知处。我读《古诗源》,每每下意识将《箜篌引》中的场景移植到这里:

……一白首狂夫,披发提壶,乱流而渡,其妻随而止之,不及,遂堕河而死。妻援箜篌而鼓之,作公无渡河之曲,声甚凄怆。曲终,亦投河而死。……

同行的张发、汪惠仁、王俊石,嘻嘻哈哈地急着拍照留念。王俊仁,一个直率、说话语气斩钉截铁、有着军人一样的利落的有点老的汉子。我拍下他站在壶口边的样子,他开心地笑着,展开的皱纹里,有着孩童一样单纯的快乐,"长着水灵灵的大眼睛且忽闪忽闪"的汪惠仁,在黄昏晦暗下来的、自河两岸张开的大山间迅疾收回的天光中,却显得有些肃然。他的两臂下意识地张开着,手半握做拳状。有什么物事胀满了他的胸襟么?

他们都是第一次来这里,作此匆匆一瞥。十多分钟以后,现实中的壶口将从他们眼里彻底消失。但记忆会是强大的。关于壶口的记忆也可能会错置在他们的梦中,成为某事或某一情绪的背景。他们的记忆会挟带来这里时遇见的一切,那下午迅疾暗下来的天光、身上潮水般漫上来的凉意,路上某一个转弯处的急刹车,某一个裹着头巾作旧时陕北农民装扮的商贩拦路兜售粗糙的工艺品,在巨大的裸裎的河床上,脚下不小心的一滑。也可能,他们的记忆里会有某一张路遇的面孔,它很快消失,在某一刻莫可名状地清晰浮现。

个人记忆中的场景,也会大于现实。十多年前我和我的前妻第一次来这里。那时候这里没有修路,没有专通车。我们自临汾坐车来到吉县,一路挤在往来不息的拉煤车的烟尘中,车走走停停,乍开动就堵。自临汾到吉县用了七八个小时,到县城时天已黑透,身心疲惫不堪。

次日晨租三轮车上山。路左扭右拐,恐惧和担心是强大的,但很快被目遇的事物消解。上山时山顶尖露着乡村厕所一样破败的内长城烽火台——这些今已不见;在山顶细雨突至,顶着低俯的天空拐一个弯,刺目的明媚扑面而至:前方山崖上挂满阳光,瀑布一样飞泻下来。

  最终的抵达,则使我们有着失语般的惊骇。我呆望那翻滚的大水,觉得一个念头越来越强烈:想跟着浊浪跳进去、想扑进去。一阵儿工夫,瀑布溅起的高在上空的泥雾打湿了衣服。

  那是一个阳光灿烂的夏日。我好像为壶口写过一点什么,但很快毁掉了。我更愿意把它贮留在记忆中。我愿意那浊流奔腾在我的血液中。

  十多年来,当我在激烈的生活中,被剧烈变幻的事件不由分说地席卷而去的时候,当连思考都要中止的时候,我每每想到自己曾目遇的大水。

  逝者如斯。我此时的书写,可能更表述了个人记忆中的壶口。它永远强烈,强悍,迅疾,冷静,凶猛。它永远停留在爆发的那一个瞬间,并在那一个瞬间里,惊心动魄地铺展开来。

## 10.南山寺

夜入五台山访南山寺。山路空寂无人。小史："南山寺有足够的气场。"我来台山甚多,所去无非黛螺顶、五爷庙等。佛祖在上,我佛慈悲,我心敬畏,但这几个场地的确世俗化了,人又太多。

南山寺首次来。此地有古意,合我心,况夜临。端坐石阶良久,觉万物寂灭缘起之意。

忽然长声啸叫,山谷回鸣,夜鸟惊起,如狂风吹散的灰烬。

小史慢悠悠说:"你这是做狮子吼,管三年风生水起。此地是文殊菩萨真正的道场。"

低头写微信至此,小史慢悠悠说:"你旁边站着一个老和尚,我旁边有两个女人,你看见没?"

我觉心中一动。抬头看左右,他们在刹那间、在夜的微光中一点一点消失。我仿佛清晰地望见了他们的脸。

## 11. 晋祠雨

一入晋祠,马兰①便惊呼:这地方怪怪的,有妖气。罗也说,晋祠的氛围像极了日本的神社。有游客少年请罗合影,虽然少年此举不礼貌,但我很担心罗拒绝。罗却没有,自嘲说看来今天老外不多。我很开心。

马兰身体不好……流汗不止,脸色发白……马兰说,天太闷热了啊。突然间就一阵怪风呼啸而来,吹得我觉脸都歪了一下。仅仅在我打字打完一句话的工夫,暴雨从天空中不由分说地倒了下来。但我觉得,这雨只是在晋祠上空的天空破了口子倾泻而下。天上的口子就晋祠这么大。不得已三人躲一桥洞里,眼看池水仿佛漫将上来。

雨稍小,上路,怪异的是我们一走路,雷便在头顶炸响,如是者三,不,可能过五。雷一过雨就大起来,只好不断躲雨。罗说,我认为雷离我们不到一公里。我说,今天游客里一定有妖怪,雷要打怪物,但我坚信我们三个都不是妖怪,你更不可能是老外妖怪。

雨中闲谈,聊到内华达民兵、南京大屠杀等诸多事。印象深刻。罗教授说我看上去像个游击队员。

回市里吃饭。因躲雨已误饭点,去一名为社会主义的饭店却关门,众皆笑。饿极,终于找到饭店落座,酒家再次暴露出能吃本色,连干两大碗打卤面。当然罗教授稍稍帮忙,只帮一点点。

---

① 马兰:诗人;罗福林:美国加利福尼亚大学教授,汉学家。

## 12. 天龙山

春日天龙山。

### 甲、1918年,劫难开始

自最晦暗的时光开始,山等待我的书写已经太久;语词的模糊微光,仅来得及照见山在时间中的残缺轮廓。

山最清晰的惨痛开始,最晦暗的时光开始,1918年,天龙山石窟闯入一行人,他们杂乱的脚步在窟中回响,他们咕里咕噜的讲话声在窟中嗡嗡回响。窟中冰凉的佛像感到极不舒服,它们被那些人的手抚摸,那手充满攫取的欲望,渗着黏糊糊的微汗,佛像感知到那些手的兴奋和颤抖。

这是来自东方小岛上的一群人,一群日本人。领头人叫作关野贞,据说是他们中的优秀者,是一名学者,但这些扯淡,而且扯淡得很。也许很多年前在中国唐朝,这帮人的祖先就有人来过这里,作为遣唐使或商人,在那时就抚摸过这些大佛,那时大佛通体温和,还带着刚刚凿就时的温度;那时候在大唐威严之下,他们的祖先不敢有一毫贪念,他们抚摸大佛的手诚惶诚恐。也许他们的祖先中有人,还曾目睹这里大佛的建造,见到斧凿在巨石上迸发的火星,见到佛像一点一点自巨石中显现,归国后他们向子孙和国人吹嘘所见所闻。那时山下的太原城作为大唐北都,富庶繁华到让他们眼花缭乱,也许他们中有人作为岛国使臣,身上还携带着唐太宗赐予的《晋祠铭》拓片,而《晋祠铭》碑就在山脚下面的晋祠之内。

现在这群人对着那些佛像手舞足蹈;佛像沉静地望着他们,看他们拿出尺子量,围着佛像转,端起相机拍,拿出笔纸记。此前佛像在石窟中多少年寂寞,与鸟群、蝙蝠为伍,掩映在高草荒树之间。山间暴雨如瀑、山洪四起时,野兽会逃入石窟躲避。偶尔窟中有行乞者暂住,有形迹可疑的人隐现,那逃亡者、暴徒、阴谋复国者或刺客死士。

而现在佛像的寂寞和安宁被彻底打破。从晨至昏,从夏到春,窟檐前的雨帘变了扑簌簌的落雪,年复一年、三年过去。1921年,关野贞在日本《国华》杂志,发表了关于天龙山石窟艺术的调查报告。

原本寂寂无闻的天龙山石窟就这样被一个矮小的日本人公之于世,这是自敦煌之后,中国文化又一起震惊世界的消息。与敦煌的命运相仿佛,天龙山石窟中的佛像,就要平静地迎来一千多年里的一劫。关野贞发出一声激动的、声音扭曲的大喊:这里有巨宝!

全世界盗贼自四面八方蜂拥而至。先是所谓的学者，有法国人西林，瑞典人喜龙仁，日本人水野清一、日比野丈夫、山中定次郎。有的资料中还提到了常盘大定和田中俊逸，前者曾长时间在山西云冈石窟考察大佛。1923年至1924年，日本关西一家美术商勾结中国古董奸商，天龙山当地僧人静亮、法华，将天龙山包括西峰第九窟雕像头像在内的一百五十余件石雕艺术品和石雕构件盗卖。当年瞎眼的鉴真老和尚六次渡海方成功抵达日本，他不辞劳苦、不惧艰险去弘扬佛法，他绝不会想到那些笃信佛教的小日本在千余年后的此刻，不断叮里哐啷敲下大佛的头颅。他们要把佛头带往自己家乡，他们就这样热爱佛祖。阿弥陀佛，愿佛祖惩罚这些人，让他们永世堕入阿鼻地狱不得超生，或转生成被我们不小心一脚踩死的蚂蚁。

自1923起一直到1949年，天龙山的佛头飞天不断不翼而飞，圆雕浮雕漂洋过海，到了世界各地。那些佛头在异国他乡微笑着，那些飞天飞舞着，它们承受着千百次的转手，看到千百次诡秘的交谈。日本的山中商会还举办了天龙山佛雕艺术品展览，山中商会，又一个该诅咒的名字。一共一百五十多件佛宝流离各乡，在美国、日本、荷兰、瑞士，在德国、英国、加拿大，那些国家不会交还给我们，而我们还需不断努力使国家强大。那些失却头颅的佛像依然在石窟中端坐，它们端坐了一千余年，快一百年了身首异处。它们在等待头颅归来。

1940年，日本人水野清一、日比野丈夫在天龙山石窟考察。这两个人穿着日本皇军的军装，山上插着他们的国旗，他们的同胞正在山中和山下不远处的城里杀人取乐，所以这两个人，我们只能把他们称作鬼子中的两名。他们在血迹上郑重地撰写了研究天龙山的成果，我们记下，但同时更不可忘却那浓重的血腥。

1933年，北平保存古迹古物委员会查获了贩卖天龙山文物的古玩商，太原保存古迹古物委员会驱逐僧人静亮、法华，当时世事动荡，那些人最后如何处置，不得而知。1949年太原市解放，北京市军管会抓获那些罪犯，判处死刑，在北京枪决。

而在1948年太原战役之中，天龙山遭遇兵祸，驻扎天龙山的阎锡山军队拆毁了山间大寺圣寿寺主殿，一把火起，寺内珍藏的上万卷佛经连同过殿、山门被焚毁。这一事件的直接指挥者，阎军复仇队长李诚德，在1949年后被人民政府镇压。

天龙山还有更浩大的灾难降临，1966年，山西省省城的造反派汹汹前来，他们要"破四旧"，要彻底捣毁旧世界，要掀翻一切牛鬼蛇神。他们可能还准备了器具，斧头、大锯、铁榔锤，带着枪支甚至炸药。他们盲目的青春冲动被怂恿，他们破坏的欲望熊熊如烈焰，烧向他们自己都不能知道的地方。

天龙山蜿蜒的山路在扭曲，在痉挛，那些爬在上面的造反派气喘吁吁，那些追赶他们、阻拦他们的人气喘吁吁。但是后者的力量大于前者，人们扑上去夺取造反派手中闪着寒光的凶器，人们奋不顾身地夺取那些炸药。这些人中有当地百姓，有的白发苍苍，有的是妇人；有省城各机关闻讯赶来的干部，有扔下工厂工具或拿着工具飞跑赶来的工人。他们越汇越多，源源不断地赶来、赶来，愤怒使他们焕发出天神一般凛然的威仪。那些造反派灰溜溜下山而去，他们也许仍然心中不忿，在离去的途中自责和相互抱怨，觉得革命意识不够彻底。但是我们应该祝贺他们，为他们感到欣慰，毕竟他们因此少了一份大得可怕的罪孽。

## 乙、盗跖的反叛激情

天龙山在太原西南，晋祠侧后方十余公里，古称方山，因位于太原城西方，常与蒙山、龙山、太山等吕梁山余脉统称为西山。天龙山最初，得名于北齐高洋在山中兴建的天龙寺。

汉文帝刘恒龙潜太原入主汉宫，李渊父子起兵太原定都长安，高欢父子盘踞晋阳开创北齐，隋炀帝杨广、唐高宗李治即位前受封为晋王，李存勖、石敬瑭、刘知远崛起于太原创立后唐、后晋、后汉沙陀三王朝，刘崇再创北汉，这些辉煌历史，为太原赢得"龙城"美誉。而依古代风水理论，所谓的龙，其象征物为山脉，称作龙脉，又根据山的走势，分为龙头、分龙、起龙和龙尾。传言太原北方的系舟山是龙首，太原城为龙腹。

天龙山、龙山乃是大龙的尾巴。

但我们从山更为久远、已被视为讹传的历史开始。要说到一个名叫柳跖的人，传言他曾在天龙山一带活动，山间有一条大沟仍以他名字命名，叫柳子峪，柳子峪更有众多以盗跖事迹命名的场所。

他是中国春秋时的大盗，一条被视为邪恶的、狂放不羁的龙。他是中国后世揭竿而起者最为古老的祖先。从某个意义上讲，从陈胜吴广到瓦岗寨翟让到梁山泊好汉，都在一定程度上重复和模仿柳跖的生命历程。毛泽东曾著诗说："盗跖庄屩流誉后，更陈王奋起挥黄钺。"

1949年以后的中国正统史书中，一般称柳跖为"中国春秋时候的奴隶起义领袖"。关于柳跖，《庄子·盗跖》《荀子·不苟》《吕氏春秋·当务》《韩非子·守道》等中国先秦诸子的著作都曾提到过。

在《庄子·盗跖》篇虚拟的场景里，孔子曾跑去劝说柳跖归降和改恶为善，得到一通猛烈的训斥。这是一场极为精彩的辩论，上升到人性和人类生存于世普遍意义的哲学范畴。孔子离去时，"再拜趋走，出门上车，执辔三失，目茫然无见，色若死灰，据轼低头，不能出气。"

盗跖是一个将反叛激情持续到底的人，他绝不妥协。他的彻底令人吃惊,看上去他更像一个洞悉世事的哲人,一个在人世的绝望中寻求快乐的人,一个虚无主义者和及时行乐者。他说,我靠,人上寿百岁中寿八十,下寿仅六十,还不算中途病死被杀死和发愁死掉。天地无穷,人死有时,他妈的活那么短!在那么短时间里能开口而笑的时候,一月之中不过四五日。那么我为什么不想尽一切办法快乐呢。

据说柳跖得善终而去,活了一大把年纪。为什么他不暴死?他是令中国古人深感困扰的人物之一,是高洁如伯夷叔齐那样的人的对立面。这个人也是他著名的哥哥柳下惠的对立面,柳下惠坐怀不乱,而柳跖的行径在古人看来,却是无恶不作,是有异能却肆无忌惮我行我素者,是目无法纪、尊长、君父,视世间秩序有如无物的暴徒。

柳跖本为鲁国人。他从卒九千,横行天下,暴侵诸侯,大国拒守,小国入保,他的力量令各国震惊不安,却又飘忽不定,他似乎并没有兴趣去建立一个国家、确立某种秩序或将自己纳入某种秩序。但是,但是,他的确曾在天龙山柳子峪盘踞过吗?

当今的人们多认为不可信。有人更百端讥讽,认为那样的说法,完全是地方土人令人笑掉大牙的牵强附会。但是我们来看看其间透露的蛛丝马迹。

首先,认为柳跖在天龙山活动,并非今人讹传;早在明代以前,柳子峪及柳子峪内的诸地名字就已出现,柳子峪在那时就是久已通用的地名。明《永乐大典》卷5202"太原府·山川谷"载明洪武年间《太原志》:"柳子峪,县(今晋源区)西南十五里。"明嘉靖三十年(1551)《太原县志》中所载与上相同,但此外还载有:"插旗石,柳子谷山上,相传为柳盗跖插旗于此石上,有臼深一尺许。"

其次,史载盗跖率九千人,盘踞大泽周围,在其间出没。但水泽叫什么名字,在什么方位,没有资料留下来。按唐《元和郡县志》载,今柳子峪在隋开皇年间,其谷口东二里还有汪洋周四十一里的台骀泽。台骀泽亦称晋泽、大泽。明代之后逐渐消亡,至今日我们已不可见。但由此推想,在春秋时代,其泽水更大。台骀泽在远古时无边无际,已经成为神话人物的台骀在这里治水。而柳子峪的地貌,与史上对盗跖活动场所的记载暗合。

再次,据考古调查,1974年9月,山西省文物工作委员会和太原市文物管理组在柳子峪有关柳跖起义遗址、在插旗石附近的西岭村西阳坡上,采集到陶片七十多斤,均为泥质灰陶和加砂灰陶,可辨认的有鬲、甑、壶、罐等器物的残片,属于春秋战国时期遗物。

但依据这些,也并不能指定盗跖的确曾在柳子峪活动。我只是试图从山被时间吞噬的历史中极力辨认出痕迹,将悬疑暴露出来。我没有兴趣去穷究和追问。那是历史学家及考古学家的事了。

## 丙、山的得名及兴盛

现在山在时间中变得清晰起来。一阵大风吹过,风吹草低,一个人的头颅自草莽间显现,他是春秋时智伯的门客豫让。他的脸看上去山神般狰狞,脸上布满横七竖八的刀痕。他长啸一声,声音凄厉高亢,惊起呼啦啦的鸟群。应着发声时的用力,他脸上的刀痕扭动、扭曲,如同蜿蜒交错缠绕的蛇。他自草中徐徐站起,我们看到他手中握紧的短刀,那刀没有名字,历史上著名刺客无不有著名的利器,而豫让没有。他一度在山中逃亡,而现在就要下山去替主人报仇,去行刺赵襄子,去成就自己的名字,去成为刺客豫让、死士豫让和赵国的义人豫让,去终结他的生命,去使生命的终结具备意义。

叫张孟谈的人也缓缓走上山来,这个人我在《晋祠书》里已经提到过,他使三卿联合攻赵的图谋破产,使智伯的雄心沦为笑话。张孟谈在赵襄子取得胜利后的第三天归隐山上,他所隐居的地方,后人叫作负亲丘,意思大概指他当时还背着他的老母亲。他在负亲丘躬耕自食,三年以后,四国背约谋攻赵氏,赵襄子又亲自前往负亲丘请张孟谈出山。赵襄子没有像晋文公烧山那样霸道,将介子推及其老母烧死;张孟谈也没有像介子推那样东躲西藏不肯露面。他再一次出面,为赵国化解了危机。

与祖逖一起闻鸡起舞的刘琨策马来到山上,时间到了东晋。刘琨守卫着山下的晋阳城,此刻山间马蹄沉重而杂乱,他和他的士兵在山间疾驰,追赶向山中逃亡的匈奴人刘曜。

转眼到了北魏,公元532年高欢占据晋阳,建立史称霸府的大丞相府,他在山间建起避暑宫,他令人在山间开凿两处石窟大佛。天龙山得名于这个雄悍的鲜卑人,天龙山现在最为重要的事迹,与此人及其后代紧密相关。高洋手下的得力大将、曾高唱《敕勒歌》的斛律金,死后便葬于山下。

高欢的儿子高洋灭东魏建立北齐,551年他在天龙山扩建避暑宫,规模浩大,据说可与秦始皇的阿房宫、汉高祖的未央宫、晋平公的祁宫、楚灵王的章华台相媲美(语出北汉李恽《新建天龙寺千佛楼之碑铭》)。560年,又在山腰建起天龙寺(清代改称圣寿寺)。与此同时,山间开凿石窟大佛的坎坎声始终未断。天龙山稍北的蒙山上建起开化寺,开凿了六十余米高的蒙山大佛,历时十年。其间昼夜不断,每夜燃烧灯油数盆,火光一直照耀到数里之外的晋阳城。龙山之巅建起了童子寺,从今日仍能见到的巨大的燃灯石塔,可以想见其规模。

570年,北齐后主高纬令人在山下晋阳城遗址上建起龙山县。几年以后,这位荒唐的君王率领十万军队在天龙山间行进,马蹄声令大山都为之震动。这一切只是为了一个妇人,那个高纬在行进途中仍不忘频频回头注视的妇人,她叫冯小怜。无穷尽的欲望显露在高纬尚且年轻稚气的脸上，他只有二十岁出头。为取悦那女人，高纬带十万军队出发去北方的管涔山避暑，因她仍嫌天龙山风景不够优美，避暑宫不够盛大。这十万军队很快就要折回，再度行进在天龙山间，因北周的军队正在凶猛地攻伐晋阳城，那位迷人的妇人冯小怜，在疾驰的军队里仍不忘照镜子。这是个无知到无耻的妇人，此时她不会想到仅数年以后的命运：被嫁给士卒又嫁给士卒，她最后把自己挂到了一根小绳子上。

北周战将杨忠战死在攻打晋阳城的战役中，尸骸葬于天龙山上。多年以后，杨忠的儿子杨坚开创隋朝，下令在山间为父亲建起浩大的陵园。杨坚是个笃信佛教的人，他出生于长安附近的寺庙，幼年为尼姑所抚养。他的儿子杨广镇守晋阳，授意属下在天龙山继续开凿石窟大佛，那大佛在天龙山间规模最大。在与天龙山连为一体的龙山，大佛也在开凿，是阿弥陀大佛，高一百三十尺，约折合四十多米。多年以后，隋文帝杨坚的儿子杨广继位，成为恶名昭著的隋炀帝。他重新演绎了历史上的一幕，几乎一模一样的一幕：率领十万军队、官吏、嫔妃宫女行进在天龙山间，从这里出发前往北方的管涔山避暑。他在那里为突厥骑兵围困，而在赶往救援的人中，一个十六岁的少年脱颖而出。他是大唐实际的开国者李世民。

公元617年的一天夜里，天龙山、龙山上方突放光明，如烈焰冲天，一股紫气直冲西南方向而去。西南方是长安城，是隋朝的国都。有人悄悄记下了这件奇异的事，一年后李渊起兵反隋入主长安，建立大唐。而那件事便成了天地曾经做出的预兆。

李世民自幼在山下的城中长大，年少时来山间纵马狩猎，是寻常之事。那山间草木、沟壑流水，时而在他的记忆中莫名地浮现。多年以后他重归太原，往事历历，便下令编导《天龙圣乐》舞曲，以天龙山石窟群佛祖圣像为背景，乐伎们着霓裳边唱边舞，祝颂皇帝老儿万寿无疆。乐工奏乐,乐伎们扭动腰肢变幻马步花姿,轻歌曼舞后躺身于地,组成"天、龙、圣、乐"四字图案,同时以手中鲜花,摆放成"吾皇万岁"四字。但随驾的魏征等人扫兴得很,认为国家初定,不宜渲染升平。太宗采纳,罢歌舞回驾长安。

整个大唐时期,天龙山石窟大佛不断开凿,成为天龙山所有历史时期中,开凿石窟最多的一个时代。现在大佛要面对一个妇人,她是武则天,她不断膨胀的野心曾一度短暂地吞噬了大唐王朝,代之以武周。她的父亲、一度经营木材生意的武士彟,也许在她年幼时曾带她来过,到这里采购天龙山的木料。

这妇人半搀半扶着自己的男人、总是头疼的唐高宗,此时他的头为山风所吹,一定又在疼痛难忍。他们参观了蒙山大佛、童子寺大佛,然后回到长安或者洛阳。武则天特意派人制作了两件巨大的袈裟,给六十米高、四十米高的大佛穿,那衣料或许是薄如蝉翼的上等丝绸。使臣前来给佛披衣的那天,全并州城为之沸腾,全并州城的人们倾城而出,在山间高高低低地站着,观看那盛状。人群中可能有在并州城里寓居的异族,那些波斯人、高句丽人、小日本人、大食人、天竺人,他们随人群蜂拥而来,他们身上的物具挤落于地,其中有一枚波斯萨珊王朝银币被深埋于泥土中,被一千余年后的人们发掘出来。那些异族人在有生之年归国,仍会向族人夸耀他们的见闻。这见闻也会远播当时的欧洲,令那些因拥有一件普通丝绸衣服便欣喜若狂的贵妇人怅然若失,令她们觉得自己的生活真没意思。

## 丁、黑鸦兵在天龙山

一身漆黑的骑士在天龙山间牧马,那些马匹也一片漆黑,黑得肃杀、黑得暴烈;那些人跨上马,汇为一处,一千人、三千人、一万人、三万人，黑凝立着，仿佛天底下所有的黑都从四面八方向他们疾速汇聚；黑开始奔涌，在山间狂啸而下。这是黄昏，就仿佛这些黑释放开来，成为天底下无边际的夜。他们不是李世民的三千玄甲轻骑兵，那轻骑曾是李世兵所向披靡的镇军之宝；他们有三万余人骑，时间也已到唐末，他们是号称黑鸦军的沙陀人。为首的那人叫李克用，他瞎着一只眼睛，用唯一的眼睛仍可以一箭射下高空中的双雕。他要从这里出发，进驻并州城。他要苦心经营曾为大唐北都的并州城，凭据城池与形同禽兽、连自己所有儿媳都得侍候他困觉的朱温展开生死搏杀，他还要与契丹人搏杀、与镇守幽州的刘仁恭搏杀。

李克用对大唐忠贞不贰，后世的史家，有李克用凭借大唐北都为唐复仇的说法。唐朝实际的篡夺者，便是原为黄巢义军头领又反叛投唐、最后毒死唐哀帝、将三十余名唐臣集中起来杀死的巨贼朱温。朱温曾假意将李克用请入汴州盛情款待，入夜派遣军队围攻李克用居所，大火烧起、箭矢如猬，李克用亲兵三百余人战死。酒醉的李克用靠几名卫士拼死保护，在突如其来的暴雨和电闪雷鸣之中逃离火海，杀出重围，缒城而下逃出汴州。此后四十余年，李克用和朱温结为仇雠，彼此征伐不休。

李克用帐中有一位少年，是李克用的义子，他麾下最为勇猛的李存孝。此人骁勇冠绝，史书中说他每临大敌，身披重铠，手舞铁䬃，挺身陷阵，两匹马尾随其后，胯下马乏时换骑，他上下如飞，万人不能阻挡。

但在后来，李克用犯下了重大错误。由于赏罚不公、听信谗言，猛将李存孝被迫造反。在从未生育的、爱惜诸义子视若己出的李克用夫人刘氏劝说下，身陷孤城的李存孝自缚出降，却被极爱颜面的李克用五马撕裂于晋阳。李存孝死后葬身于天龙山上，后代称作晋王陵。

晋王陵后来被讹传为晋王岭,《晋祠志·杂编》里记述了那里发生过的异状:清乾隆年间,晋王岭在夜半突现地镜:像圆月一般微微发光,其光泽有池塘那般大小。守田的农夫不经意间看见了异象,飞跑回村呼人来观看,地镜已经消匿于无形。此事未知何解,《邑志》中简略提及一句:乾隆二十四年旱,晋王岭现地镜。

## 戊、千佛楼里的祈祷

刘崇建立北汉,他是个生性沉默、生活俭朴的人,继位后连宗庙都不设,说我算什么天子啊,只是不忍看祖宗绩业被毁,不得已而继位。你们也不算什么将相,宗庙就算了建罢。后汉王朝文武百官的俸禄少得可怜,宰相每月只有100缗,节度使每月只有30缗。就像当今一样,这样少的俸禄造成的结果,是北汉社会风气败坏、贪污成风,几乎不存在一个廉吏。

后汉在天龙山设有占地规模极大的刘氏陵园。地窄民贫,后汉政权几乎没有为天龙山做过什么,仅仅是一个短命的皇帝刘钧重修了天龙寺,同时修建观音像一座。

在最后一个帝王刘继元那里,事情起了改观。

公元972年,北汉已经三次打退了北宋王朝凌厉的进攻,国力势同强弩之末。北宋的第一个帝王赵匡胤故去,他的弟弟赵光义继位,秣马厉兵,准备大举来攻。这时候、这时候,北汉的刘继元却来到天龙山祈祷,他请求山佑护他、石窟内的大佛佑护他。为表虔诚,他令人在山上监造规模宏大的千佛楼。

千佛楼历时三年方才告成。可以想见,建楼时有多少山间古木惨遭砍伐!

千佛楼建成后不到四年,赵光义御驾亲征,数十万大军紧逼太原城下。赵光义在太原西山上试剑,至今那里留下了他的试剑石。他命人砍伐山间大木,修复在战争中被损的汾河桥,以便士兵攻城。也许他还趁势观看了一下刘继元建造的千佛楼,俯身详读了楼中树立的碑记。那上面留有刘继元恳请神灵保佑的字样。赵光义捻了捻胡须,嘿嘿一笑。

北汉于979年五月初五灭亡。而一度顽强抵抗北宋的太原城,遭到灭顶之灾。

## 己、寂　灭

"盛则后服,衰则先叛。"赵光义决然地说。晋阳城的毁灭开始了。一座繁华坚固的城池从此不复存在。太原的噩梦还没有结束,赵光义需要彻底改变这座一向被称为龙城、有着冲天龙气的城市。他要破坏这里的风水。

破坏风水一直是一种疯狂的报复与狭隘的泄愤,慈禧太后曾下令砍去光绪祖父坟后的两株柏树,小日本在"二战"期间为了缚住朝鲜这条苍龙,据说设置了十二根破坏风水的木柱,深信不疑的韩国人至今仍在寻找它们的位置。

赵光义命人在新建起的晋阳城里,全部采用丁字路,他要把太原的龙脉钉死。他把新修的晋阳城叫作平晋城。他古怪地使晋祠中的主祭神改头换面。晋祠也不再叫晋祠,成了惠远祠。他命士卒把太原北方的系舟山山头铲平,因传说系舟山是晋阳龙脉的龙首。

几乎可以说赵光义对太原的改变是全方位且细致入微的了。

天龙山因只能忝居晋阳龙脉的龙尾,侥幸逃过了一劫。也许赵光义在虑及天龙山这个龙尾时,想到了后汉主刘继元祈祷的碑文。神灵并没有能够佑护刘继元。赵光义想,别再折腾天龙山了吧。

## 庚、天　祸

天龙山的辉煌,到北宋时代戛然而止。接下来的事情,连笔者叙述起来都觉无趣:

金天会年间,天龙山遭到兵火,天龙寺被毁,于当代重修;

元初,在天龙山北方一线的龙山,道士披云子宋德方历时五年开凿龙山道教石窟。宋德方是当年道教全真教丘处机谒见成吉思汗时的十八名随行弟子之一。龙山道教石窟乃是全国现存规模最大的道教石窟,它的开凿,也是自北宋至今的太原西山历史中唯一的亮点。但严格地说,它们虽距天龙山不远,却不属于天龙山,笔者不再倾注更多笔墨。

元至正二年(1342年),为躲避兵乱,创建了南千佛寺。

民国时候,冯玉祥曾在山间逗留数月。他要阎锡山拨来一笔款项,由他自己监督在天龙山植树。这位粗豪的将军在天龙山的举止,令笔者油然起敬。一个战乱时期仍不忘记植物造福于人的军人,我相信他内心一定对黎民百姓怀有拳拳诚朴之意。冯玉祥因后来发现天龙山上空常有蒋介石的飞机盘旋,以为自己行迹为之察觉,疑惧而离去。

历史上各朝代进攻晋阳的军队,都先据西山制高点,而后向晋阳发起攻击。北魏大军沿西山进军北燕据守的晋阳,北周军队从西山向据守晋阳的北齐发起猛攻,近代太原战役,阎锡山也在西山一线构筑大量防御工事,以据守孤城太原。战火的熊熊燃烧,使天龙山植被遭到极为严重的破坏。天龙山不复像以往那般森林茂密,不复有以往随处可见的清泉。

与此同时还有一些可怕的自然灾害。光绪三年天下大旱,饿殍遍野。次年瘟疫流行,死者枕藉,次年仍然是山川枯竭、赤地千里。西方传教士李提摩太曾由太原南行300公里,他在光绪四年二月二日的日记中写道:"我见到了平生最可怕的景象。……城门口旁堆放衣服剥光的大堆男尸,互相叠压,就好像在屠宰场看到的堆放死猪的样子;城门口另一侧堆放大堆赤裸女尸,衣服全被送到当铺换取食物。城门口停有车辆,准备装运尸体到城外埋葬,……路上的树都呈白色,从根部往上十尺到二十尺树皮全被剥光充作食物。许多房屋没有门窗,全部被拆除卖掉或当柴烧掉。屋里厨房的锅,只只都是空的,户主都已走光或死去。"

在大灾疫中,天龙山的命运也不会例外。那些山间树木不是树皮早已被人们剥光吃掉,就是自身早已干枯甚至起火自燃。据史料记载,山间居民因为饥饿或者瘟疫,十有八九悲惨死去。山下居民,赤桥、纸房两村死者十之六七,其余村落也死亡人数过半。

这是1878年的事了。这人力无法抗拒的天灾令人喟叹。而天龙山最为清晰的人祸,正遥遥来临。

我们已经走近本文开头叙及的那些惨痛横祸。

## 13. 永祚寺

永祚寺,因双塔而得俗名双塔寺。双塔于今已近1500年了,缘起于地方士绅信奉的风水之说:修塔以祈望弘扬地方文运。塔拔地而起百年之后,果然有两位大师凭空出世,也就是明末清初的六宗师之一傅山傅青主先生,以及著名考据学家阎若璩了。1948年,太原战役打响,双塔之一被解放军大炮轰断,后又重修。细数来,自双塔断后已近六十载,太原地方果然再未出现一位有建树、可称作大师的文界人物了。

阎先生的考据之学,我不甚懂得;傅山先生的大名,倒是早已如雷贯耳,且始终对老先生敬佩有加。清初六夫子虽号并列,然其中一些年岁稍晚些的,对傅先生执师礼。傅山以人生有限之年,精通经学、佛学、道学、诗词、书法、医学、武术,他还是美食家,太原头脑起于他对老母的食疗之方,传闻竹叶青酒也是他做的配方。竹叶青酒是鄙人最喜独自小酌的酒。又有传闻,认为清代的票号也是傅先生在组织反清复明活动时所首创。这样说来,傅先生竟也是所谓晋商的老祖宗了。

五月长假某日,暇兴陡起,遂驱车前往永祚寺。双塔峨峨然在很远处随路转动,或隐或现,车停下,反而不见双塔。拾级而上,进山门便吃一惊。门内牡丹正盛,在院里开得拥挤,竟似作势要将游人搡出去似的。

时值黄昏,晚风渐劲,花香犹如要将人溺死一般,一阵又一阵猛烈地扑来。偶尔人以为花香走了,长出一口气,殊不料更强烈的花香自脚下、头顶、衣袖、口鼻耳喷涌而入,令人几欲窒息。

行走间入寺渐深,各种色泽的牡丹随脚下延展开去。一进又一进庭院,牡丹霸道地将每一间庭院占满。行走其间,人觉得自己在这里何其多余啊。

不识牡丹品种,俯身细观那些牡丹,有几个瞬间,竟忍不住伸了手掩住鼻孔,深恐自己受不了太近太浓的花香。心中又有些惋惜,觉来得有些迟了。仔细看时,多处的花似乎都有些蔫,像美人肌肤上的光泽随时准备匿去。也许,夜露中她们又将丰满起来,心中祈望着,或者她们在翌日晨,又将怒然呈初绽放状。

但这只是我自己的祈望。春是留不住的。连孩子们也知道这浅显的道理。仔细看时,繁密的花树之下,紫色的、红色的、粉红的、雪白的,已是落英厚积。

心中感慨。似乎想着什么,却又似乎什么都不想。向旧友发短信,言及此处牡丹,旧友回言调侃:牡丹花下死,做鬼也风流。

鄙人是做不来风流鬼了。倒是这一日黄昏、这一寺的牡丹发春发狂,争先恐后、前赴后继地,暴怒一般地开放,看得人魂动魄摇、魂魄俱碎,觉牡丹们有如末日狂欢一般恣意和狂乱,反正明天不打算活了,打算活也逃不过一个死,那么这一日黄昏,开个痛快罢。好歹这里、现在,有一个略解花语的书生。

这或许是我的不幸,也可能是大幸:在2007年的某一日黄昏,邂逅满寺明代牡丹的死亡之舞。旅居并州十八年,这是我十七年后第二次来到双塔寺。这一次,抵得上每年去看一次。

回途之中发着呆,不知什么时候,夜幕唰地拉上了。脑海里依然浮动着那些饱满的花朵、沉甸甸的花枝,幻觉里看到花瓣在夜风中扑簌簌跌落,整个寺院响彻着花坠落的声音。

这也是我在2007年走到春天尽头时,耳边唯一听到的声音。

## 14. 古木吟

晋祠古柏。近年地下水连续下沉,山西各地的古木渐渐堪危。

### 甲、雨后青苔

在晋祠听那风声,望大树顶端在风中摇曳;草木众多,置身树间,往来游人就在旁边不远处的行道喧哗,但是听不到他们说什么,树木将人发出的卑微声响悉数消匿。只听到风声,风掠众木而去,萧萧的声音波延而去,那萧萧声博大而寂寞,让人莫名地感动和敬畏。站在树下,人如此矮小,树的高大令人羞惭。人的思绪波动,如树木在风中的微微摇曳,如树木发出的萧萧声,而人的思考那般微不足道。人的年龄也微不足道,树已三千岁,人不过只有三十多岁。那树冠直指苍穹,像渴望什么,又像在聚拢着什么;上面的天空高远,蓝得透明,云一抹一抹若有若无。再抬头看时,天已低了下来,朝那些大木的顶端俯下身去。浓云正在聚集,像那些大木在以萧萧声召唤它们,像那些大木朝天空伸展的枝干,将云朵汇聚起来。人在树下行走,听到树叶间若有若无的沙沙声,像是雨来的声音,空旷处的石桥,雨点已经一滴一滴溅落,在白色的石块上一片一片晕开,竟成深紫色。人在树下疾走,站到祠堂檐下时雨已如瀑,檐前雨线密集,湿气随着风的卷动,向人一阵一阵扑来。人向远处眺望,一切在雨中,那些掩映在树间的红楼绿阁变得渺茫,仿佛对久远往事日益模糊的记忆。

雨在不知道的时候就去了。开始走动时似乎能感觉到雨意正在远逝,偶尔掉落在脖子后的雨滴越来越少,后来就忘记了。映入眼帘的,尽是绿意,那绿盎然勃然葱茏然,如此生动,人心生类于欣喜的情绪。那绿映得衣服都微含绿意。人以为是草木的绿,但不然,原来是青苔。雨洗之后的祠院高下,青苔覆漫,冉冉然、绵绵然,或浓紫或青绿,处处皆起,人仿佛能嗅到青苔幽香的气息。路边、墙壁、祠堂阶边、大殿的根基,在屋顶的瓦片檐柱、在窗台、在门槛,在水池的石壁上,青苔甚至爬上大树主干,伸向树杈上经年已久的鸦巢;蔓延入室,殷显在祠堂高大的神像底座。

苔又叫玉女鬓,还叫作绿钱和水垢。在水边的青苔叫水衣,这是一个何其浪漫的名字,是水的衣裳;在石上叫石发,是石头的头发。在墙上叫垣衣,在屋子里叫屋游,在屋顶叫昔邪或者瓦松,在山上又成了卷柏。它无处不生,古人太喜爱它,它每长一处就给它取个名字,而这些名字有趣的青苔殷满晋祠。人不知这青苔已有多少年岁,它们平素暗朽,与土色混淆难辨,而如今借了雨意四下延伸,人仿佛能听到它们生长的声音,仿佛人一边看它们一边向四方延伸。

## 乙、树　灵

我在晋祠就遇到这样一场大雨，乘车离去时暴雨又至。车行到离晋祠三四里处，已无下过雨的一星半点痕迹，地面干彻，尘土飞扬。我在车上，想那些晋祠的树，此刻它们仍然沉浸在雨中，为雨润泽。几千年了它们都这样，为那一方山水钟情和庇护。古时人们相信，木老则有灵，成精成魅，或正或邪，人肃穆地记载下有关树灵的种种诡异事件。曹操在洛阳附近跃龙祠伐梨树，那是东汉末年的梨树，当时已有数百年之久，高十余丈，不曲不节，直冲霄汉。曹操挥剑斫树，砰然有声，血迹从树的伤痕中四下里喷溅而出，在他的脸上、衣袍上、他身边焦躁不安的马匹身上。这一夜二更，曹操从噩梦中惊醒，他不断地梦见一个皂衣人挥剑向他砍来、砍来，他将从此患上著名的头疼病，将要请来著名的华佗，而华佗说须砍开他的头颅病才能治愈。他望那古怪而又固执的老头儿，那飘逸的胡须、高耸的额头、清奇的相貌，令疑虑重重的他在一刹那间想到了盘根错节的树根。蒲松龄也要从噩梦中醒来，就要被他状写的事物侵入他的梦，那些事物在他的幻觉里，总是高于现实的真实。他要写到一个树魅，霸占埋骨于树下的少女魂灵，驱使她以色相勾引男子并取其性命。蒲松龄次日醒来，写下那个幽怨的名字聂小倩。还有众多的树久而成妖，在江南尤甚，一般而言，桃、李、杏、石榴等开花植物化作妖艳女子，寻男子困觉采其精华，令人奄奄欲毙和终于毙命；松柏等树则化作男人，它们在高高的闺阁中寻找待嫁而怀春的少女，已嫁而春心荡漾的少妇，在暗夜里缠绕她们身体，令她们在白昼也发出销魂的呻吟和尖叫。

但以上的树不是晋祠的树，在晋祠没有这些。这里是北方，浑厚博大,苍凉深远;这里供奉的是祖先的神灵,缄默、威严、自尊,它只负责人们在光中的生活,那些阴暗处的缠绕,那些罪孽,于它不值一提,可忽略不计。它以所谓的浩然正气压住这一方水土,育化这一方水土,以致那些古木,在数千年里竟没有发生一例有涉偏邪的故事。其他故事也少,偶或有之,则是树如何如何严厉地惩戒恶人。

## 丙、柏

晋祠草木郁郁苍苍,一千年的大树,在晋祠几乎还可以称得上年轻。据晋祠研究古木的一位先生称,今日上千年的古木尚存二十株,有槐、柏、松、楸等种类,现在逐一述说它们。

圣母殿两侧,原有两株周柏,名双柏,右雄左雌,浑然而巨,又分别名为龙头柏、凤尾柏,北侧的又名齐年柏。齐年柏树冠庞大,曾高凌于晋祠所有楼阁之上,树顶向下勾曲,如飞龙在天、偶一回首;凤尾柏树根延伸于地面,枝繁叶茂,有如凤凰振翅欲起的一瞬。两树遥遥相对,树顶的枝叶在空中聚连为一体。它们年代久远,据说是西周初年的生灵。现仅存雄树,即圣母殿北侧的一株。

站在鱼沼飞梁望去,一株巨树自北而南横亘,斜斜伸向圣母殿,它老迈而依然凶猛的气势立刻令你震惊。这便是齐年柏了。它的倾颓状也让人自危,仿佛它压向的不是圣母殿,而是你自己。空中伸展的枝干,已经不算繁茂,多数的枝干秃然无叶,但感觉不出败落,那秃枝仍然保持着向四面八方开拓的强劲姿态。而事实上,如利刃一样在四季挥舞,砍掉众多树木枯枝,甚至将一些幼树连根拔起的北地大风,也不能奈何它。那些秃枝置身其中,若无其事。也许树的灵在里面睡着了。也许它已经不屑于绽放太多的叶片,不屑于那般招摇。招摇是年轻的树的事情了。它将绽放的力量积攒下来,深藏不露。谁知它哪一天,会突然绽放无以计数的嫩绿叶片呢。

大树的主干向前奋力扭动着,蔓延而上。它将强烈的动感凝聚在身躯之中。在三千年的时间里挣扎、与时间搏斗的痕迹,显露无遗。在我的幻觉里,它在眼下仍然扭动着,我仿佛就看到了树身适才向前扭动时一个轻微的战栗。树身上有纵横的树洞,洞宏阔,小孩子几乎可以容身。想必在久前,鼠、壁虎、蚂蚁等纷纷引以为巢穴。它们在树洞间咬啮,大树可曾感觉到疼痛、树枝在空中痉挛?而现在,树身上的洞竟是被水泥逐一砌死。

大树隐去了太多的伤害。也许年少时的李世民在树下游玩,曾手持锋利的匕首,在树上刻下自己名字,那名字已经深深长入了大树的中心。或者那名字刻上去后形成的斑驳树皮,早已在风中脱落。对树而言,这只是一个微小的事件,但却足以令拥有天下、远征高句丽归来旧地重游的天可汗李世民,手抚大树百感交集。

我们对大树曾经历的斧斤一无所知。谁曾举斧砍伐它的枝叶?谁在黑暗里拿着锯子要伺机而动?但树终于逃过了劫难,它会记着它南侧的凤尾柏惨遭砍伐时的轰隆声,记得它在顶端与凤尾柏缠绕交错的树枝被强力拽断的疼痛,和肢体撕裂的咔嚓声。

凤尾柏于清道光年初,被晋祠当地土人所诛。

同一时间,庙僧于原地植一新柏。现也已近二百年了。

齐年柏高21.9米,树围5.6米,主干直径2米。欧阳修见到它并写下"地灵草木得余润,郁郁古柏含苍烟"的诗句时,它是挺拔的,是晋祠最为高大的树木之一;清初的傅山见到它并写下"晋源之柏第一章"的句子时,傅山之子傅眉写下《古柏歌》、傅眉病故而傅山在丧子之痛的煎熬中溘然长逝时,它依然挺拔,只是时间沧桑的气息愈来愈浓重。这以后不知从何时起,它一天一天倾颓下去,直到今天,向南倾斜了45°。

也许是自凤尾柏被砍伐的时候起吧。有如一个失却爱侣的人，心头仍然萦绕着她的身影笑貌，他无时无刻地想起她。那树一点一点向凤尾柏存在过的地方靠拢，但那里是虚空。虚空，仍然是虚空。它就那样一点一点地俯下身去，渴望找到一点曾经熟悉的气息。

一株柏树在它的南侧成长起来，像怜悯一般，撑住了这棵颓然的大树。它被叫作撑天柏。

柏树阴历二月开花，九月结果。属阴木，从字白，白为西方正色，在五行为金。古人盛赞柏木，认为其性坚贞，得天地之正气，而守之弗失。李时珍在《本草纲目》中说，煮柏树枝叶来酿酒可以治疗风湿病，说道家用柏叶做柏叶汤。

晋祠古柏颇多，高可十仞，大可十围；有周柏，有汉柏，有隋柏唐柏，有宋金元明柏，或数千年，或千年，或数百年，不一而足。其中生长于晋祠关帝庙右侧的长龄柏，是几乎与齐年柏同样古老的巨树。

长龄柏树高17米，主干直径1.64米，树冠笼罩着周围300多平方米，齐年柏倾斜以后，它成为全祠最为高大的柏木，以至于它旁边的神祠，都显得矮小许多。晋祠博物馆和北京园林科学研究所、北京社会科学院考古研究所的专家一起，采用现代高科技测定方法——碳14交叉定位法对古柏进行测量，得出的结论是，长龄柏已届2992岁了。

长龄柏相貌极为苍古。我举相机拍下它一截枝干，那枝干竟仿佛一只什么兽类，正跃跃欲动；更为诡异的是，树干上的斑驳树皮被风吹日晒雨淋，细碎而蓬松地绽开，像极了那兽身上的皮毛。其他的枝干，亦形态各异。树下偶有落叶，我捡起一枚收起来。这可是三千年古树的落叶啊。

回去后查阅资料,原来这古柏因其生动形貌,在民间久已有说法。人们从它一枝一态的枝干上,相应找到了十二属相中的形象。

## 丁、槐

关帝庙另有隋槐,是晋祠诸槐中最为壮观者;高16.7米,树冠笼罩地面420平方米,树围要六个人才能合抱。隋槐于今已有1300多年,却依然枝叶繁茂。著《女神》也著打油诗如"人民公社就是好"的郭沫若老先生,生前曾在这里留下诗句,说"隋槐周柏矜高古,宋殿唐碑竞炜煌"。我在树下多次听闻年轻游人对郭先生的不屑之词,看鄙夷的神情在他们脸上一掠而过。这些游人中有一个,是十余年以前的我。

槐树是晋祠最为普遍的树,而我以为唯槐树可以代表晋祠,代表可远溯至苍茫时代的太原古城。这是一种桀骜不驯的树,它的皮表粗糙皲裂,遍生有如黄土高原上纵横沟壑一般的折痕。它的枝叶间长满尖刺,枝丫苍黑遒劲,傲然在空中延伸。那延伸的姿态折曲,不见一处优柔弯曲的弧度:或陡然上指,或决然平展,或向左向右猛烈刺出,或向下方斜冲。北地的大风敲击它,它的枝干,发出古铜古铁撞击般的声音。这是一种不知妥协为何物的树,一种暴烈的树,它无所畏惧,有着巨大的原动力,像大地之神安泰一般,它的根须向下,再向下,于不可知的深处用力推开黑暗泥土,探索、前进,得到那些神秘力量。它甚至不屑于遮掩什么,空中的枝干,尽现力量之美。

而如此苍古的树却皆具了妩媚之态。枝干极坚却易折断;小小的椭圆形叶片鹅黄,几乎透明,薄而多汁,可以在光中清晰地看出脉络。摘一枚在手中,置于嘴边,可以轻易地吹响,发出稚嫩的尖细的声音。槐树枝叶茂密,在微风中所有的叶片微微震动,那些小而密实的叶片轻微地反射着光,叶子有如水上的鳞波一样闪动。而即便盛夏,也时有金黄而潮湿的叶片震落于地。

在暮春,槐树绽放有如葡萄串一般的洁白花朵,一嘟一嘟,密集于树。花香浓烈,它毫不吝啬,慷慨到近于挥霍。傲然而沉重地举着一树繁花,花束的白色与黑得深沉的枝干对比,产生强烈的张力,树那般雄悍,花朵那般柔嫩。这样一种树,皆具了暴烈与优柔之美,像是双重人格化的太原古城。它恰恰也应该是对某一人的象征。

在水镜台两侧,生有高达15米的唐槐,久前人们看水镜台演戏,便荫于其下。有顽童上下其手于树枝间爬窜。他在夜间感到困倦,幼嫩的身体自树杈间跌落,压到树下观戏的人群身上。多年以后,昔年的顽童胡须已泛白,他在台下观戏,他的儿子或者孙子在往树上爬,他会在一个瞬间里想到自己的童年。

祠内的隋槐唐槐还有很多,以致相形之下,那些宋槐、元槐,或者明槐清槐,使我懒得述说。在清末民国初,祠里还存有汉槐、北齐槐,三株汉槐,分别位于东岳庙东、圣母殿东北、公输子祠之前。一些老槐经久成异,发生惊人之变。忽起的暴风,在清同治年间孟夏某日正午的圣母殿汹涌;巨树莫可名状地扭动,如在空中狂舞的巨兽,似暴风借它来模拟自己的形态。巨树陡然向一侧趔趄,它感到轻松和失重,因另一侧一个巨大的枝柯脱离树身而去。断枝在半空中呼啸而下,树下躺着两个乘凉的人,他们前额的头发被断枝挟携的风猛然掀起,风令他们感到窒息。那这是短暂的一刻,他们的眼睛永远保留了最后一刻的恐惧,那眼睛望着断枝向他们砸下,他们前额为风掀起的头发,被砸入很深的泥土中,与巨树的根须缠绕在一起。这两个人不再是人,成了一件事,成了被官方急匆匆派人来处理的一件事;验尸人从他们身上发现了金心银胆,那是某个庙里神像肚腹里的物品,失窃已久。

　　这事同时道出了人们对树灵的敬畏;他们称道着巨树对恶人的惩戒,没有人认为是纯属巧合。人们的注意力很快要转移,他们看到另一处异象:位于台骀庙东南的老槐。

　　那槐树太过老迈,根须伸展有一亩多地,树身疤瘿累累,有的疤节像太阳那么大,有的疤节像星星那么小。它皮脱柯秃,树身上有巨瓮一般大的树洞,洞里可以躺进好几个人。清光绪年间七月中旬某一天,午睡的庙僧为浓烟所呛醒。他揉着流泪的眼睛从禅房里跑出来,他看到台骀庙东南的老槐浑身冒着浓烟,从树顶到树身,树暴露在外的根节也在冒烟,根节深入的泥土,烟缓缓地清晰地一点一点冒出。轰的一声,大树周身起火,火焰冲天,映照着在很远的地方举头仰望火光的人们惊恐万状的脸,映照着朝自焚大树跪下祈祷的黑压压的人群。下跪祈祷的人们越来越多,一直跪到晋祠的入口;后面的人看不到大树自焚的模样,火势自最前面的人一点一点往后传达。跪在最后面的人望不到了火光,这已是第三日,他要跪到最后才能看见大树燃烧后留下的灰烬,它像一座巨大的坟冢。一阵怪风刮来,像一把巨手抓起那灰烬,铺天盖地飞扬下来。

　　人们揉眼睛的时候另一件事正在发生,同样是光绪年间,同样是七月;昊天神祠里的一株老槐,在昏暗的夜里,树身每每隐约发出红光。疑虑重重的人们担心它又要着火,庙僧们就有了额外的任务,挑水灌完菜园子,须再挑些水来泼在树上树下。这一天雷电交加,整个天空的雨水,朝晋祠浇灌下来。这时候庙里有赛会,人们纷纷躲在祠堂里、祠堂檐下。人们望见一个月亮般的红色球体围绕着巨树旋转,一声巨响,晋祠摇了几摇。人们从恐惧中惊醒的时候雨已全消,云已俱散。昊天神祠的巨槐下面躺满了蝎虎,大的有三尺长,腰围达一尺多,一尺多长、几寸长的蝎虎不

263

计其数。

以上是晋祠古槐发生过的异状，今天我们记述下来；还有很多曾经存在过的奇异古槐，如位于胜瀛楼北侧的北齐槐，它在民国时虽已残败，却依然柯繁叶茂，宏大的浓荫下可集千人；如位于静怡园的集鸦槐，它太过高大，上万只鸦常栖于其上。据说它的南枝集鸭鸥，北枝上飞临和飞走的鸟，其名字在电脑上都打不出字，其名字是以"害"与"葛"为左偏旁、以"鸟"为右偏旁；东枝集鬼雀，西枝集慈鸟。这些名字古怪的飞鸟，我们已不知它们到底是什么样子，又发出怎样的鸣叫声。

位于奉圣寺的古槐，它久已枯死，树身布满斧斫的痕迹。乾隆年末三月的一天，晋祠赛会上来了一位老道人，他坐在枯槐下面，叫卖狗皮膏药。他高喊低喝，说我的膏药太好太好了，死人贴上去也要翻个身，谁有福气谁来买呀。他喊了一整天，把太阳从东面喊到西面，没有人买；他把太阳喊得落下山去，还是没有人买。老道士咬牙切齿地站起身说，我靠，这么好的药你们看不到，反正你们中快要死的人也不配活；他娘的，我就让这老槐树活一活吧。老道士拿出一张膏药，啪一声贴在槐树上扬长而去，他没有看见人们在朝他的背影吐舌头咧嘴。过了一个多月，枯死多年的老槐树居然长出叶子，那些吐舌头咧嘴的家伙又开始吐舌头咧嘴，一直要这样好多年。这株槐因此被叫作复生槐，现在它又死掉了。但是近年老槐根部，又萌发一株小槐树；微风吹拂，那细皮嫩肉的小槐树摇摇摆摆。

## 戊、皂荚、桐、银杏、楸、杆

晋祠其他种类的古树我们也要说一说：昊天神祠的皂荚树、

唐叔虞祠后的两株古桐、王琼祠的雌雄银杏树，以及奉圣寺的楸树、杆树。皂荚树大可合抱，高与三清洞齐，应该也有数百岁的光景。树枝多刺，刺一簇一簇如狼牙棒；叶子瘦长且尖，绿得森森然。夏天时开细碎的黄花，结的果实像猪牙，又长又肥又厚实。旧时妇人们用皂荚果实来洗衣服。皂荚树又叫作乌犀，还叫悬刀。李时珍说皂荚树太难采摘果实，妙法是用篾箍树身，如果这样做，那么一夜间果实就全部自己掉下来。他还说若树不结果实，就在树身上钻窟窿，往窟窿里塞三五斤生铁再用泥封死。他的说法奇奇怪怪，我们还是省省吧。

唐叔虞祠后原有两株桐树，一紫一白。紫桐皮理细腻，叶片像手掌那么大，花朵像百合花一般芳香，但是树身矮细，不及白桐。白桐皮色灰白，叶片巨大，有一尺多长。它二月开花，结的果实形如巨枣。

古人说桐树有六种：紫桐花紫，纹理细但不如白桐易活，果实可以煮着吃生嚼着吃，他没有说是什么样的味道；白桐花白，先开花再长叶。唐人李颀诗句"桐花未落枣叶长"，我怀疑他指的就是白桐；膏桐就是油桐，可以用来榨油；刺桐纹理细密，叶间生巨刺，可以用来制作琴瑟，但是唯山石间生的刺桐所做琴瑟，才可以鸣响；赭桐皮白叶青，花红如火，叶圆大而长，不结果实；最后一种，是最为常见的梧桐。

清乾隆年间唐叔虞祠重修扩基，祠后的紫白二桐被伐掉。

晋祠桐树似乎原本也寥寥无几，自二桐被伐之后，一直到民国时候都无再生。生于19世纪60年代的刘大鹏，对晋祠周围是古唐国最初封地这一点深信不疑。但同时他在《晋祠志》里留下他的百思不解：晋祠既是桐封之地，何以桐树这么稀少？

而我的家乡、真正的古唐国初封地、北宋时候曾建起唐叔虞祠的翼城，多少年来桐树遍野，枝叶披离。此时此刻，它们也在我曾生活的那村子里、那院落里摇曳,在夜露中舒展它们宽大的叶片。

王琼祠的雌雄银杏树,有400多岁。雄树开黄花不结果,雌树开绿花结果实。雄树高23米,树围6.5米,树荫面积达620平方米,这个数字让人吓一大跳。相形之下,雌树犹如女子弱质,依依临风。两棵树好似一对好夫妻,它们见过多少结伴而来的男女少年起初情切,看到他们在树下亲昵,而他们终于分道扬镳;也看到他们中某一个重游此地时身边偎依的新人。雌雄银杏树在空中交错的树叶婆娑,仿佛在私语,在感慨。

奉圣寺里的楸树和杆树,相传与松树、柏树一起,为唐初的尉迟敬德亲手种植。据说尉迟敬德常把盔甲挂在松树上,故松树称作"挂甲松"。杆树挺拔,竟高达50米,可惜20世纪全国乍一解放它就死掉了;现存的楸树高30米,主干直径为0.7米。楸树叶如碗大,厚而坚硬。每逢夏秋之交,楸叶满地。那叶片全然不是飘落,——它们几乎垂直地自空中砸下,坠地时砰然有声。在地面、房顶上、矮树上栖息的鸟群,不时地、不约而同地惊飞起来,周而复始。

## 15.水已老

　　轻盈的流水、古老大木,它们是晋祠最古老的事物,像时间本身一样不可测知,像时间本身一样,凌于万物之上,却又清晰可见。先说到山,是圣母殿背后的悬瓮山,它是晋水的所有源头,难老泉、善利泉和鱼沼泉的源头,及一些在唐时宋时或明时亲喜可人、如今已经消失的小水的源头。悬瓮山海拔800到1700米,南北而陈,属于庄子曾提到的吕梁山脉一系。它又叫作结绌山、汲瓮山、龙山。《山海经》里称它悬瓮山,说它上多玉、下多铜,山中有叫作麈间的野兽,晋水自山中喷涌而出。悬瓮山总面积1500平方米,原本草木森森,李世民在他的时代,夸悬瓮山横天耸翠;到20世纪末,悬瓮山几乎秃顶,水源几近断绝,山间巨石裸露,有如人伤痕累累的内心。春季的大风中,沙尘呼啸而下,晋祠的一切掩在风尘中,风像要将这一座数千年古祠彻底葬送。近年注意绿化,漫山又随处可见嫩弱树木,它们小心翼翼地摇曳着,唯恐受到伤害。

　　悬瓮山据说在古时,山腹有一瓮形巨石,山因此被称作悬瓮山。没有古人描述其状的文字曾流传下来,刘大鹏在《晋祠志》述及,用到"其石高悬"的称法。在想象里,这石周围是悬崖裂缝,其石浑然而巨,如古瓮状上下略细,而最粗的中部,为两侧悬崖夹住。此古当为悬空而立,它下面的空隙,长起小树,石上面爬满藤蔓类植物,还有着百年千年深绿的苔痕,水淅淅沥沥自巨石上滴下。又或者巨石被山夹住的空隙中还可透光,人走近时,偶尔栖息于巨石上的鸟群呼啦啦自另一侧飞走,它们种类繁多,其中多数种类我们已经永远见不到。我们今天说到这些,简直像是痴人说梦;但古人的确就曾在这样的梦中生活。

晋祠流水悉数源于悬瓮山间,主要有难老泉、善利泉、鱼沼泉。在东周时,这里的水势浩大,以致可以被引去淹一座坚固城池;宋时水势已减,北宋的开国者淹城,须并用汾河大水。唐时这里的水可以行舟,明时水上仍然行舟,而我们今天看到的难老泉、善利泉及鱼沼泉,已经不能够设想在它们水面行舟的模样。难老泉曾在1994年断流,差一点就断了气,如今水流虽小依然昼夜不断。善利泉却已经彻底咽了气。

我们一条一条地说那些曾真实存在过的美好的流水,及其上的建筑、风景;先是难老泉,它在晋祠诸泉中流量最大,声名最显,素有晋阳第一泉之称。泉源于悬瓮山间一丈深的石岩,潜行而下;在圣母殿左侧几十米远处,我们可见一座小亭,小亭里是俗称"南海眼"的难老泉井。俯身下视,可见难老泉水在约一丈深处喷涌流动。水色碧绿透明,却不见底,那绿色在更深处变得幽暗。水面不可或止,波光粼粼闪烁不断,不计其数的金鱼随涌泉上下游弋。我们要暂停一下,说那井上的难老泉亭。难老其意,出自《诗经·鲁颂》"永锡难老"之句。难老泉井亭初建于北齐天保年间(550—559年),明代重修。亭上悬有众多名联匾额,中以傅山所书"难老"最著。当年李白、白居易、元好问、范仲淹、欧阳修都曾在这里俯身观看难老泉井,而扶着李白俯身下视的,也许还有李白写在诗句中的歌伎。她要比李白胖一点儿,往井里探头时打一个趔趄,我们似乎能听到她当时发出的一声夸张惊叫。

难老泉水恒温17℃,但据说难老泉井中的水半温半寒,井中靠南的泉水踏之如寒冰,靠北的泉水,触之暖意袅袅。这意思大概还指,泉井里一共有两个泉眼,流出井外时二泉方冷暖混淆。井东不远处便是石塘。泉水自井底穿出,如于瓮底倾漏而出,潜行十多米,自石塘西岸半壁的石雕龙口奔涌而下,水声溅溅,夜深寂寂时听来,水声愈响。

石塘原名清潭,又名金沙滩,初为北宋一名叫陈知白的县尉所建。西向站在水中石梁上,遥望西面半壁龙头喷水汩汩滔滔,泻于波面,碎珠飞迸。石龙头下一汉白玉僧人立于水中。水经年溅落在他的身上,他身着的黄褐色僧服,他的光头,显得那般洁净。而他的表情诡异,一手高举一如兽状的物,未知做何解。他像在固执地举行什么仪式,锲而不舍,如流水一般锲而不舍。而他手举兽状物终不肯放下,任由那物在泉水中荡涤,总觉让人于心不忍。但他手中所执或许并非一兽。

人字堰即水中央的石堤,水自石堤下的洞眼穿过。石堤上置一低小的塔,名为张郎塔;塔北七孔洞眼,塔南三孔。据传北宋年间土人争水灌田,争械不休。官府出面调停,于泉边置大油锅一口,油沸腾后锅中置十枚铜钱,以示十股泉水,南北两方乡民各出一名代表,当众赤手捞取铜钱,捞一枚得一股泉水。北河花塔人张某争水心切,竟纵身跳入油锅捞出七枚,当即毙命。后人为纪念张郎,将其遗体埋在难老泉源头,雕石塔为标志。为使十之七分的泉水向北流,特置人字堰,为南北分水界。从此千年之内,北河渠长,始终为花塔张氏世袭。

纵身入锅的张郎,有没有发出嘶哑的、非人的尖叫?油锅热浪蒸腾,映现他扭曲的脸。这只是极为短暂的一刻,却真实过目睹者无数个平淡琐碎的日子。张郎掷出的铜钱冒着轻烟,在地上滚动,相互撞击,所有人屏住呼吸。铜钱闪着油光,撞击发出的微小声响清脆而寂寞,让所有的与闻者惊心动魄。一共七枚,没有人会数落下其中一枚。千年以后,我们仍然记着这个瞬间,并凝重地书写下这个瞬间。

鱼沼是晋祠第二条泉水,它隐于圣母殿底,我们不可测知它在暗处的缓缓流动,而现在它就要彰显于笔下。它不似难老泉水激情一般涌动。我们看不到鱼沼的飞溅,它将自己完全置于黑暗之中。在光中时,它汇聚成名为鱼沼的圆池。沼深丈余,水深约两米。沼直径约23米,上面的飞梁呈十字形,将鱼沼分割成四个小池,而四池实则相连。

鱼沼之鱼,古时大者长四五尺;以铁网罩住出水口,以防鱼逸走。鱼沼池水如同难老泉一样恒温17℃。水在出水口分流,向北的方向流经八角莲池。莲池又名放生池,是旧时善男信女于此释放生灵以求积德的场所。

我们也记下曾经存在的事物,记下另一条流水,晋祠的第三泉善利泉,它也要流经八角莲池,而泉水久已枯竭。善利泉又名北海眼,得名于《老子》:"上善若水,水利万物而不争。"它与难老泉相似,但未枯之时,水量也仅为难老泉十分之一,此外它的水位高于难老和鱼沼。善利泉井上有亭,与难老泉井亭仿佛,同时初建于北齐时期。二者一南一北对峙,有如圣母殿的左右配侍。

善利泉未枯时,潜流至水镜台西北方聚水成池,时人名之曰"双沼"。双沼一南一北,相距丈余。沼各东西长八尺余,南北长五尺余,深约三尺。泉水在靠近北沼的上游显露,形成"石泉":周长五六尺的石河床状如小磨盘,底部凿一小穴,善利泉自穴下翻上流出。其间烟水明媚,丽景纷披。水镜台一年四季赛会演剧不断,或昼或夜,人们丝幄翠帱,密匝匝围于沼边临流叹赏。低头见流水波动,举头望水镜台上演的戏剧中人事变迁,锣鼓铿锵,观戏人不觉身在何处,水镜台上演出的戏剧是真,还是自己此刻正在剧中?

现如今善利泉丽景不再。但也许它正在积聚,某一日便突然自暗中彰显出来。造物神奇,谁又能知道呢。

## 16.大槐树

稀落的马匹在漠北悲鸣,马背上的庞大帝国已经消亡。不断策马北去的元人扭头回望,剽悍的面孔上流露出惧意。他们诅咒着两个名字,那两个率大军尾随而至逐杀他们的人:冯胜、傅友德。还没有人知道这两个名字的拥有者,在某一天的暴烈死亡:不是死于畏惧他们的敌人,而是死于他们所效忠的君主,那个阴鸷、面目可憎的曾经的和尚朱元璋。

也没有人知道,在几百年后,冯胜和傅友德的名字会与另外一件事联系在一起。这件事的意义和值得书写的程度,可能远远超出他们二人一生的业绩,超出那些攻城略地、追亡逐北的战功。

传说中的巨大槐树,曾经在他们眼里枝繁叶茂。他们正是洪洞大槐树移民的押解者。

另一个与移民有关的人名叫苏琦,在西元1370年,明洪武三年,他任郑州知府。这一年,他在一个深夜谨慎写下的名为《时宜三事》的奏章,被朱元璋打开。奏章中的第三项,明确提到移民垦田的迫切性。

几年以后的漫长岁月里,当一批又一批几万、十几万的百姓拖儿带女自大槐树下出发,走上背离家乡的道路,他们孤苦和充满飘零感的内心中,不会知道苏琦这个名字。

这个叫苏琦的人远远站在一起规模浩大的移民活动的源头。他孤零零地,面目模糊。史籍文献中除此之外,再未留下他任何别的事迹。

史上的移民可谓多矣。秦始皇时代,秦太子扶苏与大将蒙恬北击匈奴,屯边修城,士卒征夫长年生活在边疆,可以算得上是史载中最早的移民。西汉时候,汉高祖、汉文帝都曾由官方主持,进行少量移民。到汉武帝刘彻时,移民规模达到顶峰。汉在西域设武威、张掖等四郡,一次性便向河西走廊移民十万。汉武帝还曾强令长安众多富户迁至茂陵皇陵,司马迁记载过的侠士郭解,当时亦属被迁之列。在唐时,移民的规模和次数较汉时更多,屯垦遍布全国各地,边疆尤甚。即便同样在明代,除大槐树移民以外的移民事件也有不少,如朱元璋曾令江浙一带无数富户迁往他的老家凤阳,以及当时的京师南京。

在近现代,也有大规模的移民事件,或因战争不得已流亡,或出于政治因素。20世纪当东北三省沦陷,有无以计数不甘受奴役的人们流落关内,散落全国上下。在八年抗战的艰难时期,不可胜数的人们自全国四面八方涌向西南大后方。而在"文革"中,知青上山下乡插队,去东北开垦北大荒,赴西南边陲"支援建设",不少知青从此扎根落户于当地。在当代,当深圳刚刚搞特区发展,全国怀着梦想的淘金者蜂拥南下,深圳一度成了新移民的集中点。

但是,在古往今来所有的移民中,没有一起事件,其规模之大、其影响之远,可以与明初洪洞大槐树移民相提并论。

元末明初,惨烈的兵灾和接连不断的天祸导致人口锐减,以致许多地方村庄城邑皆成荒墟,是移民的直接原因。据《元史》载,元朝至正元年到二十六年间,水旱灾山东有20次,河南18次,河北16次,两淮地区10次。自西元1341年至1365年24年间,大蝗灾达19次,大灾荒达十五六次。如元至正十四年,大河南北连年荒旱,沿岸饥民流亡者多达500万人的惊人数字。至正十九年,河北、河南、山东大灾,通州一名叫刘五的汉子饥饿难耐,杀死亲生儿子吃掉然后自杀。连驻守保定的军队也为严重的饥饿威胁,士兵们在路边设伏,捕捉羸弱无力反抗的人杀掉作为食物,其状残忍至极。人口锐减,以致元朝政府不得不降低一些地区的行政级别,如将徐州路改为武安州。

天灾如此,兵祸尤甚。当朱元璋手下大将缪大亨攻克扬州时,这座千古以繁华著称的名城,居民仅剩下十八家。明朝洪武年间,开封府因户粮数少,由上府改为下府。先后又有49个州降为县,60个县因人口稀少并入他县。

与全国其他地区相比,晋地所受自然灾害较少。加之地理环境闭塞,四方大山环绕,境内山河纵横,亦少为兵灾祸及。晋地大多数地区社会相对稳定发展,人丁兴盛。早在宋朝时,晋地便因土地严重匮乏,人民在丧葬时连入土为安的古训都近不得已放弃,连至亲之丧实行火葬。而在元末明初,邻省难民为避祸大量涌入,更使原本地狭人众的晋地人口暴增。在《明太祖实录》中关于洪武十四年的记载中,当年河南、河北人口不到200万,而山西达403万零454人,比河北、河南两省人口的总和还要多。

如此稠密的人口积聚晋地,以平阳府称最。平阳府又以洪洞县人口最多,洪洞县又地处南北交通要道。

我们已经一点一点靠近了那起声势浩大的移民事件。

明政府的移民局设在洪洞县城北贾村驿站旁的广济寺。寺门前的一株大槐树前,涌来一批一批的被移民的人们。大槐树将必然地在他们眼里一点一点消失。它是人们远离故土不断回望时,眼里最后消失的事物。它蕴含着悲切的心情,在记忆里、梦里,在对后人的讲述中,将变得无比盛大。

273

移民经历了漫长的过程,始于西元1368年洪武元年,到西元1417年永乐十五年,方才大致结束。跨越了三朝50年的时间,移民多达18次,其中洪武年间10次、永乐年间18次。移民姓氏共计554个,今人安介生所著《山西移民史》一书所称,累积移民近百万人。

被移民的对象,并非限于洪洞县。洪洞只是移民的集散地而已。虽然如此,但移民者以包括洪洞的平阳府各县为主,却是不争事实。被移之民以晋南居民最多,其次是晋东南、晋中数县。

50年、18次、近百万人的滞缓迁徙,无疑是一个非常悲壮的历史事件。这些被强迫移民的晋人扶老携幼,在军队的押解之下,经过长途跋涉,来到全国18个省市的498个县市。翻阅志书可知,这18次移民,在四个季节里都无止歇,只有二月、四月、七月三个月份除外。

50年里,大槐树又粗壮了许多,只是它的粗壮,最先移民者已经望不到了,大槐在他们的记忆里永远成了那个样子。他们在前往处的庭院里所植的槐树,也早已成为森然大木。50年的四季里,洪洞的大槐树一次又一次在无数双眼睛的远眺中消失。它或者正在树花盛开,它的芳香在春风里散发得极远,远去的人们捕捉着,在远离故土的幻觉中仍然捕捉着它的芳香,那是故土最后的气息;它或者枝叶披离,那些繁茂的、细小的、几近透明的叶片在夏风中微波一样展开,那是故土最后的生动;它或者在秋风中金黄的叶片如急雨般飘落,遮住了人们婆娑的泪眼;又或者在铅黑的苍穹中伸展黑色的强劲枝丫,在大风中树枝发出金属般的撞击声,那是人们听到的最后的故土的声音。不,还有筑巢其上的老鹳,它们的叫声道出了人们内心的凄凉。

时间是强大的。它将人们当年内心真实而强烈的悲恸彻底而无声息地消灭。只有一些或真或假的传说,如右脚小拇指盖,如解手。在无数的家谱记载中,仅仅留有简约的一行字:祖籍洪洞大槐树。

简洁的七个汉字,蕴藏了太多的深情,太多的隐忍的思念。

还有一句通俗的唱词:若问我家在何处,祖籍洪洞大槐树。我甚至怀疑现在通用的词汇中"寻根"一词,便源自于洪洞大槐树的移民事件。

600年过去了。自称祖籍洪洞大槐树的人们遍及全国上下乃至全世界。洪洞和大槐树的名字也因此世界知名。

我在2005年11月份来到这里。这是农历的九月份,历史上在这个月份,大槐树下发生了五次移民事件。我的祖籍是河南滑县,河南省恰恰是移民前往最多的一个省份。20世纪30年代,我的祖先又避难到了晋南。那么我有没有可能,是大槐树移民的后裔?

祠堂的供奉中,有温姓的牌位。我上前恭敬地进一炷香,磕头。

大槐树已经荡然无存。这里摆放了一个巨大的根雕,据说是用已经枯死的洪洞大槐树之根所雕。至于真伪,便无从得知了。

这样也好,那株大树,更应该存留在人们的怀念和穷尽可能的想象之中。史载,这株大树为中国汉代所植,围长13米,七人不能围拢;直径4.2米。

"树身数围,荫遮数亩。"

它可能是在人类之中,最受尊崇的一株植物。从我祖先的祖先开始,它已进入了传说。在人们的记忆和记忆延伸的想象中,它会越来越庞大,我所在的时代,已经有无法计数的人的心灵在虔诚地承载着它了。

## 17.隋潞州

气候比现在温暖,比现在湿润,零度等温线不在淮河而在黄河,据说都城长安还能种橘子,城中有大小水泽一两百个。但我们现在要说的是潞州,漳河潺湲,流水生动而美好,比今天清澈洁净,没有重金属污染,流量也大得多,在清晨或者黄昏,河上升腾着氤氲的雾气,那雾气与PM2.5毫不相干。河上有碓碾用来舂米,河边有或姣好或丑陋的女子捣练。抬头可见不远处莽苍苍的太行大山,森林茂密,林中甚至有华北虎出没,有豹,有神奇的四不像。

河流沿岸是农田,有正在耕田的牛和农人,田里大面积种植着黄粱、青粱、白粱、小麦,还有粟米,又称稷,也就是今天依然著名的晋东南小米;有黍米,就是黄米,可用来酿酒和做糕。这时候小麦面积种植扩大,但仍然不是北方主食。玉米、土豆、红薯这些作物还统统没有,没有棉花,但高粱已从外境传入四川,又叫蜀黍,并且可能已在潞州种植。有荞麦,豆类作物丰富,有大豆、小豆、豌豆、胡豆,在一些地区,可能也种有水稻。

潞绸已经出现,因此田野里上会有高大成片的桑树林,林中有辛苦的养蜂人。会有枣树、桐树,官道两侧种植的是槐树,在百姓庭院,可能还有石榴和葡萄,也可能种有牡丹。村巷里三五成群的鸡在走动,在啄食,像二郎神的哮天犬那样细长的中国土犬间或吠叫几声,这土犬在笔者写作的时代代已基本消失,因缺乏有识之士呼吁、缺乏政府行为的干预,非止犬类,太多的中国原始物种已经流失,或者串种。

那时候猪肉、鸡肉、羊肉是常食用的肉类,吃羊比吃猪普遍,猪只有黑猪,被叫作黑面郎。牛肉一般不吃,因耕牛珍贵。骡和驴已经出现,但在中国南部还比较少见。狗已不再作为肉类食用,要知道在汉以前,狗肉是和猪肉一样普遍的食品,汉初的樊哙、战国的聂政,均曾以屠狗为业,在中国古老的朝代周朝,狗肉还被用来祭神。

人们以石敲火,取火种做饭点灯。即用铁片与石撞出火星,点燃火绒。所谓火绒,乃是用艾或者纸浸透硝水揉制而成。潞州有丰富的煤储量,因此有可能在隋朝,潞州便成为为数不多的使用煤的地区之一,那时候煤被叫作石炭。已经有面片汤,已经有豆腐,人们流行吃胡饼,就是现在的烧饼。

烹调之法多样,蒸煮烙烧煎炸烤并用,炙品和脍品备受欢迎,是所谓脍炙人口,尤其是南方的脍品生鱼片。不过在地处北方的潞州,排第一位的食品,大概不是脍而是炙。

这时候还没有砂糖,只有冰糖红糖。葡萄酒已经出现,属较珍贵之物,一般而言,人们以黍米来酿酒。吃饭时不饮酒,而是饭后饮酒,这种习俗一直延续到中国宋朝。不是坐在桌子边吃饭,而是坐在床上,不是把腿垂在床边上,而是上床以后坐下来。食物也放在床上,饭桌之类,一直到北宋才开始使用。行酒时不是大家一起举杯,而是巡酒,一人饮毕,再及下一人。

古时物价恒定,几十年甚至上百年不变,不似今天日新月异,房价比老鹰飞得还快。平民每年的生活费5000文钱,一把镰刀30文,1文钱可买3颗鸡蛋而且是土鸡蛋,一只成鸡30文。酒依斗卖,每斗300文,米也论斗,每斗40文。一匹马论驽骏从6000到3万不等。一头牛值15000,一头驴5000左右。购物又能以帛当物,比如一棵盛开的足一百朵花的牡丹,价值5匹帛。

　　隋初厉行节俭,人们衣着也相对简约。男女上衣皆窄袖,有时外披阔袖披风。女人绾高发髻,男人戴帽,帽子的四周有白纱下垂。社会崇尚以白衣白帽的装扮。以巾裹头,上部绾尖顶,是唐时风尚,但在隋朝年间,大抵也已经有了。奴婢穿青衣,男戴平顶帽,一如今日戏文中所演。

　　下雪时戴斗笠,下雨时穿钉鞋。平时衣着,无论男女都喜穿木屐,走起路来橐橐作响。

　　有趣的是女人穿的裤子是开裆裤,开裆处用绳子之类系住。男人的胡须也值得特别述说。中国史书中常会记载谁谁胡须长得美,隋前大诗人谢灵运死时,还遗愿要把自己一把大胡子施舍给佛寺用来装点佛像。文人武将乃至平民,把胡须都看得特别贵重。社会久已流行缠须,有专门的缠须工具,有的编成辫子一股下垂,有的分成两支分列两旁,有的两端作菱角式上翘。那个时代,没胡子可供装点的男人,大概比长胡子的女人还要尴尬。

　　走在路上,十里一亭,秦代就有的古制一直存留。路上有步行者,有骑马者,男人妇女都骑马出行。旅行的人马后背放着行李,行李里有帛,那是作钱使用的旅资。路上有牛车,那是贵重之物,士大夫出行才坐牛车,有所谓快牛名牛,世称陈世子青牛、王三郎乌牛、吕文显折角牛。一直到唐代,牛车才成为妇人专用之物。牛车前有帘,有门有锁,门在后面,即从车后上车,车轮已经裹铁。一辆装饰豪华、拉车牛观众神采飞扬的牛车,比今天一辆大奔要贵重得多。没有轿子,有步辇,但男人不坐,非但不坐步辇甚至很少乘牛车。官员骑马上朝,贫穷的官员骑驴上朝。朋友相见,要对年长的行拜礼,男女幽会,相见仍然也相互行拜礼。见了皇帝老儿,非但要拜,而且还要舞:扬臂举足,掀袍回旋,以作欢欣舞蹈之状。路上平民见了官员要回避,不回避则受杖责。

我们要进入潞州的城郭去看一看,没有城管,街边可以随意设摊,但一般而言,因为古时人少,不常聚集,所以应该是有相对固定的时间和地点进行交易。有卖胡饼的,他摆的炉子,已经接近现在的烧饼炉;有磨面的,有磨镜子的。有杀猪的,他正用火燎去猪毛,一股焦腥的气味四下弥漫。有卖牛马的,长须的顾客半俯着身,一只手握胡子另一手伸向马嘴,他要掀开马唇查看马齿。有旅店,有饭店,有酒垆,高鼻深目的胡女挽袖售酒;有卖书的,那书尚且不是现在一册一册的书,而是卷成一轴一轴。还有卖石灰的,那是当时的建材用料,用来刷墙。

进入村庄,院墙、房墙多为土筑,房屋的内墙壁,便是用石灰和麻相拌粉刷而成。房屋的建造与今不同,那时的房梁,不用梯子就可以登上去。里间屋不叫屋而叫作箱。贫穷人家用白茅覆盖屋顶,称作白屋。富户则是深宅大院,瓦房覆顶;院门高大,门轴上涂了油以使开关轻便。奴仆称男主人为郎,称女主人为娘子。院里某个角落有厕所,与今天的农村相仿。所不同的是那个时候,若贫穷人家如厕倒也罢了,因穷人穿短衣,若是富户则着宽衣大袍,大便时必须把衣服脱掉。没有纸用来擦屁股,而是用一种叫作筹的东西,也可以叫作小木棍,以筹拭掉秽物再用净水洗涤。上厕所成了人生每天的第一件大事。若是冬天,上完厕所就赶紧回屋取暖吧,取暖设备是炉子,炉里烧炭,炉火上面有罩,叫作董笼。有猫偎依在炉边,抬了前爪洗脸,那是有客人来了。

天黑下来,要掌灯了。已经有植物油用来点燃取明,已经有蜡烛,但与今日的蜡烛不同,那蜡烛叫作蜜烛,是从蜂蜜中分解出来做成的烛。

节日盛大,但中秋尚且无所谓,重要的节日乃是上元、清明、寒食、端午、七夕、中元、重阳、社日,以冬至前一夜为除夜。重阳节吃枣或栗子做的糕,登高望远,身佩茱萸、帽插菊花,还要喝菊花酒。社日箫鼓沸天,妇人纷纷停下手中的针线回娘家。在端午,妇人玩斗草和藏钩的游戏,同时每月有两天的休息和游戏时间,上半月在初七,下半月在十九。

婚礼的古礼,周代在晚上,所以"婚"字是"女"旁加"黄昏"的"昏"字;在隋唐,婚礼却变成在清晨举行,并且已有打女婿的风俗。生儿子要吃汤饼,未知是何物,宋人认为汤饼就是长寿面,我认为宋人在胡扯。那时候对葬礼重视,死者刚死之时,家人要登上屋顶招魂,一边哭一边大声呼喊死者的名字:某某回来!一如屈原先生《招魂》里描写的魂兮归来。丧葬日白马素车,穿白衣号哭,并要挽灵车。重要的人物过世,会有上千至数千人送葬。又极为注重父母的忌日,在那一日静坐房中,不待客、不理事。

我述说了潞州人民的生活常态,这其实也是隋唐之际整个华北地区人民的生活常态,把潞州换作太原,抑或是笔者的家乡翼城,也都同样适合。我描述了这样一种生活情境,读者大可展开想象,当时人是如何生活在这情境当中。

## 18.唐蒲州

已经呆坐很久,几个小时,五个还是六个;很深的夜里,我开始写下一些字,它们原本该在前夜成形,我的拖延一定使它们面目发生了变化。我喜欢置身于幻象未成形的变化之中,为之心醉神迷,直到消失才想起,需要挽留的已了无影踪。长时间里,我视写作为自我寻找的方式,因我对自己有太多迷惑,后来我妄图,在写作里寻找人的秘密,或者在写作里制造人的秘密。

看上去我在为自己发呆和要命的拖延找一个理由。这些年来,我过着隐居者一般索然的生活,不断地推却宴会,游玩,琐事,置身于完全的孤寂之中,发呆之中,心中充满焦灼。有时我渴望生活过得慢些,因为刚刚过去的,我尚未思考清楚,但新的接踵而来;生活的转换太过迅疾,一个事件抵消另外一个。我想到这些年,我不断地做错事,也日渐固执。我不断地放弃,又被生活诱惑,不由自主地陷入,再度放弃。至今我仅仅抓住了极少的事物,或自以为抓住。

五年之前的此刻,我置身于疯狂的书写,那些纸张久已丢失,那些写作的情绪也久已被遗忘;似乎是内心强烈的疼痛和爆破感,迫使我把它们置放入一个个汉字里。今日我想,有一种东西正在那阴暗中显现,似乎有一双手正在伸出,伸出来,然后在很长的时间里,它拉住了我。在剧烈的晃动中,我不能思考,我不能伫留思考,任思绪倏忽而来倏忽远逝。它拉住了我,我热爱的事物

种花去

不能够继续。尘埃滚滚而来,一年到五年,五年的时光化为尘埃,它们在身边不断堆积。终于将手自尘埃深处拽出时,我望到了空洞的内心,它裹在尘埃深处的黑暗之中。我需要漫长的时间清理,使一些事物复活,也给一些事物重新命名。

我对自己时而感到恶心,我想到这些年我不断做错的事。我可能需要推翻自己,重新开始。在今天,又是五六个小时过去,这么长的时间里,我做着这样无谓的思考,寻找着自己,也进行着另一种寻找,比如在发生人的地理景观中,地理景观上展开的历史中。今夜我渐渐决定,弃绝一些以往在生命中珍视的事物,不可或缺的事物,它致我走到今天的绝望,以及固执和冷酷。然而在接下来的书写中,我却仍然要写到它,让它明艳地开展。我记下自己最切近的足迹,和思绪,并指望将往事一点点追回;而2005年11初的时日,已经有些消黯了。唯有一个场景清晰地自深处浮现出来:是很深的夜晚,手机没电了。心中有难言的饥渴感。自宾馆出来,夜影影幢幢,像一个不知其目的何在的巨人,而我茫然地进入了它的腹部。远去一家公话的灯昏黄着。我前去,进入,打一个电话。出来走不几步,公话那盏灯熄了,背后传来关门的声音。我陷入了黑暗的深处,嵌在深处,如一株树,如远处望不到的山体。游风缓缓地吹着,树叶盲目地哗哗作响,一如我的内心。

我前往的地方是永济,在2005年11月的某日,天气晴朗;与我多年习惯的并州相比,那里的气候异常温暖,山水也明媚,起码在晋地的范围里如此,记忆里仍清晰地留有那里阳光的气息。自晋南的河津出发,晨8点钟的时光推移,车上渐热起来,窗处晋南污浊的空气清新起来。我心中充满敬畏,甚至是惧意,我要前往的地方我期待已久,却因惧意而长久观望;既因惧怕那一方土壤,其上曾经生活过的人物,也因惧怕对面其现实的失望感。

车驶入市区,树木高大,此时仍未落叶。市里的道路似乎无太多落差;不远处的山高大,向两方延展,历历呈现,如坐在家中客厅望墙上悬挂着的画,如开窗望向对面的高层建筑。山是王之涣在河边高楼上远眺见的山,数百里绵延奔腾远的中条大山。心中惊叹,如此地貌的山水长长浸入心,胸襟该当何等阔大。

"舜都蒲坂。"蒲坂是古蒲州,便是现在的永济市了。是古帝王虞舜的帝都所在。车外城市广场一晃而过,望见一苍古的人物雕像,必是舜了。路边闪过的商业招牌,皆多了帝的名字:舜都购物中心、舜都饭店、舜帝宾馆,诸如此类。心中暗笑,永济人物多焉,何必尽用舜说事。

蒲坂位于今永济蒲州老城东南,史籍中记载那里以前产龙骨,龙骨便是甲骨文残片了。蒲州老城之南是首阳山,商代的高士伯夷和叔齐不食周粟,饿死在那山上。两千年以后,著《诗品》的司空图得知大唐最后的帝王僖宗被弑,绝食呕血,在永济老家郁郁而卒,成为殉唐的唯一文人。

唐时永济繁华盛大,开元年间,蒲州成为大唐中都,达到鼎盛时期。有唐一代,永济涌现无数人物。杨玉环家乡在这里的独头村,今属被三门峡水库淹没区;柳宗元家乡在这里的润河村,今人给村子改了难听的名字,叫文学村,连周围的村名也纷纷改作南文学、北文学和东文学。而王维幼时,老家也自祁县迁到了古蒲州城。

永济在行政区划上属于运城,东汉大将马武、唐时大将张巡,葬在同属运城管辖、距永济数十里的芮城县;武圣关羽的家乡解州古时曾属永济,今归运城市;发明酒的杜康、发明纸张的蔡伦,均属运城人,在运城附近仍有他们的坟冢。

星空灿烂,独垂河东。称古代运城为圣地,毫无夸大。禹都安邑,在今夏县有禹王城,夏县还是发明养蚕的嫘祖的故乡,传说中商代大臣、著名的长寿者巫咸的故乡,是司马光的故乡;稷山,后稷教人民稼穑的地方;平陆,商代贤相傅说的故乡,伯乐在那里相千里马;闻喜,中国历史上出过72个宰相村落裴柏村在那里;河津,隋唐大儒王通故里在那里,初唐名相多出王通门下,如房玄龄、杜如晦、魏征,初唐诗人王勃是王通的孙子⋯⋯

中国历史,有太多的名字绕不过这里。中午饮酒,是一种古称桑落的永济当地酒,酒历史直追北魏,《齐民要术》有载。

当大唐最为繁华的开元年间,未知有多少人物,曾踏上永济这块土地,于今,永济存留的古迹多与唐时有关:黄河铁牛、鹳雀楼与元稹写过的、近于自传式的《莺莺传》。

当年,太原人王之涣迢迢自长安而来,自蒲津渡浮桥上穿越而过。他进入蒲州城,登上因他的诗而名噪数千年的鹳雀楼。这个时候,也许蒲津渡的铁牛刚刚铸就,黄河上面目一新的浮桥刚刚建成。而此时,蒲州城已是当时天下知名的六大雄城之一。

此前蒲津渡的浮桥系用竹缆连成,易毁常修,极不易交通。唐开元十二年,蒲津桥进行彻底改建,变"竹缆连舟"为"铁索连舟",且铸地锚铁牛、铁人和铁柱:以铁牛为两岸承重物拴以铁链,铁链连水中舟,在舟上搭木板,行为相对稳固的浮桥。

这便是著名的黄河铁牛的来历。大唐为铸这些铁牛等物,耗用了整个帝国一年各地全部加起来的冶铁量。

非盛世不能有如此大的气魄,做这样一件事。非蒲州城的蒲津渡对交通的重要,不足以使大唐帝国下如此大的决心做这样一件事——大唐中都蒲州,西东接连京都长安及东都洛阳,南北是长安通往北都并州城的要道。

而以蒲津渡桥墩黄河铁牛的分量,也略略可以想见当年蒲州城的繁华富庶。

宋金时代,蒲州为金军占据,在宋元战争中,把守浮桥的金国将领侯小叔纵火烧绝蒲津桥,斯后140多年后,一直到明洪武二年,东渡攻陕的明将徐达才因战事修复。

这也是蒲津桥最后一次修复。于今120年前,舟桥彻底毁坏,黄河西岸铁牛、铁人和铁山不知所终,仅余蒲州城外蒲津渡口的铁牛铁人,古怪地矗立在那里。大河水瘦水涨,在漫长的时月里河流如带东西轻摇,泥沙渐渐埋漫上了铁牛铁人,蹄脚,腿,脖子,漫上他们的头部,浸入他们的嘴。他们的眼睛睁了千余年,但泥沙终于慢慢浸入眼睛,埋住他们。

黄河河道久已东移。20世纪40年代,河水紧贴着蒲州城西墙流过,铁牛没入水中。枯水季节,下水的人们偶或可以摸到牛角,水上穿行的船只也常为牛角挂伤。50年代后,三门峡库区蓄洪,河床淤积。黄河河道西移之后,原被水侵占的地面露出,黄河铁牛已经悄无踪影了。

"50年。50年前黄河铁牛还在。黄河铁牛存在了近两千年,在50年里消失。也就是说,人类对自然的改变,50年相当于过去的快两千年了。"同行人感慨。

在蒲津渡遗址博物馆,映入我们眼帘的铁牛出土于1988年8月,被从两米深的泥沙中挖出。在很长的时间里,他们暴露于紫外线日强的日光、带着各种有毒气的风以及酸雨之下,很快变得锈迹斑斑,像是一组泥胎木偶——他们在近两千年里一直暴露在天日之下,莫非也是这般锈烂?我心中质疑。若是那样,两千年这些铁,该早已风化作废了,何谈被用作浮桥墩。

为防止铁牛铁人朽烂,博物馆将他们在原位上提升2米,下部建了起保护作用的房舍。我们望到的一组四个铁牛铁人,仍然透露出盛唐时代的沉猛雄壮气象。铁牛高达一米九,长三米,宽一米三,犄角直而短,微蹲做着力状,牛造型粗拙,浑厚,气势凌人,似欲触人。牛后部着横档,该是用来拴铁链做浮桥用了。每牛旁站一大汉,如牧牛状,形态各异。西北方汉子赤裸上身,肌肉暴起——望着他令我下意识地想到太原天龙山圣寺的无头泥力士像。这汉子抿嘴皱眉,宛如今人健美锻炼肌肉,据说为匈奴人;西方一人亦裸,微倾腰身,做扔铁饼状,似为藏人;东南方一人亦裸,未知何民族。西南一人着衣,面目诚朴恭顺,高颧骨瘪嘴,头绾发髻,为汉人。他的上衣,竟然犹如西装领左右对称分开。据说有学者据此考证,认为现在的所谓西装,当源自中国唐装。

  这些铁人铁牛正在被修饰和保护,刷防腐粉或者别的什么,周围架满了木架之类的物事。木或横或竖,将他们牢牢捆绑着。

  他们已经不是唐人眼里望到的铁牛了。不是王之涣眼中铁牛的自由奔放、强悍有力,也不是李隆基眼里的雍容大度,更不是李商隐眼里的从容自如。

  心中感慨系之。李隆基、李商隐都曾为蒲津渡写下诗歌,李隆基时代的宰相,诗人张说,也写有《蒲津桥赞》,这里的陈列室皆有列之。字迹无甚可观,通晓书法的汪惠仁皱着眉头。然而诗文皆可观,我一边读一边赞叹。

  录喜爱的李商隐诗作《游蒲津桥》于此:

    万里谁能访十洲,断亭云横压中流。河鲛纵玩难为室,海蜃遥惊耻化楼。左右名山穷远目,东西大道锁轻舟。独流巧思传千古,长与蒲津作胜游。

  他将一首关于桥的诗,也写得这般风流飘逸。海蜃遥惊,耻化楼,他用了感情色彩浓厚的一个"耻"字,一个"惊"字。这是建立于宏大事物之上的从容和优雅。

唐武宗会昌四年,西元公元844年春到次年10月间,李商隐携妻王氏在蒲州的永乐隐居。他喜爱这里的春草夏木、条山及河渡,留下不少咏哦胸怀的诗作。

永乐今为永乐镇,地属永济毗邻的芮城县。他望到的蒲津桥上,已经散布了时间的灰尘。

李商隐之前,元稹已经来到了这里,在古蒲州城逗留了很久。这时候,他还未写出"除却巫山不是云"的诗篇,也没有"宫花寂寞红"的隐忍和欲说还休的情感体验。他前往的寄居的普救寺里,有一场缠绵哀怨,而终于不了了之的艳遇在等待着发生。后人以此事诟病元稹写下的深情诗篇,以为元稹首尾不一,或情出多种且矫饰深情。然而,他所反映的,也可能恰恰是人情感的多重性和复杂性。

这里发生过更为古老的情爱,舜在沩水和内水领域娶了尧的女儿娥皇和女英,沩内二水在永济注入黄河。晋献公曾在这里掳走骊姬,晋公于是再不安宁,此后发生了公子重耳被迫奔亡诸国的著名故事。

在大唐盛世的蒲州,类于元稹那样的艳遇也许极为普通,男欢女爱的幸福与绝望每日都在展开,于今亦然,它也萦绕在今日进入普救寺的每个人的心头。它是人类最为古老、对个体生命至关重要的事。

身为北魏鲜卑族拓跋氏后裔的元稹,此时少年意气,这次艳遇可能是他的初恋,是他的第一次情感经历和性爱经历。情事持续了将近一年。他一定感触到了巨大的淹没感和吞噬感,他魂夺魄摇,身不由己。他困惑着,对异性充满了不解和神秘感,他畏惧着,在淹没的幸福的窒息感中畏惧着。

在次年科考的失意情绪中,他的畏惧感和逃离而去的强烈欲望达到了极端。他可能意识到性爱和情爱可怕的破坏力,它们会使他一切的努力中止、弯曲或意义丧失。

多年以后,他写下了他最终远离这场艳遇的故事和结局。

他记下了那一年蒲州城普救寺里春天的月光,一棵植于墙下的杏树在月下静静地开落,也记下慧黠的婢女红娘,记下在记忆里如同他人一般陌生却又印象深刻的少年,记下他援树而上、越过那堵院墙和站在墙上的紧张战栗。记下在月下半开着的西厢房门,床上女性的体香。他记下他虚拟的女子的乳名:崔莺莺。

这是一个令人叹息的故事。一个在元稹余生的记忆里不断重现的故事。他一定不会知道在他之后约千余年,一个叫董解元的书生在体验和想象到这样的内心疼痛之后,篡改了故事的结局,写出了《西厢记诸宫调》;另一个叫王实甫的书生,又使将董解元的故事趋于丰实,文字趋于饱满,那就是著名的《西厢记》了。

在几百年前,元稹《莺莺传》里的一切场景已被真实地再现,而蒲州普救寺因绝色女子莺莺的性爱经历而名著于世。西厢,院墙旁的杏树,花园,西厢房里甚至还铺开着一张被子,连那一座在唐时便闻名天下的舍利塔原本的名字也乏人知晓,它因故事里莺莺的攀登,被世人称作莺莺塔了。

莺莺塔是一座回音塔。轻击塔身,会有奇妙的回音荡在耳边,像情人之间呢喃的呼应。

"这是中国名气最大的一跳。千年一跳。"陪同游玩的朋友说。

普救寺外平坦处,一个老妇人正站在那里,看守地上晾晒着的玉米。我从她身边擦过,在很近的距离里忍不住又扭头望她。阳光照着她的脸,但已照不入她脸上皱纹的深处,也照不入她笑咧开的黑洞洞的嘴中。

她的心中,一定也埋藏有久远而尘封的情爱。

黄河在不远处滞缓地流动。向西四公里,河岸边,中国四大名楼之一鹳雀楼已雄矗千年,在那里静静等待着。

永济人认为王之涣的《登鹳雀楼》,是唐诗中最好的一首。

是一首诗的大力,使一个景观名垂千古,20个字具有了力可造物的神奇。平心而论,以五言绝句,可以将落日状写得如此雄壮,在古代五言绝句里,确是绝无仅有的了。

此时日已西斜。千余年前,那个以寥寥七首诗便雄踞中国诗歌史的男人,正在策马前往,缓缓举步登楼,楼上四方大风蓬勃而至,汹涌入他远眺的双眼。他胸中包罗着什么样的物事?

他绝不会记下自己的情爱。他简约,节制,有着铁器一般的硬度。他以千钧之力,书写下那不含任何情感色彩的20个汉字——中唯一个"尽"字,让后世的人隐隐想见其内心的坚硬、锐利和决绝。

旗亭画壁。大唐天下遥远处的酒店,那个最美丽的歌伎奏响琵琶,正唱出这个男人苍凉而又生机勃然的《凉州词》的第一句。我突然间觉得他的诗歌,传达了初出炉的绝世铁器在淬火以后,正在迅速冷却的温度。

## 19.行渐远

### 玉皇庙

外地的朋友若来山西,强烈建议去晋东南看两处宝物,一为元代泥塑,一为宋代壁画。宋代壁画已斑驳,恐怕以后更看不到。它们足会令你备受震撼。

元代泥塑,是二十八星宿,每星宿身旁一动物。一个不大的小庙,一排低矮的西房,进去光线昏暗。待眼睛稍适应,目之所遇,令人陡然心生大敬畏,大欢喜,大感动。这些人与物,仿佛正等你进来与你交流。他们美得那般生动和真实,却又美得让人噤口难言。

他们的确等了我二十年。那时我在施蛰存笔下看到这二十八星宿泥塑,心向往之,却又有俗事缠身,更恐真的前往会有大失望。

但这次我没有白来,唯有一见如故的熟悉感,以及像悲伤一样强烈的大欣喜。同行的小说家魏微也欢喜莫名。

我再次发挥了我的厚脸皮功效,在太喜爱又担心拍照有损泥塑的双重心理折磨下偷拍了十张。第十张近乎央求管理员了。拍的是我的属相,即图中。我尤爱那手托小鼠的女子的雅静,她有着月光一样的温柔和冷漠。

同行者,魏微,付秀莹,杨东杰,张暄。特记。

中午仍有大欢喜,当地作家请我们去吃野味,我竟吃到了童年时吃过的獾肉,此外有黄羊、野兔。獾,就是迅哥笔下的猹。可惜开车,不能烧酒以佐,否则风味更佳。

外地的朋友来山西,一定考虑一下去看泥塑,去在那安静的小庙里发一两小时呆。不要怕远,现在高速已何等便利。当年施蛰存,可是坐着驴车迢迢赶往专程看泥塑的。大家去个平遥有什么鸟意思,到处是人,满眼的俗艳光华。唉。

斯地在晋城泽州。据说是元代刘銮作品。又叫刘元,他曾师从尼泊尔人学习泥塑。《元史·方技传》云:"有刘元者,尝从阿尔尼格学西天梵相,亦称绝艺。"

## 在 锦 里

随处有洁净处可坐。池中鱼够大够多,小吃够香够美,并不四散油烟味。无小贩追着拉客,无假乞丐跟着熟练地高叫"行行好吧"。购物讨价还价,称得上斯文。无寒冷或闷热感,骨头和皮肤都很舒服。天灰蒙蒙不大美好,但锦里自己美好。我独自往来,或坐或走,或站在戏楼前帮一个个一对对行人合影,或溜达着去接开水,或拧了杯盖去如厕。这里提供免费开水,卫生间有人在门口坐着看守,却又并不收费。

这里虽为闹市,却几乎安静。行人熙熙攘攘,来者自来,往者自往,或男或女或老或少,或中或西,人的面孔不同,但都是干净的,从每张脸上看不到欲望,看不到恶意。我心中涌起感动,但这里刹那,感动远去,我觉得像是身处熟悉之所,一切都那么自然和适意。

我在这里,但我好像并未打扰它。它自在,我自在,且互不相涉。安静,安全,我心中一切映象,在这里清晰起来。一些长久的蒙昧、困惑,消散或淀下去。一些旧影,仍如镌如刻,却淡然安然,不成纷扰。

这是我在行走中渴望却又不明确、此时终于得遇的所在。一看到它,我便觉得内心的荡动止息,内心的疲倦感被渐渐驱散。

于我,这里成为成都最佳处。它何故不与我为邻?若是,它随时可听到我读书,在深夜或黄昏看到我随意草就的汉字。以它为第一读者。我会何其快意!

写到这里,陡然吃一惊——一个黑影自头顶掠过,落在对面一米左右的矮树上,树下池水哗啦啦跳起水花。原来是一只大猫,在我背后的墙头馋池水中游鱼已久,瞄紧了鱼自水中跃向空中的机会,自墙头蹿向池边树,试图捉住那鱼。还差得远呢,它险些摔落到池中喂鱼,绕树干转了多半圈才稳住身体。它大概仅来得及捕捉到鱼儿跃起又没入水中的影子。

## 行渐远

这里很好。很像人待的地方。夜深到三两点,街上仍有三两行人散漫地走,以致让人错觉还不到睡眠时间,于是竟也真的,自己不知困倦了。今早至今,天色欲雨不雨,想起昨夜初到也如此。这季节此地,大概永如此罢。他季如夏季如何呢?——心中犹疑了一下,努力不去想。反正它现在够好,就可以了。

空气润湿、欲凉还热,非阴潮非闷热——那些是堵的塞的类似不快一般的不畅的。这里不是,这湿气其或不是气,是气氛,轻快、安逸。它一定在流动,但轻到无法觉察,不像北地,风起如壮汉发怒、如轻狂少年飙车。

在一条街上遇到不知名的树,一株株主干青苔亮绿,沿路延展开去,心想这才是这里的代表性植物,而非雪松、非这里处处都有的泡桐,那些属于南京。后来又看到柳树,及一些北地常见的别的树,主干皆挂满勃勃然的青苔。

16年前我第一次到这里,至今心中浮动着在那个暗夜里的感动:和一个朋友在一条高高低低的街上疾行,两侧是高大如树木的夹竹桃。昏暗的路灯下,硕大的红或粉色灼灼然迎来、倏忽退去,又迎面而来。

心中一直在想一些事。仍然想不清楚。也知道这些人事,渐行渐远,待想清楚时,便已远逝,不能回返。一个声音在心中说:于你,往昔远比未来强大。一种类似悲哀的情绪涌上来。往昔,我曾努力,今日依然。当然,我明白。我明白。

其实也明白,写下这些时,那些人事已远逝。不能追回。不能从头再来。

我大概永远是那种愿意嗫着的人。偶或陡然爆发,然后退缩,缩到不可知的角落,寻找一种可怜的安全感和对周遭事物的信任感。时而,以为自己真的找到了。

# 第伍辑

## 吹往故乡

在秋天,风把世上所有落叶

水清燕未归,一叶欲坠空。
会挽射月弓,岂效鸣雕虫。
夜露故乡白,孤灯并州红。
壮士急击筑,几曾悲秋风。

——旧诗《击筑》

田边沉甸甸的禾穗
晃动了一下。
并非匆匆的路人所触。

鹰在天深处展翅
强风拂起背羽
葡萄在头顶成熟。

我盛满一杯
刚酿好的玄酒,
饮下始自初春的时光。

——摘自新诗《125.滴水击穿的巨石》

# 1.客并州

我在这城待了快三十年；以前我是个农民，现在大概勉强可以算作小市民，草民的那种。所幸我并没有沾染上小市民的市侩、势利或者其他，更不像菜农，自忖我还算一个正直的人。我喜欢这城的百姓，看他们蹲在大街上下象棋，在饭店里直着嗓子劝酒；喜欢和他们聊天，拉呱琐碎的家常，听他们吹牛和讲生活中的酸辛。在他们间我觉得安全，有幸福感，觉得生活像天空一样无限延伸，你不用思考可以随便过，不用担忧老天会掉下来。但有时候，我又会极度厌恶他们，他们在饭店里光膀子，在大街上随地吐痰，喝醉了在路边拉开裤子撒尿，在公共汽车上和老人、孕妇抢座位。这时候我总忍不住想大喝一声，想呵斥他们，但最终没有。我知道以前，荆轲也曾像我这样生活，而且他说不定在太原待过，或许还和我有着相似的感想。

这城市冬天寒冷夏天热，春天盲目而混乱；到了秋季，我的心情就好了起来。我以为这若有所思般的秋是我的，但乐意拿来和朋友们分享。别的季节也有几样物事让我怀恋：春天的雨夜，有紫丁香在雨中；春暮满街的槐花和浓郁的芳香，夏日暴烈的雷，迅疾的闪电，它在刹那间照亮我在平庸生活中变得晦暗的面庞；还有冬季的雪夜，明月清冷地照着城市的积雪。以前我还喜欢风，这城里一年四季终风且暴；但后来，风中的煤渣子越来越多，恶毒地往人眼睛、鼻孔、嘴巴里钻，破纸、垃圾、塑料袋都在风中狂欢，我也就受不住了。现在风成了沙尘暴。同样让我仇恨的,还有冰冷的钢铁,以及像这城市的纪念碑般的一具具森然矗立的烟囱。这些丑恶的物事,并不见得是全城人共同的敌人。

还有些说不上丑恶的东西让人尴尬,如曾一度在本市到处暴露性绽放的小姐。旧时称操贱业的女子为姑娘,在这个时代,小姐竟成为对该类女子的专门称呼。一个城市的经济和人们的爱情生活,要靠小姐来维持,是我百思不得其解的事。又有传言说一些行政事业单位,大凡是个小官的,羽翼下都护着几个小姐。这事儿想想也犯恶心:你每天奉令去办事,殊不料有时候竟是顶着某某小姐的裤头在奔波。

我不知道城市生活,多大程度上影响和改变了我的衣着、谈吐、举止和思维方式,以及所谓的理想;我知道我始终站立在城市的边缘,这里永远不会成为我的故乡。故乡属于童年记忆,属于乡村,现在已永世无法抵达,除非时光倒转。有可能我的孩子会将这里作为故乡,谁知道呢,现在哪儿都拆了又建,故乡这词,地理范畴的那部分意义已完全沦丧。不过如果去了他方,我可能会怀恋这城,毕竟上学、结婚、生子,都在这城里,一些快乐的荒唐事也发生于此,那时候年轻呵。

但这城已经很老了,沧桑、保守而且世故,缺乏血气和激情,它泯灭这些,每每让我痛苦。我的另一个意思是说,这有可能完全因为我自己,是一个热血的傻瓜。像诗人潞潞所说,仅仅适合于一匹马缓缓行走的狭窄街道,城里有很多,他还说这些令人伤感;我的一些伤感伤痛的往事,也每每发生在那里。时间飞快,这城市依然在缓慢地老下去。我将继续和它搏斗,反抗它的世故和陈腐;而我的反抗、叛逆,我所有的激情和梦想,也都必将埋葬在这城市特有的漫天风沙里,要知道我从来不反对命运的必然性。

## 2.柿树洞

回八百里之外的故乡上坟,路过一棵柿子树,直奔而去,寻见上面的树洞,它应是啄木鸟凿就。花仡灵用来做窝,一种身上有三道、一直延伸到尾巴上的像松鼠的小兽,但不是南方那种灰乎乎难看的松鼠。机灵,轻巧,眼睛一眨,它在树枝上就不见了。

大约在我二年级,就从这个树洞里抓了一只花仡灵,仍清晰记得它咬住手指的疼痛。怕它跑了不舍得放开,就忍着疼紧紧抓住拿出来。夏天养到冬天,晚上它蜷着睡我枕头边。有一天不见了。妈妈说,它跑了。我记得我的失落和难过,想哭又哭不出,尽可能不去想。但隐约知道,很可能,它死了。妈妈不想告诉我。

记忆里这树洞大而深。我想伸手进去,居然手太大无法伸入。

树洞历历如旧,抓花仡灵的少年早已不在。站在树洞前的,乃是一个半大老汉。我有似曾相识的复杂情绪,它像那种想哭又哭不出的幼年记忆,却又不是。我出神地盯着树看。柿树皮鳞,粗粝,沧桑,凶猛。那些树的鳞甲,在眼前震动起来。

故乡柿子树遍野,站在梯田埂上。我记得它们在秋天哗啦啦的落叶声,像要把整个世界的树叶摇落到我们村子;在寒风呼啸的冬天,柿树铁黑的枝干惊心动魄地撞击;记得它们一树树挂满火红的灯笼。

柿子树的枝干遒劲如大蛟,树皮若斑斑龙鳞。但我11岁上初一起就离开了村子,之后的记忆,开始变得慌乱仓促。

## 3.春天里

老家,春天黄昏的油菜花田。

穿村而奔于野,一树花开他人檐下,兀自尊贵,雍容,器宇轩昂,并无半分不志气。

故乡这一片低洼,潮湿。我嗅到久违又熟悉的杨树树干和树液的气息,又苦又香,与油菜花香一起蒸腾,为之沉醉。

在一个土坡,少时被土蜂蜇过。土蜂真狠。当天就不知疼了,只是小腿肿得比大腿粗,晚上脱裤困难,自己看着,觉得好奇怪。走一下路,腿不听使唤了。

上坡采一种野草,长得如同灌木,风大,嫩叶招摇,煞是喜人。此物唤作娃妮菜,其枝干是方形的。采嫩叶炒鸡蛋,香味远甚于香椿,好吃至极,足以令吃货们想入非非,因没见过没吃过的永远是最好的。中午就吃它了。

坡边有土洞,记得我小时,是大队里圈羊的地方。狼经常就把羊叼吃了。

小时我在土洞口,亲见过狼站在土崖顶上。没觉有多害怕。狼像我不认识的一条大狗,蹲在自己后腿上。握紧镰刀冲它挥舞,大喊吓唬它,冲它扔土坷垃,狼不情愿地站起,走了,一边回头。

过一阵上崖顶,狼已经不见了。像没来过一样。

但夜里羊仍然是会丢的,我也见过早晨羊圈门口的斑斑血迹,听到过生产队长骂放羊的瘸子:"你个灰尻,狼咋不把你那身臭肉给吃了。再丢羊,年底你工分就扣屎光了。"

每每在内心深处,感念少时的乡村经历。它给予对生命的基本理解,多属感性而非理性。它给予原初的、动植物学知识,几乎长入人的生命,它给人物我两忘、人融入自然的生命深处的悸动。我认为这些,是文学最为重要的东西之一。一些素朴之美常如电光一闪,刹那照亮昏暗的大脑,让人直如灵魂战栗,不由分说、无任何道理可言。

乡村的贫穷和条件艰苦也使人坚韧不拔。所有这些,是多少后天的学院教育所无法比拟、无以替代的。

## 4. 记灾难

### 逐　利

天下逐利。有没有人设法停下来,设法获取内心安宁。少些利与名,并不会死。

财富多寡,与尊严何干。但本朝已将财富视为支持个人尊严的必需物。我见到村中去城里卖淫的女郎,村中原本不齿,但她回家给家里盖起楼房,她得到人们艳羡的目光,人们转而说她有本事。这样的事例,也可作喻在文学界。

### 三　八

少年时节下乡,住房东老太家半年。老太太讲她年轻时过三八,我印象深刻至今不忘:妇女们兴高采烈,打扮得花枝招展上街喊口号,男人们窝在家里。一天过完妇女们回家,该做饭做饭该洗衣洗衣,有的老汉(晋北说丈夫是老汉)看老婆牛了一天,气不顺,于是扁老婆一顿。

这事颇具隐喻意味。时隔许多年,妇女解放怕仍是虚悬的口号。女性潜意识的三从四德是扯淡的;以爱的名义进行的绑架是扯淡的;可怜地维持一个貌合神离的家庭,也是扯淡的。

近日恰巧得知许多位女性友人状况,深受震动。女性意识的真正觉醒,怕是还远得很,可比三藏西天取经的距离。拿文学圈说事,良妇式的门外婆写作,又岂在少数。

## 冬　　至

即日心情如霾。霾,本时代重要象征物。已不能有雨巷徜徉之迷茫。霾败坏你肉体,侵蚀你心智。渐渐让你不能开口,不得呼吸。

## 灾　　难

5·12,记取灾难。世人总是选择性遗忘,努力忘掉刺痛的往事。然而,记住那些灾难并借鉴之,方使我们进步。记住灾难也使我们坚强,而缅怀,纪念,使记忆绵延,乃是人类独有的伟大行为。

## 倒　　倾

若时光倒倾,请远离人性被激发的恶,请远离人群被激发的恶。不揭发,不告密。不侮辱人,不做打手。不以低于底线的手段自保;那般非但不能自保,反而陷入更大的疯狂。

与诸君共勉。

## 感　　恩

人是需要有感恩心的。那也是对自我的拯救。

谁助谁都不是应该的。人可以助你,那是人家愿意,并未想让你回报；人也可以不助你，没道理人家就该助。

人这事助你、那事不助，那是人家的自由选择。怎么可以事事要求人。人助你多事一事未助你就怨恨，那岂不成了传说中的小人？

蒙人相助，不敢说涌泉以报，因自己没有涌泉。但至少心里念人的一个好。

在感恩节，感恩生命中所有的人和物。爱我的，我爱的；我伤害的，伤害我的。

也感恩去往天国的朋友，在那里要好，继续喝酒。有我深爱的狗多年前也去了那里，愿你们相遇，愿它陪伴你。

## 过　年

热闹中又强烈寂寞，失去以往的平静和从容。一切变得慌乱仓促不正常。话说我真的不喜欢年的氛围。

我觉得日常生活中那样该怎样就怎样是好的。现在的年像假装开心却笑不出来。

## 元　宵

可想象一下古代青年男女今夜看灯，那么多人，那么多芳心满街在咚咚。无论男女，总有人的心像暗藏的灯笼，渴望照见心爱的人。

现在人们的心已经不会咚咚了，只想着啪啪。感慨。

## 5.蕾如鼓

花蕾渐大。有的太骄傲,翘上天花板了。

室内枝头干掉的花。完整花朵,剪枝插瓶。

干花烈香,比怒放于枝头,过而甚之。枝头色泽为粉,干花为紫。照片拍不出其色。

偏爱清丽的花,尤爱雪白与浅绿,有近十个品种。可惜叫绿茶的被狗吃了。一大片的雪白大花,可以抵达热烈和奢华。

花繁,腻了。全部咔嚓剃光头,扔院里去。

不是心狠。乍暖还寒,花需要在低温里歇歇,休养生息。否则会开到百病入侵,虚脱而死。

园中花架已成。爬满对开两架。众蕾急促,深沉,密如鼓点。

有两种花,忍不住想再晒一下。它们正在日光中燃烧。唯有晨昏四时近距离观察,方能稍得其美,得其明暗、盛衰之变。

第一种的名字已有被污之嫌,叫人间天堂。第二种叫祭典,日本玫瑰。拍下它们,我有信心,它们比花商的宣传图漂亮得多。

这些花也会进入人心。心中万花欲怒,让人觉得自己跟它们一样力大无穷。

但人心是假的。无力,没劲。

今天诸事不理,坐看花开。饮茶发呆。

事哪有完。想想这世界没你努力,它并不减分毫。

# 6. 在乡间

一大早,被麻雀吵醒。觉有1000只麻雀站耳朵上猛叫。迷迷瞪瞪推门出院,却一只也看不见。天色已灰灰地亮。

村乡的麻雀与城市不同,洁净,肥嘟嘟,金黄。近年空中麻雀天敌少,小时常见的鹞鹰如今几近消失,但猫是麻雀的杀手。母亲养一只大母猫,它生小崽时能在院中跃起,一爪打落数只低空飞地的麻雀,我看得呆了。它生崽需要大补肉类来产奶喂小猫。

一年冬天,在老家屋外树林里闲走。我喜冬日荒林里的干净而安静的气息,唯脚下宽大而枯干的厚厚的桐树落叶不断碎裂,沙沙作响。忽然脚踢开的落叶里有一只麻雀!是死雀,却无头,再向前,又一只,很多只。统统雀身齐全,翅膀、爪子都好端端,独无头。当下深为惊悚,却不解何故如此。后来查阅资料,乃知是猫所为。不缺食物时,它们只吃鸟头,因鸟头部的营养最高。

这些无头的麻雀,不知有多少只,死于母亲养的那大猫爪下。它一般只在室外活动。这猫忽然有一天失踪了。起因是母亲把它生的小猫送了几只给亲戚和邻居。它生了气,一夜间叼走剩下的几只小猫,从此一去未返。这是2006年事。2017年春节快到了,母亲还偶然提起。

麻雀对自由的态度值得人类学习。它们在人类屋檐下却不低头,自在,聒噪,有点恬不知耻的快乐,你赶它走它一会儿又回来。它与人类不离不弃。城市麻雀无处建窝,钻烟囱也能生存。

它跟着人,却又保持自由——一种琐碎的、似乎不足挂齿的、嬉皮笑脸死缠烂打式的自由。不幸被捉的麻雀很难养活。它暴躁,大概也因被捉生自己的气,很快就气死了。偶尔未死的麻雀只要侥幸得机逃走,则一去不返,绝不回头。你在四下里叽叽喳喳叫的麻雀里认不出是哪只。它们都一样,所有的麻雀等于同一只麻雀,所有麻雀的叫声等于同一只麻雀叫声的无限复制。它们的自由形式与对自由的态度,在所有有人烟的地方完全一样。

带臭蛋来玩水库,水库已干,荒草萋萋。扫兴。

汉诗云:男儿在他乡,焉得不憔悴。每回故乡,都觉内心生动起来。然而故乡……有一种毁坏无微不至,非我力所能拯救。天下无处不在毁坏。

晨露晶莹,草香扑鼻,以致我不舍得抽烟。有柏蒿、巴结草。有两种儿时常见,却忘了名字。要请教村民。

晋南植物丰茂,胜过太原以北太多。晋南蒲剧雅到要唱"风吹花影动,疑是玉人来",晋北只能扯着嗓子哭天抢地,吼满是荤词儿的民歌。

差太远了。晋北之寒,唯烈酒杀之。晋南却满眼葱茏,而仍然四季分明,不致像南方眉毛胡子长到一起不能分辨。唐人说:"桂林无落叶。"我的花若种在此地,大概越冬无须保护。

家附近另一水库。好歹有水,干涸处百姓种了玉米。村人说,黄河的水引来了。有的村已用黄河水浇地。

夜晚在村外散步。路灯下有某物。可能是我兜里手机音乐惊着了它,它突然站起来,一只长耳朵耷拉着。

它吓着我了。它蹦蹦跳跳钻路边草丛时,我才意识到那是一只野兔。兔子现在并不怕人。

唯在乡村,你对哪怕一滴水的观察和体悟,才能到前所未有的透彻和深刻。况对生命。

# 7. 南瓜落

从院里的葡萄架上拽掉些枯黄的葡萄叶,终于可见天空了。

是一种晚熟品种的紫黑葡萄,熟透了吃两颗,手指,牙齿,嘴唇,舌头全紫黑。

院里扑通一声响,到窗边,望见老虎惊得跳将起来。

出来看,原来是巨大一颗南瓜。瓜蔓撑不住它分量,怎么使劲也拽不住,拖到今天,终于眼睁睁看它砸落。瓜熟透了,坚硬,一米多高掉下来,居然没事。

俯身拿瓜,还连着一支扭曲的瓜秧。老虎凑过来歪头看,口水蹭我胳膊上。甩它一巴掌,它哇呜一声,不情愿地让开。

瓜重。二十斤?站直身时下意识另一只手来扶。天忽然暗下来。抬头看天,蓝而高,白的云朵聚在我头顶俯下来看我。我罩在它影里,几米外老虎站的地方明晃晃。

我日渐痴迷这种俯仰皆是的美,不能自拔。小儿臭蛋闹着要看蜘蛛,要摘喇叭花"做蛋糕",我择空匆匆记下这些。它们稍纵即逝,美好而可能具有值得被留存的价值。

回屋望窗,满天云朵已散,像丢失的往事,或远走的人,人影马上就彻底消失。

这一天结识一个小美女郭佳,值得和美好事物一起记下。她在寺庙中修补壁画已两年。我想她感动了我,也感动了我很多朋友。我们敬重身体力行做事的人,自己也当努力为之。

## 8.瓜长刺

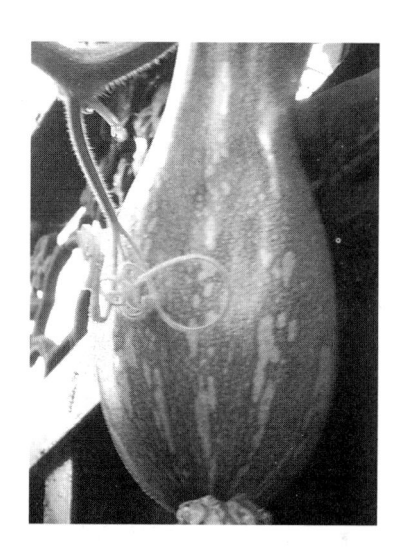

爬上院门的南瓜,方言叫金瓜,足有十多斤不到二十斤。

夜晚路过一家人,应是丈夫、妻子和母亲。小贩一天辛苦骑三轮车回家,后面妻与母帮推车。小伙子很快乐轻松的样子。

幸福就这么简单。简单到像白纸。

邻居周师傅生病,回内蒙古住院。家中很久无人,一棵野生榆树荒蛮,一夏天就蹿得到处是,延伸到路上,过来过去刮车。他屋顶都生出一棵榆树,风中高高招摆,我总看到,心里总觉荒败。

没人管,晚上我拿树剪修理路边树。两岁多的儿子小臭可以打酱油了,帮着照手电。

周师傅是土木工程师,家中多自己改建,巧思颇多。他也是好的花友,办法迭出。他是真的爱花木,见花木就心尖一颤那种。人又勤快,他路过某施工处,见人挖出枣树,扔在那里。那树气息奄奄,裸着伤痕累累的根须躺了数日,就要咽气。他问清人家不要了,他两口子不惜大老远用自行车驮回。我见了大为吃惊,枣树高达四米,绑在自行车上未卸,两口子满脸汗满脸土。我搞不明白那么大的枣树,他们一路怎么弄回来。去年这枣开细碎小花,我路过时,听见他和妻子快乐地笑着数花串。

他也用自行车驮粪回来。有次拿不了,卸一袋在路边回头再取,却丢了。周师傅回来抱怨:"妈的,屎也有人偷。"

现在枣树枝叶披离,结了很多青枣。它们原本该每天被周师傅仰视的目光抚摸几遍的。然而却已不能。南瓜藤也缠到枣树上,巨大一颗南瓜歪在树间,细看有多处枣刺长进瓜里。

他在海南、内蒙古都有房,却喜欢住这里。买了辆越野车几乎没开,女婿现在开着。他老伴背着他抹泪对我说,老头该享福了,却得了这病。

唉,人生还是散淡些。做那么多事,又何用。想明白了,人坦然得多。

前些天见周师傅女儿回来,路边聊了几句,我心里一紧。

老头子现在几乎不能吃饭了。

## 9. 红马惊

有一年在泸沽湖骑马。滇马矮小，一点不威风，它比我小时骑过的驴还矮。但滇马耐力好，善走山。旧时云南运出普洱和盐巴，大抵全靠它了。

小时该骑过马，但少。马烈，大人一般不让骑。偷骑也不敢，畏惧它在大队马厩里，高傲地喷着响鼻踢踏蹄子的样子。它蔑视小孩。偷豆子巴结它也不敢，它一见我进来就警惕，焦躁不安。

马易惊。马惊是可怕的事，它会狂奔，从崖上冲下去，会撞遇到的任何东西。邻村有马狂怒，一头撞死在巨大的石头马槽上。我未亲见，听说那马遭到不堪忍受的某种屈辱，是关于交配的事。我每听到都欲下泪。

我也亲见过马交配。印象是在黄昏，空中飞满光的尖芒，那般紧张。瞠目结舌回家去，想与小伴讨论，又耻于开口。那时间短还是很长，忘了，但牢固的记忆持续至今。

我有个三爷爷，年轻时被曾爷爷赶走不认，奶奶说他偷了地主家的马。那马受惊，一路狂奔。三爷爷死拽着缰绳，和马从村子奔到县城不撒手，直到马平息下来。那距离是二十里地。小时奶奶一次又一次讲，我百听不厌。它成为家族传奇。随惊马奔二十里，难有世人做到。

这三爷后来入国军做了军官，回乡带兵。他在院里跪了一天，曾爷不认他。他走后再未回来。1950年大批军人复员，和他最亲的我五爷,背着干粮到一百里外的、附近县唯一的火车站等。他一个一个地看那些南北而来的人,他以为能等到他三哥哥。几天后他饿着肚子回来。当时那些匆匆的旅人,有没有人留意一个年轻汉子,在火车站旁若无人地号啕大哭?三爷爷,最终成为家族失踪的一个人。

我奶奶不死心。我父亲在天津当兵时,家族给他的一个任务就是找三爷爷。奶奶让他打问姓温的长官。当时有次,某个后来任国家要员的温姓官员去军队视察,父亲回来说给奶奶,说有一个,但年龄不对。

我小时听这些家族事,除了三爷爷,还关心他盗走的马。那马后来怎样了?据说是一匹枣红大马,三爷之前尚未有人驯服过。马必须先经人驯服才能做活。但没有人告诉我关于马更多的事。

大人说,马金贵,娇气。力气大但耐力不如驴,不知省力。速度快但不如牛听话。大人说骡子好,又分马骡和驴骡。

记忆里存留更多的,是小时骑牛,骡子,驴。某次骑骡去五里外亲戚家还骡,那骡高大神俊,我一路幻想是骑马。它进村就狂奔,我像块小石头般被颠得不断高抛起来,死死抓住它脖子上的鬃毛,不跌下来,心想若跌落它蹄下就完蛋了。它是缘于回家的兴奋,直奔它家。那村我有十多家亲戚,我原本还发愁弄不清哪户呢。糟糕的是屁股磨烂了,股沟间流血不止,很长时间才好。

拖拉机出现后,马忽然没有了。再后来,牛,骡,连我讨厌的驴都失踪了。有一阵,狗也全不见了。我总觉是那冰冷的冒黑烟的怪兽,把生灵全部吞噬了进去。它也吞掉我一个发小。那发小常跟我在打麦场上玩摔跤,胜负参半,但他高大、齿长。我矮小,小他三岁。他辍学早。我初三时他买了拖拉机,夜深开到沟里去,毙命。人们说他完全可以逃命,他只是不舍得放开他的拖拉机。他身子在别处,胳膊和手在方向盘上。

## 10.马蜂蜇

乡间树上的马蜂窝。被马蜂群起而攻之的话,是可怕的事。

完蛋了。被蜂蜇了一下,瞬间穿越回到童年。不同的是小时我要撬蜂巢偷蜂蜜,现在是蜂来偷我葡萄。这是报应吗,但干吗总是我要挨一下?

早已忘记小时被蜂蜇的感觉。那么现在忍痛记下来。请没被蜇过的朋友学习一下,也请被蜇过但早已忘记的朋友,重温一把这疼痛。

上午剪园里花木疯长的枝条,它们荫得院里一片暗,葡萄也见不到光。用力拽一个剪断的、很长的枝条,左手无名指扎了一下。以为是花木刺,打算不在意,但越来越疼。就在我脑子里刚想完可能是被刺扎的时候,手指已变成剧痛。

我仔细看手指，看不出伤，找不到那个小针眼一般的孔。用眼镜布擦亮眼镜看，仍然没有。我还能知道被蜇的是哪根手指，但做完这些，已分辨不出是手指上具体哪个地方在疼。整个手指都疼，已经肿起来。这疼已不是起初尖锐的刺痛，而是变成一片，迟钝的疼，它像个小磨盘一样转啊转，转过来了，是狠狠痛一阵，然后转走了。你得等它再转回来。它一定会转回来。

小时被蜂蜇，用一种叫刺蓟的草挤出绿色的汁液涂上去，立刻就好。但我园里，哪有家乡的那种刺蓟。干疼，没有办法。已经变成头疼了。疼得人转来转去。眼睛瞥见书架上放着的一盒神药：阿里山药膏。这去年底牵着老虎奔跑，它一下子狗链绕住我，于是把我放了个小风筝，落下来在地上膝盖蹭着近十米远。我穿保暖裤和牛仔裤，左膝盖上裤子全部烂掉，扯开来，膝盖上的皮没了，肉蹭得一大片也没有了。有朋友说你赶紧去医院缝啊。我苦笑，没有肉，咋缝针？简单消毒后用各种云南白药或撒或喷。但是好不了。会结住瘢，但一动就裂开。迸血，后来化脓。快一个月每天在家赤一条腿坐着，哪也不能去。后来有朋友送我这个药。抹上后很神奇，不结硬瘢，故而不开裂，一周就好了。

那个被老虎放风筝造成的伤，也远不及这个被蜂蜇的奇痛。现在胡乱拿这个药治蜂毒吧。挤一点上去，似乎好一点，或许是心理作用。

趁这个当儿记下这些。蜇我的应不是蜜蜂，而是一种很长很大的细腰马蜂。常见它们偷葡萄，把葡萄咬得掉落下来，一串一串，只剩果蒂，上面留些残渣，还能看出原本是一串葡萄的样子。它们倏忽往来，忽然鸟一样拔高不见。带臭蛋的阿姨说，去年她家亲戚，一个四五岁的小孩，被马蜂蜇了几下。孩子很快上吐下泻，几近昏迷。

蜂蜇是可以用力承受的疼。童年时被蝎子蜇，那就完全疼得人崩溃了。是至少十倍于蜂蜇的疼。我到现在都惧怕蝎子星座的人,无论男女,躲他们远远的。

也有人被蝎蜇并无太大反应,我姥姥便如此,夏夜她在墙上蹭一下就蹭死一只蝎子,我母亲告诉我时我惊呆了,我姥姥真乃神人也。我姐姐多少遗传了我姥姥的本事。蝎蜇她,她似乎不要紧。也疼,一会儿就没事。她女儿就差一点。姐姐家以前住院子,地势低,蝎子很多。就是说以前她经常被蝎蜇,夏天换鞋,都要先抖一抖看里面有没蝎子。被蝎蜇疼不疼,似乎与人的血液有绝对关系。这也是件不可解的事。

唉,我今天也感谢一下蜂吧。在文字里留住它蜇我的疼痛。秋风已起,眼看那些偷葡萄吃的蜂,也没几天好日子过了。

写作是唤醒记忆的过程。我姐姐说,为啥小时那么多事你记着,我全忘了啥也不知道?

我想告诉她,我记忆力也没那么好,多事已忘光。但在忽然的契机下,曾历的某事便栩栩如生而来,像正在发生。比如今天的蜂。

写作需要不停地唤醒记忆,也会唤醒记忆。留住记忆。有的是因个人而及于人类普遍经验的记忆,有的是民族记忆。它们都重要。我有时看动物或丛林里没有文字的原始族群(没有不敬之意),会想到一些事,觉得他们进化、进步缓慢,是因为个人记忆、个人经验和族群记忆、族群经验,没有文字可以保留、传承、延续、反思。

人类有赖于以文字记载记忆、留存记忆。这也可能是文字的价值。史上那些焚书、禁书、删改诗书的恶贼,几可视为阻止人类进步。其罪其恶,不可饶恕。

## 11. 伤蜘蛛

春日朋友聚会，带一束花去。斜在桌上的是一棵名叫蓝雪花的花，整株送朋友了。一月后他说："这个花开得我心烦，每天开一年如此，我怎么办啊？"

雨瓢泼，下午昏黑如夜，旋即放晴，但无前日双彩虹。

大门口旁边闲置地空中，一只大蜘蛛趁着天光，默默修补被雨滴撕烂的网。

晚上约11点出门遛狗，看见大蜘蛛已经重新补好了网，看上去非常精致。

勤奋，神速，质量高。向蜘蛛同学学习。

次日又大雨，午12时左右出门取快递，蜘蛛网又只剩残丝，蜘蛛也不见了。

这正是一只令人悲伤的蜘蛛。我忽然想到我一个近十万字的长文档,它也不见了。

有只堪称硕大的蜘蛛到处胡乱结网,赶了几次又来。某日有怒,举笤帚欲拍,挥下一半在空中停住。留着吧,不宜小恚杀生,况它是益虫。

只是它太丑,丑陋,丑恶,丑得让人不想看到它,丑得让人不小心看到竭力想忘掉。它的脸太像魔鬼。

微信里有朋友说:很小的一个哺乳动物,因为小,把自己扮成狰狞的模样。所有自卑者都如是。

它把网拉在我必过的路上。没办法,我拆掉网。它拽着一根丝滚落地上,立刻缩起来,成小圆球状。像块灰黑的小石子。

轻轻踢一下,它骨碌骨碌滚,还是不动。它真能装。

我吓唬它,蹲下冲它吹气,它忽然伸出浑身腿,瞬间大了几圈,以不可思议的速度飞蹿。

它动的刹那间骇着我了,我险些跌坐地上。

此时回想,它应是还向上微跳。它满身的脚在片刻间尝试探向所有方向,迅疾选定一个它认为安全的向位,一下子不见了。

看来它真的向上跳了。有人告诉我,它可能学名叫蝇狮跳蛛。它是蜘蛛里的狮子。

## 12. 偷毛桃

寻古树去拜，在山间见到原生态桃子，品种也是老品。太好吃了，童年的味道啊。只是吃时需小口，因可能有虫。不过朋友说，桃虫和虫砂有大营养的，作为药可治某病。是难能觅到的珍贵药材。

想起小时偷桃。攀墙上房都不是难事。一件勉强见出白色的二股筋背心裹一块小黑炭，夏日正午满村包括邻村小子弹一般乱飞。二股筋背心下摆掖进短裤，上树摘那些毛乎乎的青桃。塞满裤兜，接着开始往二股筋背心里塞。又着急又紧张，哪里知道痒。

鼓鼓囊囊再翻墙出去，困难许多。二股筋里的桃子满地乱滚，一边捡一边掉。等跑回去，桃毛蹭得满头满脸，裤裆里怕也是有了。

旧时品种的桃，须毛多得惊人，光中它们招展，宛若软刺。

在家中院落，安全了，开始痒了。浑身挠得出血，仍不能解痒。那痒钻到心里，就在心尖上那么一点点，怎么努力也挠不着。

多少年我都对桃过敏，看见就痒。

现在报应又来了。刚才吃一颗大桃，现在眼睛痒。痒死了啊啊。

## 13. 女如鞘

月出皎兮……劳心悄兮。

明月总让人想到故乡,也想到美好的女子,总之与情有关。那流泻的月光,是深情或者冷漠,是切近或者遥远,是无上的、无微不至的悲悯,或者只是茫然。有一段时间,喜爱明末作家张岱作品,尤爱他不断写到明月的句子。

今天读到一个句子,未知是谁诗作:

明月易低人易散
归来呼酒更重看

无端心中一沉。还是以别物来喻男女之情吧。

好女人如刀鞘。再锋利的剑器,遇她也寒芒尽敛,垂头低眉。剑那般刚硬,冰冷,凶猛,却需要她保护。他安静地在鞘的暗里,把凉缩入鞘的暖。他也惧怕霜露之寒浸入。

而以剑之锋利,却也不能伤她。偶尔夜深,剑感天地之杀气,在鞘中啸叫欲出,鞘不理他。他竭力的嘶吼被收了去,只有微弱如呻吟声传出。他只能弄出振动鞘的小动静来。他哼哼唧唧一阵,也只好默然了。鞘安然于壁上。

在岁月的磨难中,我很荣幸见证了一些朋友,各自寻找到宿命中等待的东西,渐渐刀鞘合一。祝福他们。有一对男女双方都是我朋友的。你们是否打算秋天就给我喝喜酒?

秋有大好长天啊。

## 14. 木有梦

　　十个月孩童的父亲
　　站在十月份的路口
　　落叶如雨向他埋下
　　十里之外的枯叶
　　悄然向他聚拢　深及腰身
　　我看到孩子在枯叶上漂浮
　　他嘎嘎的笑声在风中回荡
　　在黑暗里与树根缠绕
　　他手里玩着一枚石子
　　　　　　　——摘自旧作《无题》，1997

　　玄武先生在一个清晨醒来，回想起经历过的所有草木。它们在他的生命里生长了三十余年，有一些已经彻底枯萎、死掉和消失，转换成别的事物，另一些仍在壮大；玄武先生不经意间想起，不免有很深的感喟。现在，那些草木将构成他野心勃勃的写作。它们像梦境一样恍然，——经历、写作，偶尔它们也起伏在梦中。那些为所经历的草木、正在经历的事物也如此虚幻，随时散发在虚空中，成为虚空和构成虚空。玄武先生想到这些，这些都是尘世的幻象，是幻象，包括玄武先生自己。

　　他生活在中国的太原，一个肮脏的城市，草木稀少，人民面容疲惫晦暗。他在这里生活了十多年,有时他悲哀地想到自己的植物性,想到自己正在变为一株树,因一些根正在扎下,仍在向深处伸展。很多次他挣扎着要逃离此间,他的枝叶在风中摇曳,向地上所有方向招摇,远离这片泥土,但他仍然随时感到根部的疼痛。已经扎下的根不会移动,不能移动了。在深夜,他感知到那些根须,它们在黑暗中向不可知的方向探索,抽搐;他感知这些,也记录这些,渐渐变得哀伤。

"树犹如此。"玄武先生听到从无法测知的时间里传来的自言自语,苍凉而且苍老。像远处大木隐约传来的不明意义的悲啸,在此刻更像他自己的声音。他觉得自己老了。多年来反抗反对的事物环绕在他周围,他却已习惯沉默,不再反对,甚或也不屑于和解。

他在叫桃园的地方上班,这样子已经多年。他曾为此愤然不平,深恨自己如此,是对生命的侮辱;如今他偶然想到曾经的念头,开始觉得那是一种自我嘲弄。桃园并无桃树,玄武先生骑车走滨河路来到桃园,来到三巷,路上一棵桃树也没有碰到。他经过的河流已经枯竭,他知道它曾经无边无际,叫作汾水,在公元2003年时候,它有了一些水,是人工堵住河床两端放水进去。玄武先生想到蓄水不足两年,已出现二十多个投水自杀成功的厌世者,那些亡灵最后的气息不断在水面纠集,被风吹来,又腥又咸。他的心理开始灰暗。他抄近路,路过一座窄窄的铁桥,桥边有目光呆滞、一脸木然的养蜂人,他风尘仆仆从遥远的乡村赶来,携带着几箱在城里无处采花的蜜蜂。桥下面是污水沟;再经过一截高低不平的土路,就快抵达了那个他需要常去坐下来的地方。

这一块地方的确曾经桃花盛开,一巷、二巷、直到四巷,也许还包括四巷以外的其他地方。这些是玄武先生后来知道的事,那时候玄武先生还是别的事物;是他在不断去坐下来的时候想象到的事,他用它来反对无聊的现实,不厌其烦地做这个游戏来忘却现实。他愿意生活在桃花盛开的梦里。那些桃花,连叶子都等不及长出,就在料峭的寒气中开放,像少女脸上绽开的春情一般无边无际。丑陋粗糙的黑枝干和轻柔的花瓣,那花瓣为风轻率地撕碎,那花朵连香气都不及散发就已凋零。玄武先生想到这里,看到一只硕大的绿头苍蝇在阳光里飞舞。

他想念别的事物来忘记这些。想到一棵真实的桃树,他在一次游戏中,在春天的野外发现了它。只是幼苗,像一棵弱草那样的小,他掘土刨根,那柔弱的桃心涨开桃核,他用桃核周围湿润的土,将桃树的小根抱住,捏成土球捧回家去,将桃树栽在院子里。有一年他突然发现它已长大,绿意葱葱。他没有看到桃花开放,其时他出门在外;他没有看到它子已离离、桃果满枝,那所院落卖掉,有一年他去看时桃树已经不复存在。

这城里有很多古槐,它们高大,历尽沧桑而缄默不言。中国最为盛大的王朝自此城肇发,许多古槐被尊称为唐槐,夜间有人向它们进香,祈福禳祸,将写着感恩字样的红绸披在树干上。玄武先生偶尔想到一个名字,一个名字所代表的具体的人,那个叫李世民的人,他尚且年少,在某一棵槐树下拴马,某一棵槐树下乘凉,饮醉了酒在某一棵槐树撒尿。他深夜纵马疾驰过街道,在马背上纵身扯下槐树的嫩枝条。但这些都已消散,仿佛不曾存在过。玄武先生的旧居在狄村,那里是书生和名宦狄仁杰的故里,至今有一所狄公公园。但玄武先生在其间并未曾结识姓狄的人。他在一段时光的晨昏时分,偶尔时执书卷去公园里诵读,浓重晋南口音的读书声一边发出一边消失。

多年以来,玄武先生在冬季的寒风中凝望那些树,它们在灰暗的天光中裸露黑色的枝丫,枝条晃动,仿佛在时间中惊心动魄地挣扎,他听到它们没有出声的嘶喊。在深夜的大风中他听到枝条猛烈撞击,发出铁器碰撞肉体一般的钝声,听到令他心惊肉跳的断裂声。有时候它们披满了雪,雪霁天晴,那些披在槐树枝条上的雪并不化掉,很长的时间里执拗地存留,积上尘土,变得肮脏,在肮脏中闪着寒冷的白光。

南风吹来时一切结束,槐花一树一树细碎地开放,在暮色里浓郁的芳香弥漫,行走时仿佛可以带动它的香气。这时候玄武先生宛如重返大学的校园,它就在这所城市的南面;他已经多年未曾跨进去了。那里有许多枝叶茂密的高大槐树,它们的根感知过他无数次的脚步。玄武先生也记起紫丁香,它们在暮春的雨夜里香气浓烈,宛若在雨气中升腾。他记起正午的郁金花腥香苦涩的气味,它像对一场爱情的隐喻。

往事开始栩栩如生,他记起更为遥远的物事:薄暮冥冥,村庄笼罩在槐花的芳香中,他记下这些,它们远比现实真切。他提着菜篮子爬上槐树,小心翼翼地避开槐枝上的尖刺,采摘一簇一簇饱满的槐花,一边将它塞进嘴中咀嚼,母亲要用花朵做一种叫姑怜的晚餐。他在雨后用力蹬槐树的主干然后跳开,看槐树枝叶上急雨一般的雨水落下,砸在不及闪避的同伴身上。有时候他在雨停后爬上槐树,槐树的树皮有长而整齐的裂纹,粗糙,黑湿,有些滑腻。他要脱掉鞋子手脚并用。他折那些脆而嫩的树枝。槐叶椭圆状,轻薄,透光,是兔子最爱吃的食物,它们会连槐枝的树皮一起啃掉。他一边做这些一边想兔子,兔子进食时的沙沙声令他快乐。有时候他骑在树枝丫上,将槐叶放在嘴中吹响。那是一种单调、稚嫩的声音,仿佛在空气中颤抖着,童声一样奶声奶气。偶尔他会不快起来,想一些伤心的事。他一直记着他爬着的这棵槐树,大姑父曾在下面吊死了他的狗。那狗多少次跟在他后面,跑在他前面,为他驱赶黑夜间的恐惧。

这里是玄武先生的故乡,是他的家房舍后面的园子,它在记忆和偶尔的梦中大得无边无际。房屋后面的其他三面是土墙,常为雨水泡得圮塌。墙外面是庄稼地,梯田一层一层低下去,然后是悬崖,有陡峭的小路可以通到沟底,沟底里有庄稼。墙的另一侧是邻居家的园子。因为干旱,园里并不种菜,无非栽北方乡村常见的树。还有一种槐树,方言叫土槐,而长刺的那种则称作洋槐。土槐高大,枝叶疏朗,叶小于洋槐叶,油绿厚实。夏季结束的时候枝叶间会挂上槐米,槐米可制中药。玄武先生对它没有特别的记忆。

房舍正后有两株高大的椿树,一株香椿,一株臭椿。臭椿树的枝叶剑一般挺拔,让他充满奇异的幻想。他会折下嫩枝在手中挥舞,权作刀剑。春天臭椿初长出的嫩枝可以食用,拔掉浅黄的皮下口,黄瓜一般脆,却又有韧性,有一种草木的芳香,含在嘴里却仍觉没有吃到。香椿的嫩叶可以做菜,它在光中闪发油亮的紫色,他把嫩枝掰下来,发出折断的清脆声,他扔下来、扔下来,嫩枝着地时发出轻微的晃动声,像人的唏嘘。有些嫩枝不曾着地,挂在旁侧一棵矮树的枝子上。那可能是一株小楸树,它长得如此之慢,他几乎看不到它的生长,仿佛无法看到自己的生长。楸树、臭椿和香椿,是蝉喜爱附着的树木。蝉蜕几乎成了树的一部分,永远附着其上。

园里最多的是榆树,是他最不喜欢的树,因他常为家人骂作榆木疙瘩。榆树的叶子像洋槐叶一样轻薄,表面生涩,不像洋槐叶那般光滑。有时候他在光中举起榆叶,看它清晰的脉络。有时他将榆叶撕开,看叶子边缘极渗出极少的绿汁液。榆枝柔而具韧性,他掰断长枝制作小弓,但榆枝缺乏弹性,很快他将榆弓弃置一旁。

该说到果木了,他垂涎已久。园子里唯有三种果树、核桃树、枣树、桑葚树。麦子快黄的时候,桑葚青绿的色泽出现红晕,桑葚红了,桑葚不会紫,桑葚等不及变紫就会消失,一段时间里,他爬来爬去的桑树干变得滑溜,他自己都感觉出爬树时较前几日吃力了。他留意到昨日他在一些枝丫上留下等着变红的桑葚,有被鸟啄去的痕迹。连飞鸟都与他争抢这一份美食。他有些懊恼,一会儿又想捉住那不知名的鸟儿,将任何自己舍不得吃的零食喂它。

这时候核桃树已挂上青绿的核桃。他不经意间瞥见了它,并无兴趣。核桃成熟还早着呢。有一次因为好奇他爬上去,摘下一簇青绿的核桃。他用石头砸开,里面的桃仁尚未形成,只有黏稠的透明的糊糊状的东西。他等着里面变硬,每三摘下几颗看,慢慢地忘记了。

重新记下来的时候已经可以吃了,里面形成清脆的、包含水分的果仁。打开核桃困难,青绿的汁液砸得飞溅,在脸上、手上、衣服上,很快变成黑色,极难洗掉。它们很长时间里一片一片地滋着,像对贪嘴者的嘲弄,像恶作剧式的惩罚。从桃核里抠果仁也极为不易,它们紧紧贴着果核;抠出来要把果肉外面的薄皮去掉,连皮吃了几只核桃后就觉得苦。

后来他发明了一种方法:把青核桃扔进火里烧一阵再取出剥皮。核桃皮变得好剥多了,果仁也不像以前贴核那么紧。火中烤过后,剥出的核桃仁散出一种怪异的香,又清又苦,微含甜意。

玄武先生想着这些,眉宇间泛出一些笑意,他觉得那些欢乐仍和他在一起,它们没有消失。他也想到更具体的细节,比如他曾在核桃枝干上刻下自己的名字,他指望名字会随着树木一起长大。可惜他当时的力气太小,等他记起来去看,那些刻痕已看不出了,而树似乎并未长粗长高。他还曾在长在树上的青核桃皮上面刻下名字,但等到来年春天时他才想起此事。

现在他记起枣树,记下枣树。一共两株,风雨后枣花密密积在树荫下面,连同被风砍掉的枯枝败叶。那些闪亮的青枣,渐渐红了,枣叶渐渐落了,落光的时候还有高枝上的枣稀落落地挂着,爬在树上够不着,竿子够不着,风偶尔将它们摘落下来。它们由青红变得红润饱满,变得干瘪,却滋味更加绵长。

更多的植物纷至沓来,逼迫他中止述说枣花。整个村庄的树木向他围拢,向他欢快地伸出枝叶。首先是柿子树,它遍及故乡田野,在高高低低的田埂上站立。主干很低,树冠很大,他三爬两爬坐在枝叶茂密处。他在高处悠荡树枝,听着黑绿宽大的树叶沙沙作响,他爬上最高的树枝眺望远处,他总是眺望远处,却并不知长大以后自己要远离他乡,做一个书写他爬过的树木的书生。柿花像枣花一样微黄,比刺花略大,那时候他并不留意这些,柿花开的时候他正每日想着整个村庄的果树,他知道谁家桑葚红了,谁家的杏树哪一枝快黄了。谁家的桃子已经挂了果,哪一枝已经闪出墙外。他记起在炎热的夏天去偷青毛桃子,是二姑家的桃树。他蹭着矮墙吃力地拽闪出墙外的桃枝,终于爬上墙头,上了桃树。他摘下毛桃,从领口塞入下摆系入裤腰的背心,鼓起的背心使他把着桃枝的手晃晃悠悠。他要跳下来的时候看见二姑,她笑盈盈地在桃树下站着。他无地自容。他还记得大街一侧一枝从高墙上探出来的杏枝,多少次他垂涎欲滴地抬头看它。看它一天一天黄透,盼杏被风吹落。但是他畏惧行人的眼光,做梦梦见别人窥见他跃跃欲试的心理。这些让他感到难言的羞辱。有一次他落过,看到落下的杏。他没有捡起它。他百感交集地看到别的孩子捡起,擦一擦吃掉它。

他充满诉说的热切渴望,不可遏止,他怀念那些温和亲切的草木。记录使他此刻的生命变得快乐。记录开始像植物一样庞杂,茂盛,枝条旁逸斜出。他要诉说最为寻常的事物,要谈到梧桐。梧桐常被种植在院子,人们相信它可以招来凤凰。他无法想象凤凰的模样,多次他试图梦见,但至今没有。桐木喜水,生长速度惊人。三株小桐树,二三年时间后,便在夏日将整个院子遮在它们的树荫之中。枣叶长长的时候桐花败落,桐树的叶子却未生出。微紫还白的桐花,一簇一簇,在清晨撒满院落,家家户户传出扫花的哗哗声,需要推着小平车往出倒那些花瓣。黄昏时分桐花又撒满院子,香气阵阵袭人,随着晚来的空气的清凉。玄武先生越来越多地梦见家乡的院落,他看到母亲弯着腰身,扫那些花瓣,她在他的梦中越来越低地弯下去。她不断驮下去的腰身令他伤感。有时是夏夜晚上,桐叶已经阔大,斑驳的月光自枝叶间疏漏流泻,他爬上平房顶,他抱着他的女儿,她正牙牙学语,他寻找他的女儿,她已在平房顶嬉闹;他坐在平房顶,呼喊女儿名字,让她将凳子和烟卷拿上来,有时是一只打火机。院里灯光,自梧桐枝叶间静谧地漏上。月光在头顶的枝叶间漏下。梧桐枝叶触手可及,他看着院子,对面的厨房里母亲仍在忙碌。他沉默着,心中安静下来,想念遥远的往事,或者什么也不想,心中说不出是伤感还是感动。乡间湿润新鲜的凉风,水一般一波一波涌向他。他静静地坐着,很久很久,直到这一幕不断地映入他的梦中。

现在他记起杨树,杨花飞舞;杨絮遍地;杨树萧萧;杨树在冬季光秃秃的枝干,瘦而硬的枝干,枝枝向上,像那些清瘦而沉默的人,内敛,尊严。他曾多少次厌倦杨树的单调,它们简单的枝叶似乎并不能藏匿什么,甚至连一只鸟窝都不能够。这是一种令人一望见底的树,令人缺乏想象力的树。它们遍及北方乡村、田野,随处可见。有一次他漫步走出家门,走在门外的路上,是夏日的午后,道路两侧的杨树在风中萧萧,他举头看到杨树整齐地排列,延伸到他近视的眼睛望不到的地方,树的叶子在风中又绿又白。他看到树的顶梢,它在风中倾斜,尖端仍指向苍穹,他感到树梢顶部的晕眩。耳边萧萧声不断,唯有这一种声音,是杨树和风的激荡。他觉得这声音无限延伸下去,在他的时间里;无限延伸下去,

种花去

从这条路到那条路,从这个村庄到那个村庄。这萧萧声一直波延到他想象不到的远方。这一刻他突然感触到一种漠然的生机,冷漠却博大,他感到灵魂深处的感动、惊悸和战栗。

这是他所生活的粗粝的北方,凌厉、暴烈、隐忍、深厚,它如此寻常,几乎总令他忘却,他记下他的感恩,像记下太阳、泥土那般司空见惯、不觉其存在和重要的事物。他记下秋天降至的寒意,记下秋风和落叶。大风从黄昏刮到天明,村庄在风中晃动,每天清晨,头顶的树上枝叶会稀朗一些,天空日渐高远。落叶、落叶,怎么会有这么多的落叶?槐树、杨树、梧桐树,大风中树叶像鸟群一样飞舞,但它们有一种赴死般的坚定,向下、向下,又几乎是欢快,当风突然失却,它们垂直落下,砸落地上。偶尔他梦见在落叶上漂浮,梦见落叶的聚拢,梦见无以计数的落叶四面八方,朝他聚拢而来,他站在那里,一边等待一边想着逃避。有时他捡起地上的落叶仔细端详,落叶在三季煎熬中失却水分,不似以往那样充满汁液;颜色变得枯黄,有些叶子则是绿意葱葱中泛出枯黄。另一些干瘪,轻轻碰一下叶片便碎裂。所有的叶子呈现一种令人心碎的安详。他记起一年来到极北之地,在哈尔滨,时值中秋;他一人在一家小店的二楼饮酒,望着窗外,窗外有一株他不知名字的大树,绿意盎然,枝叶满身。他等着月亮在枝叶间冉冉升起。但起了大风,刮得很惨,他闭上窗,听大风在黑暗里撞击一切,从天上到地下,让无生命的物都跟着它狂暴地吼叫。它摧毁,破坏,让混乱的更加混乱,摇摇欲坠的彻底崩溃。他不能无视它的存在,不能思想也不能成眠。他觉得他已经被卷入其中,已经身不由己。整夜整夜,在似睡非睡之间,他觉得他和他居住的房子被大风刮走,在黑暗里飘浮、上升或者下坠。青春的血气淡了下去,他有了恐惧。第二天起得很晚。拉开窗帘,阳光猛然涌进屋子,推开窗户,他一下子呆住——窗前那棵树、那棵昨天还树叶茂密的

## 伍

大树,现在一枚叶子都没了。它赤裸裸地站在那里,像他曾经梦见的、自己赤身裸体地站在熙熙攘攘的大街上一样。

春天时也是风,昏黄的、空荡荡的风无休无止地呼号,不舍昼夜,似乎必要完成什么才肯罢休。它包围、贯穿一切有生命无生命的物。不能思考,不能走动,家中阴寒,他静坐在火炉旁呆呆出神,心情的败坏甚于秋冬。大风渐止,门外已泛起森然的绿意,空气腥暖,有一些气息在上升的过程中,散发无边的寂寞和无奈。"可怜四月阑。千里一时绿。"他莫名地暗诵这个句子。它写尽他生命中某一时节的心境。

"江南草长。杂花生树。群莺乱飞。"他曾多少次梦想江南,真正成就他的却是这北地的苦寒或者暴热。现在他走向田野,田地并不平展,高高低低延伸向远方,然后断裂,在深壑的另一侧重新开始。先是冬季,光秃秃的田野任风肆虐,毫无遮拦。无边无际的黄褐色掩藏一切生命。田埂上高大的柿子树在灰白低压下来的天空中伸展,留下铅黑色的剪影。低矮得几乎看不出的冬小麦蛰伏着,麦田的上面一片枯黄。除此以外,再无任何作物。田埂上的枯干野草在风中瑟瑟发抖,他偶尔拔出野草,多半野草折断,如果带出根须,可见它的根仍然顽强地活着,苍白,干瘪,包留着最后一点湿润,像竭力掩藏起来心中最后的温柔。这也是它最为柔软的所在。突如其来的一场大雪,将一切埋葬得干干净净。天地呆白,一眼望去,心中茫茫。

雪一点一点地融化着,夜间的雪水越来越黏稠、缓慢,从木质的屋檐下滴滴下落,却终于凝固,成为冰凌。雪水会沿着院里桐树的枝干缓缓流下,有一些渗进树干的裂缝,另一些一直流下,渗入了树根。房舍背面的屋檐上积雪长久而阴冷,田里的麦苗从残雪下面探出绿意了,春天了,屋檐上的积雪仍然存留,然后,它们自己在某一天消失了。他只在次日早晨,感觉到屋后地面泥土的酥软潮湿。

有两种野菜,混杂在冬小麦的田垄里,一为念荠,一为刺芥。它们和冬小麦一起,挨过漫长的冬季,在寒风中执拗地绽放那一点点瘦弱的绿色。它们紧紧贴着冰冷的大地,为吸取干旱的土壤中极为稀少的水分。春天来临时它们茁壮起来,从田垄蹿到田埂上,甚至土路边、土路上,它们是春天到达的最早的信息。他挎着菜篮子采摘它们,用镰刀剜开它们周围的干土才能揪出,否则再用力拽,也只是掉下几片菜叶子。嫩的念荠和刺芥可用来做酸菜。

这是一年初始荒野里最早的植物。刺芥很快蓬勃起来,每有微雨,它霸道的叶片会闪出麦苗,突兀地闪着油亮的光。它叶子边缘的尖刺开始锋利,开始坚硬,采摘时一不留心便扎进肉里,渗出一点一滴的血,血很快被它绿色的汁液堵塞。有一次他为成群的土蜂追逐叮蜇,他掀起衣服蒙住头部,脖子上却趴满了土蜂,他终于逃离的时候,脖子被蜇得比头还粗。疼痛开始由钻心变成麻木。小伙伴们从菜篮子取出那些刺芥,挤它的汁液涂满脖子;黄昏回去时已经感觉不到疼痛了,肿消下去。

野草日渐繁茂,他忘记刺芥。黄昏时分,野草披上露珠,渐暗的天光中,沟壑附近,无数草花在绿意中闪烁明灭。他只记得为数不多的名字,打碗碗花、牵牛花、蒲公英花、狗尾巴花、野菊花和野荞麦花、野田瓜花、西瓜花。万物生长,田间作物增多,每天都看到不一样的景象。在清晨的日光中,小麦飞蹿,似乎能听到它们拔节时发出的沙沙声。先是麦苗挺拔,过几日已生出麦须,麦芒,大片大片的麦子在光中展露它们锋利的麦芒。一阵热风过去,麦子一片黄了颜色,又一阵热风,又一片麦子。家家户户传来磨镰的声音。

他将青青的麦穗摘回家中,放在火里烧烤一阵,再拿出来搓碎麦皮,放在嘴里咀嚼麦粒。清香的焦煳味弥漫全屋,次日齿颊仍留余香。黄瓜、葫芦、西葫芦、南瓜,各种各样的瓜果次第开花,就连西红柿也绽出星星一样的小花骨朵。他在田里发现一棵田瓜秧子,田瓜花正在开败,有的已结出瓜子那么大的小瓜。田瓜不压秧无法结果。他捡几块小石头压下去,胡乱拽几把野草掩饰瓜秧。这是他的小秘密,会使他接连兴奋数日。他太急躁,忍不住经常去看,但令他失望,因田瓜秧子依旧。他渐渐忘却,突然记起的时候跑去看,瓜秧拉了很长很长,上面有空的瓜蒂。他恼怒地拽起瓜秧,不经意提起一只硕大的田瓜,它为雨水冲来的泥土遮掩,埋到了土里。

玄武先生想着这些,他又一次记下原初的快乐。他想到金灿灿的南瓜花。炎热的夏日正午,他听到蝈蝈的叫声,循声而去,叫声时起时歇。它隐藏在南瓜花的周围,它贪吃那些花朵。他在烈日下屏声息气,等待蝈蝈的鸣叫,然而那蝈蝈似乎消失了。他终于失望,要直身走开的时候,才听到它短促的鸣叫,像得意地松了一口气般的鸣叫。这一次他看到了它,他用手掌捂它。但是他吓了一跳:一只虫子先于他下手,是一种碧绿的螳螂,方言叫扁担,因为它扁圆的、泛白的肚皮。他看到它举着头顶的两只绿刀砍了上去,钳住了那只得意的蝈蝈。他把它们一起抓起。但蝈蝈已经死掉了。

他带螳螂回到屋子,观察它的样子。它瞪着头顶的大眼睛,它的肚子冰凉起伏;它举着刀形的前掌,却砍不疼他的手。它似乎并不怎么挣扎,似乎力气远弱于一只蝈蝈。这是一种神奇的昆虫。他的姐姐手上正出瘊子,不断长开去,到胳膊上、脖子上、脸上。乡村土方,螳螂叮人身上的瘊子,很快便治愈。他看母亲拿着螳螂,放在姐姐手背上。她早已开始哭泣,脸转向另一方,螳螂趴上手背时她的哭声大起来,一下子变成尖叫。母亲拿走螳螂。

手背上那只最大的痦子,流出一点血来。但是母亲问:疼吗?姐姐说,不疼,我害怕。有一晚临睡母亲问,我看看你身上的痦子。姐姐看手,摸脖子,说咦,好像没了。母亲在灯下看,真的没了,连疤痕都不留一个。这时候连一周还不到呢。

他又想到一种动物,蟾蜍,乡间叫癞蛤蟆。它出没在一种苔藓生长的阴潮场所。它爬行过的地方,有一种黏土,细腻,潮湿,绵软,没有土的颗粒。这种黏土,可以治疗小儿肚脐疼痛。

他还该述及土豆、蓖麻、花生,述及对着太阳转动头颅的葵花,述及棉花,谷子,高大、长满铁刺的皂荚树,臭蒿,柏蒿,刺球,车前子,果实形似桑葚的名叫破半的野果,酸枣,吾子,述及生长在泥塘岸边和水里的水草,山沟里钻着飞不高的山鸡的不知名的灌木丛,井边的垂柳。但是他倦于述说它们了,他已沉浸在太深的回忆中过久,在那些原初的感动中太久。还当提到玉米,夏季快结束的时候它们高大,绿意葱葱,几乎像小树一样,占据着田野。玉米地里的野草细长弱黄,长得很高。他总觉里面隐藏着数不清的神秘物事。有一次挨揍,他从家门跑出,一头扎进去,他在玉米田里奔跑,身体只及玉米高度的一半。一株株的玉米从身边闪过,经过的玉米不断倒退,前面的玉米飞奔而来,宽大的玉米叶子不停地抽在脸上。地里闷热,汗滴下来时蜇得脸生疼。那些边缘锋利的玉米叶,在脸上、胳膊上划了无数道细小的伤口。他蹲下身去,听着玉米叶子在头顶若有若无的响声,他抚掉头上脸上沾着的玉米花粉。这时候他听到呻吟,看到不远处一对欢爱的青年男女。这令他羞惭,因看到了不该看到的事物。他在当夜里模糊地梦见了这样的场景。多少年以后的夜里他梦到这样的场景,开始第一次梦遗。醒来时他想到儿童时代从那一次梦中醒来时的羞惭。

他越来越频繁地梦到这些,是高中了,春梦不断,有一天夜里

## 伍

他开始梦到棺木。漆得通红的棺木,上面写着白色"隶"字。棺盖虚掩着,眼睛能看到的地方黑暗着。他一合眼便梦到这些,梦到钉子钉进棺盖时空洞的回声。他睁开眼睛,幻象短暂时间里尚且在眼前显现,一点一点消散在黑暗之中。他为这些梦折磨得精疲力竭。有一次他梦到整齐排列的棺木,棺木变成了古铜的颜色,它们的排列,仿佛高中学校的一个坑一个坑排开去的厕所。他沿着棺木不断走下去,是一个斜坡,越走越低;最后面的一具棺木虚掩着,他上前,吃力地推棺盖,一个人从里面坐了起来。他看见那张模糊的脸,那张苍白阴郁的脸,那宛然就是他自己。

多年以前,老但丁正在某一个宿命的时刻走进树林,遇见狼、豹、狮。但这只是他的梦魇,他还需要在另一个宿命的时刻书写它们。多年以后,玄武先生看到了他书写的景象。阐释歧义不断,多年以后的今日,玄武先生恍然明白,真正需要阐释的意象并非狼豹狮,那座树林才暗含深意。

这时候玄武先生想起,还需要提及一种家乡的草木,传说中它叫作迷魂草,生长在坟头,不经意踩着的人会灵魂迷失,围着坟头不知疲倦地转圈子。他看到不远处的灯火,以及风中开合、微闪亮光的家门,他感到正向它们走近,越来越近,却不可抵达,且并无不可抵达的焦躁。他兴致勃勃地做这件事,要听到鸡鸣或者别人呼喊他名字方可醒悟。但玄武先生不愿意对它展开过多的叙述了。他觉得此刻他就踩在这株草上。他已转悠多年。此刻天色将亮,他浑然不知在做什么,身又在何处。

## 15. 樱桃叶

十一月初,院中樱桃树梢。一场大风,这仅剩的叶片就落光了。在此时节,它是时常映入我向窗外凝视的眼睛里的景象。它是我独有的秋末与冬初。

十一月中,樱桃树顶端,叶片红了。

一场大风忽来,叶片就全部抛光。但细看,枝条满是密麻麻的芽点。这些芽点在寒风中一日日丰满,在冰雪中也不停止涨大。河冰化时,它们渐已饱满,在明亮的月夜里闪闪发光。春风微微一吹,芽爆裂出小缝,绿则叶,绿白则花。

它们要发一段呆,像人沉睡很久初醒那样。等啊等,等开花。它们就那样呆呆地,似乎要再去睡个回笼觉,或者已经睡着了。

快忘却的时候,——多半是夜里,它们忽然全部开了。一树雪白,拂来一阵阵苦香苦香的气息。是我满意的奢华的满不在乎的树花的样子。对,就要这样。

这棵樱桃来自太谷的北方果树品种基地,在那里三年,我种了有六年。明年它十岁了。远远年长于臭蛋和老虎。

若花可为妖,我愿妖是它所化。如此热烈的雪白!如此浓艳的洁净!

花下死了算了。但别急着去死,还有期待。还有娇艳欲滴的紫红的大樱桃。所谓娇艳欲滴,这个词只配来比拟樱桃之美。

我一直有纳闷:雪白的樱桃花和殷红的樱桃,如何就这般完美地,统一在同一棵树上?像如烈火又柔情似水的人?像贞洁又春色无边际的女子?

微信发出这段文字,一位叫绫烟的朋友留言:"这就是自然界的神性。如果一个人,穿着绿色裙子,配蓝色、紫色、黄色的上衣,未必好看,可是绿色植物开出蓝色紫色黄色花,却和谐而美。常常赞叹与敬服于自然的奇妙。"

## 16. 腊八节

树玫,自己嫁接,砧木为炼金术士。枝条品名为结爱,日本玫瑰。我钟爱的品种。在枝头为深粉。花型不散,始终包。室内开败后直接在枝头干掉,竟变深紫。剪后依旧成型,馥郁难言。有一年我忍不住,用它做包子吃了。

臭蛋:"太没意思了。外面又冷又有雾霾不能去,只有老虎能去。家里连个香香的大花都还没开。都怪你,懒爸爸,没有把花早点拿回来。爸爸你真是个懒鬼,就会抽烟发呆。"奇怪。此时不见流星成雨,只有漫天云朵,低且安静地垂悬在房顶上。

次日腊八,兼小寒。略无寒意,今年最冷时,不过一夜间零下11度。比去年同时气温高出七八度。地面未冻,狗经常在园中刨出大坑。我哼哧哼哧填了,泼上水,指望结冰坚硬。次日看,老虎又刨开了,还得意地邀功似的看我。寂寞无事又没人理它时,它精力无处发泄,刨土撒气。我于是也有的事做,每日以此锻炼身体。某夜酒高,裸背与它院中摔跤。次日见压坏不少树枝。可怜的枝子,原本明年该有些樱桃的。

老虎摔跤上瘾,见我就扑,我一动它就赶紧卧地。它担心把它从肩上抛下去。

忽然有担心。霾,会不会长入植物的果子中去?那么多的重金属……

气温这般不正常地暖,前阵我疑心地动频繁之故。现在恍然:是因为霾。霾把天地裹了进来,想冷,也不可得了。邻人说,见有些树枝都爆了芽。

晨,霾盛,天惨淡无光。微信里全是绝望。诗人耀珍约往太山,于是与老虎、臭蛋、臭蛋阿姨,去散一散。山门处被拦,不让带狗上山,只好央门卫寄存山下。老虎颇委屈,大概在想:我兴冲冲好不容易坐趟车你平时又不带我,这么远到这里,却把我拴住你们去玩?

离开时听到它在我身后,哇呜哇呜又哭又骂。

山间空气稍好,草木萧瑟之间鸟鸣四起。远望,城市在霾中,不可见。小臭甚好,全程步行上山。跌了多跤,自己爬起,继续跌着上台阶。

山腰亭子处,见一黄猫灵异。不会喵喵叫,从喉咙里发出深沉的咕咕声,像念传说中的腹语,耀珍说它肚里有一只布谷鸟。猫随我们上山,下山它又跟随,送到山腰亭子处它就不走了。据说见有缘者它都如此。

庙中食粥。午间在此食素斋。有菊花酒,忍不住饮一杯。有菊之高香,入口甚佳。寻思自制一点。见文管所所长,他说二十年前,此间尚有褐马鸡。山上有一对老人住着看庙,每天褐马鸡来院里,像喂鸡一样喂食。还有豹猫。后来就不见了。

现在山上亦无狼。有黄鼠狼,偷鸡只咬死,尽其血乃去。

处处如此。微友佳兰发来她的画,说画中很多景物现在都失去了。我想说,看这些画很难受——好比一人,你看完他(她)一眼他(她)就死去。想了想,没说。

如此,一日已散,而随明日来的,依然是霾。世事愈来愈成结,结愈来愈多,而不可解。

微信中忽见壶关乐户今日祭咽喉神,心中一惊。1949年以后,古老仪式基本丧失,民间的庄严肃穆感丧失,不料此间尚有一例。

腊八曾是重要节日。始自先秦的腊祭,古人在这一日祭先人、神灵。秦伯祭河神时会献上自己女儿。屈子的《九歌》,这一日是否也在楚国大地四处吟唱?

古时这一日击鼓,舞傩,驱疫。傩,日本的能剧中可见流韵。我心中常闻金鼓之声,曾经激烈,沉重,而渐趋于遥远,深沉,在寒凉中沉闷。我心中常闻金鼓之声,这一日尤甚。

琐屑一记。去年小寒有诗兴,今年懒得写了。随录文尾:

> 望望不见北归雁,冰河铁车渡小寒。
> 逢蒙弓满后羿背,婵娟兰佩屈子冠。
> 霾落九天杀意起,毒涌赵国生机殚。
> 丈夫欲向八荒奔,直跨长夜逐弹丸。

## 17. 卿云歌

卿云烂兮,纠缦缦兮。
日月光华,旦复旦兮。
时哉夫,天下非一人之天下。

2017到,发我乡党虞舜所作《卿云歌》贺岁,是数千年的古歌了。舜所耕历山属中条山山系,今存舜王坪,为家乡翼城及垣曲、沁水三县共有。

《卿云歌》见于清人沈德潜编著《古诗源》,一册我爱极了的书。又见《尚书大传·虞夏传》。1912年和1920年《卿云歌》两度被定为国歌。

1912年的版本,时任议员汪荣宝加了最后一句,曲子由比利时音乐家约翰·哈士东谱写。未公开传唱,只在国会及一些场合使用过。

1920年的版本另外谱曲,歌词无最后一句。全国传唱,杨绛提到过。时值1920年段祺瑞政府,肖友梅谱曲(《教我如何不想她》的曲作者),1921年7月起全国传唱。

这么有历史感的古歌,搞音乐的朋友,何不重新谱一曲传唱? 第一版的最后一句至今有意义:

"时哉夫,天下非一人之天下。"

## 18. 隆冬至

> 一株名为龙沙宝石的玫瑰,种在院外大门口。叶片覆了薄雪,微微倾斜下来。黄昏再看,枝条顶端已经触入地面的落雪里。

  樱桃树开了雪花。雪微,地暖,即落即化。唯倾斜的树枝雪片可栖落。那些缓慢流动的、绿色的树液,此时节,一定如蛇鳞一般冰凉。它微动而几乎不动。
  花椒树的枝条,落雪煞是好看,如同巧妇剪纸所就。
  院里喷泉小孩仍然赤着身子,不知寒冷。但一夜之间,他竟是也白了头。
  花枝仍未落叶,有一株花,雪压得它快触地了。是龙沙宝石。待春日它怒放硕大花朵时,我又会忘了它冬天的样子。
  有一棵是我亲手嫁接的白色芳香树玫。去年此时嫁接的三棵不同树玫,各择最香的品种,因疏于照料,都开过花却仅活了它一棵。树玖很贵啊,买的话像点样子的动辄数千乃至上万元。不过也好,这一棵恰是我最爱的,留最佳就好。我剪光嫩枝,所有叶片,一直待它沐一场雪然后入室。春节前后,它会昂昂然举一身雪白大花。届时我女儿也放假归来。

一年又一年,我在此地已6年,在此城已27年。对这并非故乡的所在,谈不上热爱或其他情感,我想我永远不会当它是故乡。而我的子女,会把这里当故乡。

我回了故乡,又迫切思念这里。我能觉出,对故乡的情感也在逐年、逐日淡化。——总的趋势似乎如此,但乡思仍会突如其来凶猛而至,不能设防,不可预知,不会断绝。

弹丸大小院,倾注了不少心血,它回馈给我的,远远大于我所付出。念此我总是内心为感激充盈。与土地的亲近影响人的生命观,乃至文学观等一切价值观。四季晨昏的变化映入血液。月光照得血液微微荡漾。你更愿意朴素,直接,那些细微的变化,以及泥土不可测之力使你时时内心悸动。

今年春天院里樱桃树花开的样子,仿佛就在眼前。樱桃,我最钟爱的树种,它有故乡之色、童年之味、青春之清纯与妖冶,亦有此刻落雪之苍凉。

# 19. 边缘处

在边缘处，目光不被虚假的光芒遮蔽，声音不再有和声的同质。人的内心不被扭曲，从而可以映照更多的真实：现实背后的真实，时代深处的真实，人心的真实，美的真实和艺术的真实。但边缘处有非人的冷寂，它甚或不是一场盛宴的暗角，不是烟火之下最阑珊处。不是荒野却更荒凉。人唯有努力，使自己强大和坚忍。

边缘，其实很多时候是主动的审美选择所致，它有其必然性。也会有其必然的结果。让我们更安静，心力更沉着。

我的生活也在城市边缘。这一日去了山上。原本有一处可拍鸟，这次却无一只。正纳闷，拐弯处见一大片斜坡，像巨人的肉划破一般翻了开来。又是在修什么东西。大雪节气，河面上冻，竟也是不能止歇。鸟都躲了。

远处，落日之下，一重重的灰和暗和黑的看不见的深处，乃是城市，乃是人烟。这灿烂霞光，原本该是浸在每一张或美或丑、或老或幼的脸上的。这城叫太原还是别的不重要，面目都雷同，都呈沦陷状。

路过一家养猪的农场，进去看。傍晚时分，猪们不哼哼、不打呼噜，所有圈都发出满意的啪嗤啪嗤的进食声。

城市也是饭点了。

开车。车里散发着下肢沾染的草窠的气息，苦而香。是蒿草的香气，浓烈，安静。它让我不断想起在枯干的蒿草中的行走，伴随着沙沙的细微声响。有时脚下一歪，有时草在眼前一晃。草籽四下里迸溅——肉眼望不到，肌肤能觉出，比如溅入我脖颈里的。

我觉得这种浓烈的安静，渗进我身体中去。

这是另一种书，土地的册页。我越来越多地进入和爱上这样的册页。在这里愈来愈觉得衣物多余，去除它你才能更接近、更融入。

大雪飘飞时，且来这无人处，和老虎裸奔一场。

带六棵小树回家入室。它们必须冻一冻来休息，否则会病，虚脱。就像人必须睡觉。红、黄、白、紫、花色、粉，关键是都芳香袭人，且没有我讨厌的花朵的所谓水果香（与真实的水果香不同，比如有一种叫恶俗名字红双喜的，我嗅其香恶心难受）。六棵统统是取新品枝芽，我自己嫁接而成。

给它们剃了光头。去叶，疏枝。他人爱花，我却觉这鹿角一般的裸枝别具风致。入室一周后，这裸枝便散发树质的苦香气息，树液开始流动，枝条爆出细密的芽点。待春节，它们报我满室鲜花。

败了的花朵，阴干，收集起来。浓香。有朋友酷爱之。它们甚于能买到的玫瑰干蕾。今年春夏送了些给朋友，再搞一些罢。也会用来泡酒。花朵泡制的玄酒，又有一罐可饮了。

这一世要善待花朵、大狗，及自己良知。努力让它们皆安然于世。做错了事也不怕，努力纠正，不要再同样错。做事是努力做你以为正确的事而不是有利的事，对正确的认识也在进步变化。什么也不做才最可怕、最虚无，钻营弄点小利混吃混喝等死，白来世间一遭。

种花去

## 20. 米兰香

室外不太可能开放的花蕾,剪了些回来。水冲,晾干。
泡酒。饮其秋冬凛冽之高香。

停电。室外大霾弥漫,PM值据说超400。
回屋,米兰来慰我,香气郁郁,荡动不止。她像个美丽小女孩,满室走来走去。
米兰之香自带微芒。有的花香铮铮有声,比如九里香,瑞香。其香力猛,在空中延伸,如锋利刀器劈开虚空,发出轻微啸叫。
米兰其香清新,但不清晰,如记忆中渐渐模糊的久远恋人。
香气清晰的是茉莉。永远是茉莉。香得像当头棒喝、大脑空明,香得像少年时蒙住情人眼睛她心头的一惊。
米兰以何香?它析出细微的晶莹香珠。

一束干花,自种品种。插瓶一年,深紫失色,渐变灰白,兀自芳香如故。人类情感,往往都不能及此。
即日又去室外剪花,换新花束。拔去旧花,不禁一呆。去了旧花的瓶,依然是香的。花的暗香,仿佛沁入了瓷瓶。

三四盆兰花已败,春兰,墨兰,某种湖北野兰。对这种轻弱的花不甚有兴趣,开过就开过了,居然懒得去拍。

世事日渐无聊,不可言说。好在有花慰人,有酒醉人。室内目前,开花的只有蓝雪花了。昏灯之下,她若艳得从骨头里发出光泽的美人,目灼灼盯视。我读书入神,觉有人看我,抬头见,吃一惊。

我拂动一下,她摇曳起来,有瓣簌簌溅落。晃动的蓝花明暗闪烁,强烈如岩下之电。

惜无香。窗外,冬雨正潇潇。

檐下滴答之声,急缓不定,沉思时它们似乎消失了。

去室外,雨停,霾也忽然散了。繁星满天,冷得爽极,眼睫毛都冻得缩回去一点。并有白的微云。城深处方向,天光黑里透出灰红。

心蠢蠢欲动,犹如置身少年春夜。野外拍星轨,很慢,再一小时,该就好了。

看到个星子竟然成了奢侈的事。真是搞笑。又想到我的肺可能已经被弄黑了,也不知何时就烂,心又沉了下去。

明日冬至。南方习俗,此日念故人。

## 21. 初雪落

晨至昏，只一瞬。

虫生之一秋，人生之一世，放在久长的时间背景里看，两者区别不明显。共性却大：都短暂，都见过春风、秋月，都有过欢爱（没过欢爱的虫也不算亏），都两腿一蹬拉倒。

虫比人强，可蹬的腿多一些。

既确定人只能活一世，则断不肯把生命拿来苟且。

有人说："苟且不苟且断不由人，比如下岗职工，卖个煎饼也被城管追着打，他们也想移居美国，可能吗？"

答："那样推到极端，无法说事的。多数人多数情况下是有选择余地的。但多数也只是趋利，单项选择。"

落了轻薄的雪，来了点好心情。它像少年时的轻薄，那也是好的。

冷的雪花，是天空凋谢的微小花朵，也是冬的礼物。落地遇物即化，最初想拍照，竟是不能。

此时在三楼房间，窗外已是大雪漫飞，被山谷里荡浮而方向不定的风拂动，乃上下飞舞，忽然又一起纷纷扬扬向西而去。

窗前看了半小时。扔下房间，走了。出楼，却是若有若无的小雪。

原来山前山后，雪势大为不同。

车上还有酒。叫了人，一起去那山顶的寺庙烫一壶去。

## 22.弃死水

一个朋友微信说:"感觉不能再这样下去了,渴望一次真正的改变。这样的生活真是慢性自杀。"

人一定要随时调整和改变自己境遇。鄙人尤其不能忍受无提升、无变化的死气沉沉的生活和工作,它们像无活水汇入的浅水滩,渐渐散发腐臭气息,最后连水分也丧失,变成泥沼。

我年轻时工作的第二个单位,从家到单位步行须20分钟。那种工作和生活一眼到底。我记得当时的绝望感。为了排遣就下棋,上下班有意不骑车,步行,找棋摊,一条条街杀过去。如此一年,棋艺暴长。有一天忽然醒了。坚决不能过这样的生活。以后即便再跌宕也不能继续如此。家到单位的20分钟距离,一成不变跟死了一样的生活,这和一个农民在三亩地里转来转去走一辈子有什么区别?!

很多时候,生命价值不是为了利益,不是为安稳,不是赚多少钱和在单位有多大升职空间。而是:你对生命的体验是否有提升。

我拍拍屁股,走了。辞职不再干。晃荡很久,其间不敢读书,忍着,不写字。但最终发现赚钱和做别的,没有快感只有失落。深处的东西泛上来:我还是需要文字。

从此抛下一切。这一世命定了是书生。不会是痞子、款爷,或者官员。文字长在血里。我以血喂养它们。

## 23.扬之水

《扬之水》，见诸《诗经·唐风》。但北方河流，大多已死亡。浍水我母亲小时上学，须涉大水，或咬牙闭眼走独木桥而过。我小时发洪水，大人捞水里冲下的大木和山猪。浍水也死亡几十年了，宽大的河床里种玉米等作物。

事物相辅相成。不料北方一场大暴雨，这条古老的河流复活了。"扬之水，白石凿凿。"应是清澈的水波，流动在曲沃武公代翼、诛杀晋公子殆尽时期。现在的浍水，却是泥流翻滚。

浍水在翼城，我老家。我老家有点牛。我有时对子辈们说：你是翼城人，要觉得自己有点牛。翼城是中国最早的源头之一啊。这里是尧最早的封地古唐国，中国历史上最盛大的王朝的名字来源于它，今存叫尧都的村子。舜耕历山在这里，今存叫舜王坪的高山草甸，古时这里气候温暖，有象、犀等巨兽，舜在这里驯象。我印象上古有个驯龙的人也是这里人。所谓龙大概是鳄之类的水中猛兽。教人民稼穑的后稷出生在这里，今存叫弃里的村子。诗经唐风，主要发生在这里。晋国最早的国都在这里，在今天的故城村，我老家村子离此不足三百米。中国最早的刑法在这里诞生，战国时翼城冶铁已发达，赵简子铸刑鼎，我以为在这里的下冶村。晋文公流亡天下，追随的贤人基本都是翼城人。史官董狐是这里人，今存良狐村，他确立了珍贵的史学基本标准，也是散文体作品的一个重要尺度。介子推死在这里的古绵山而绝非今日介休的绵山。一人之死天下数千年为之举寒食为节,这样的翼城人还不算牛吗?救孤的程婴是这里人,今存程公村,我小时在这个村住过半年。最早修建太原城的尹铎是这里人,今存东尹村。晋国后来崩裂,战国末年七雄,天下七国有三个是晋国分裂出来:韩赵魏。天下有一少半是晋国。战国末年四公子最著名的信陵君,其最重要的贤士侯嬴是这里人。某年我在历山游荡,见其墓碑,不觉间大惊而遥拜。

嗯,西汉大将卫青,是翼城私生子。其父是这里郑庄村人。就是这样,翼城一个私生子都这么牛。

我爱家乡,像爱月亮一样空洞,和真实。但不屑诉说,我不可能把爱家乡之情,搞得苍白,感伤,无力,无意义地表述自己多热爱但没办法,像人死了唱个挽歌。

我知道很多写作者的无能为力感。对家乡所发生的事,无论身在其境者,还是工作在远离家乡的城市的朋友,太多人只眼睁睁看着各种不可思议的违背常识的变故,爱莫能助。我们主导不了变化,连有力的发声都不能,或不敢。

我家乡发生过可怕的事,它是晋国最早的国都,于是曾有24座古墓群被夷为平地,借口是建铁厂征地。此事当年《南方周末》报道过,然而到今日未见追究,未有结果。涉事官员因贪墨被抓,未听到涉及此事的消息。

天下故乡,其毁坏无微不至,人人故乡莫不如此。

## 24.登佛山

古晋国文物鸟尊仿品上栖落的鸟。鸟尊为山西博物馆的"镇馆之宝",发掘于我故乡翼城县和临县曲沃交界处的天马——曲村晋文化遗址中的晋侯墓。该尊年代可确定为西周中期偏早,为祭祀礼器。

年已乏味,即便乡村。正月初一便无聊,乃登家乡古绵山。家乡翼城,为古晋国最早的国都所在,介子推当卒于此,而非二百公里之外的介休绵山。古人隐居,往往在国都附近山林,犹长安之于终南山。家乡有此一人,令天下数千年为之举寒食,可以风之颂之矣。

然绵山古景尽失,新修无足观。正月初二黄昏,再登家乡佛山。沿途沟谷苍黄,夕照之下,明暗生动如伏虎。山顶大风汹涌,冷冽可断须发。手中三脚架,冷硬如铁枪。山阴积雪没于杂树林,其美难以言说。

佛山因形似坐佛得名。附近存西坞岭,地凶险,有杀气。唐会昌三年,翼城守将石雄击泽潞叛将刘稹于此。抗战中,国军33军83师、10师在此与日军激战三昼夜。八路军决死纵队一部参与。

山顶有庙,原尊真武。清代县志载,有道人骑虎出没于山间,故称坐虎道人。山顶原有一泉,旧时四月初八,翼、沁两地百姓取水,以抬龙王游山为仪式。

政府现承包景区给开发商。庙中祀释迦牟尼。清末尚有虎。国民伟大,百余年来,已灭掉太多东西,凶猛如虎者也不能免。"心有猛虎,细嗅蔷薇。"你心中难道有猛虎?我表示藐视和不信。

佛山属太岳山脉,为浍水之源,众山之巅。诗经中妩媚流动的浍水,曾是不到六十年前我母亲上中学时的难径。河水翻滚,只有一座独木桥,望之如线。有汉子以背人过桥为业。我母亲每次咬牙步行过桥。我仿佛能看到母亲颤抖的腿,打湿的布鞋粘了河泥的脚,看到她额头渗出的细密的汗,和被汗水打湿粘住的一绺头发。

我小时,每发山洪,大人在河边捞山猪。浍水二十年前干了。

种花去

## 25.想种树

> 大雪茫茫,山河浮荡。
> 玄子秉烛,长夜未央。
> 不惑之年,多欲多伤。
> 人生如寄,物朽风飏。
> 舞彼并刀,引尔酒浆。
> 三星在户,月钩吐芒。
> 自昧达旦,复见日光。
> 意存飞鸟,天自苍苍。
> 心飞万仞,思起八荒。
> 白昼易逝,春草易黄。
> 时岁常散,我自昂昂。
>
> ——旧诗《如寄》

### 1.春 风 荡

春风荡,连夜入昼。夜风尤高,黑色的风从天顶呼啸而下,一把抓住那些光秃秃的树梢猛烈摇晃。白昼午后不安的梦中,万物都呈飘浮状。我梦见童年、少年、青年彼此叠加,多少个春天的风互相簇拥,我一边醒来它们一边飘散。

风最终会把所有的日子,吹得无影无踪,干净得像无之本身。但无本身不干净,它是混沌状,也许可萌发事物,也许什么都没有。

## 2.春 雪 起

一冬没有像点样子的雪,春来大雪忽起。凌晨至午时,大雪仍在纷飞。很想约友人来家,对花看雪,以碗以瓢酌酒,大醉而毕。奈何我处,坡大路滑不易行。

那么以花为兄,共来一碗。自种鲜花泡制的玄酒五坛,每坛一百朵大花,每坛分五瓶,这一日是最后两瓶。

好在大雪之后,春又将携千万朵花,前呼后拥而来。

地暖不藏蝎,天暖不存雪。厚积的雪沿屋顶斜坡不断滑下,每过一会儿就砸落在院里檐下的木地板上,嗵的发一声响。每次我都心中一惊,眼睛余光瞥见空中坠落的巨大雪块,总下意识觉是一只大鸟僵直坠落。拙著《唐意象》某章写到某部族的灭亡:"这一年,人们吃惊地望见成群的飞鸟从空中笔直砸下……"

一上午被惊不止,此起彼伏。终于忍不住出来拍它。檐下如行雨,冰凉地钻入后背衣领,急跳急闪不能避开。

女儿发现有奇异景象,急呼我拍照。我看时一呆。原来是地气暖意暖暖,屋檐下疾落的雨线砸落,木地板上升起缭绕青烟,缠绵不绝。

兴不尽,与女带狗入山上雪林。

## 3.紫 藤 幻

春天了,心中总萌动种点什么的念头。我渴慕得到植物从土里冒出的欣喜。我想种棵树,就想到紫藤。我的紫藤被狗吃了,可惜了的品种,一种日本紫藤,非国内一季而是多季。然而那只咬死紫藤的罗威纳犬也丢失了,它的名字玄六还存留在我一些淡薄的作品里。昨友人来夜聊又提到它,仍安慰我,它是被人养不是杀了吃肉那么好的狗。而他的狗……是被人毒杀。和玄六一样的狗,他因爱玄六所养。当时我不在国内未亲见,却眼前总浮现他抱那百斤大犬,在倾盆大雨中葬它的情景。帮忙的一位年长朋友,现今也早已死了。

人生诸事多是如此,已渐渐习惯失去。我想记点小事,下笔处却殷出悲伤。世间唯有无常乃是恒久之物。我还是想种棵树,还是紫藤。然而思忖很久,实在无地可种了。我想到处处荒废的村庄和田野,然而我此时,此处,无地可种一棵树。岁月总能轻而易举地折辱你,总能易如反掌地,让你心中充满挫败感。它总能随时让你不舒服,不愉快,让你痛苦和愤怒。有朋友说:你满足吧,你都在想种树,我连想都不能。

今天,此刻,我仍然想种棵树。我想到某年,常熟,街头,一棵巨大的紫藤缠绕一幢楼房盘旋而上,绿得发亮的叶片微微招展,仿佛勾指示意:来,过来。呆望它足有十分钟,然后被勾了魂一般走近去。我绕着楼房找,终于找见它的根,如此快乐。我比画着,三根粗如我小臂的主干,呈青褐色泽,那青色在褐中隐隐透出,让人觉得它蕴含的无穷气力。我看它根部湿润漆黑的土,连赞土好。朋友说不是,是土地已经被污染成黑色的了。

这个春日上午,雨水次日,我抱着种一棵树的念想呆坐一晌。我想着常熟那树,它的枝叶藤蔓一点点生动起来,绿起来,在微风中飘摇起来。我想种一棵树。人世只如一场巨大幻觉。我想着我种的样子,施肥的样子,它春天开花的样子,一年年长大的样子。

我想着,权当已经种过了它。

## 26.猫花幻

葡萄架子叶子茂密,拽掉一些,终于可以看到天空了。

与虎夜行。髀肉生,食量又阔,需要锻炼了。冬天终日弥漫的霾已去,春风渐暖,外出多些会好。计划每日或早或晚,至少一次徒步一小时。

老虎发现路上异物,发出奇怪的叫声,抬头望我,意思是叫我过去。一只大猫,已经死了。非老虎所杀,它离我不远,而且老虎不杀猫,会追,但不搏击扑咬。地上小小一摊血,用手机电筒照,血未干。这猫是遇车祸,头都瘪了。我蹲下,它一只眼珠子爆了出来,溅在旁边。

站了一阵,老虎在旁边沉默着,它已经明白那是一个兽的尸体,无意再嗅。风在黑暗里微微作响。我决定把猫葬了。任一只兽曝尸于路,我以为是不道德的事。我路过,遇到,又无急事,不可以置之不理。是微不足道的事，任何人均力能及，我做来也为我满足作为一个人的尊严感。曾见过常走的路上被车辗扁的狗，一摊血迹，还可以看出狗的形状和毛色。第二天又开车路过，它还在，但不大能看出是一只狗。第三天，同样的位置，它只剩一小片殷暗的痕迹。一只活生生的狗，可能临死时连一声尖吠都未及发出，就这么一点一点被车轮辗为粉齑，辗得没有了。这事已有些年头，却始终不能忘。

现在要葬这猫，那么得带回去。手套内侧带胶，不用担心血迹渗入。

提起它后腿来，掂一下，约六七斤重。它直硬着，拿在手中时，尾巴戳了我手腕。我微微一惊。似乎它仍然是活物，我下意识担心它翻身抓咬。它身体里响了一下，或者是我幻觉，我想，有什么东西在它里面，碎了，断了。我得轻一些。

现在我提着猫，一手牵一冲一冲的大狗老虎，穿行在城市忽闪的黑里——刺眼的车灯不时地亮起又暗下。在这样的夜间，我的样子或许有些惊悚，我自己都想，猫在手中一荡一荡，它魂魄会不会也环绕我荡动——那活着时鬼魅一般的，不慎被无辜撞死的猫啊。那些急行的驾车的人看到我，会怎么想？这于我倒无谓。我不大管别人怎么想，只做我想做和认为应该做的事，哪里有心思去顾及他人想法或者去解释。多数时没有必要，有些人则是不配听。

但是，在路过的车辆中，有没有在下午或黄昏辗死这只猫的人，他看到如此场景，又作何想？

我提着死猫，和狗一起前行，忽闪的车灯总是打断、撕碎思绪。我穿过城市的各种污浊气息，汽车尾气，刺鼻的煤烟气，路边不道德的人的大小便的臭味，如果是夏天，还会有街边昏黄的灯下说不上什么东西的食物的气息，还会有臭烘烘的烤臭豆腐的味道,一种我最不能忍受的味道。城市真是人类穷尽智力发明的腌臜所在。

死猫在手中渐渐吃力,需要不停地换手来提,我渐渐忘记了之前的微弱惧意,忘记了猫是否有魂魄缭绕在我手中它身体的周围。在驳杂的气体中忽然嗅到清香,我停顿下来。的确是香气,植物的香气,它在哪里?环顾四周,路边树光秃秃,不见开花之树。路边墙内不能见,那么香该是自墙内而至。

在这样一个谈不到愉快也谈不到沮丧的春夜,一只死猫,一阵清香,共同构筑了我的记忆和部分经历。它微不足道,却会在记忆里延深。

将死猫葬在我园中,再两个月后,花开,死去的猫的身体就已经幻化为花朵,为其香,为其色,为其怒放。生命无常流转,我宛若触摸到了那隐秘的循环之道。

# 27.缓缓归

## 1. 老家带来的3种药

第一种,柽蒿。对肝极好。可晒干当茶泡着喝,可做拨烂子。老家有初生儿黄疸值偏高,产妇不愿给孩子吃药,自己喝柽蒿泡的水,小儿黄疸很快正常了。

第二种,蒲公英。消炎。晒干泡茶。尤对妇科炎症有好疗效。当然要经常服用才有效。很多治疗妇科病的中药里皆有蒲公英。写到这里,突然想起一次上火,喝牛黄丸,五天后满嘴泡,再看药,剩一颗了。仔细看,错了,我居然喝的是暖宫丸。

近日回老家,饮酒、吃辣、抽烟太甚,扁桃体肿,低烧,猛喝蒲公英茶。

第三种,车前子,方言叫猪耳朵草。也是晒干泡茶。对男性前列腺炎有疗效。以前晋南农人种地,带一大罐水放地头,农民没钱买茶,地里拔一把猪耳朵草扔进罐了事。话说三个农民歇下来喝这个水,开始比赛。一个说,我撒泡尿,能打烂桐树叶。他解开裤子,果然打烂了桐树叶。第二个不吭气,站起来对着杨树叶开始,打烂了杨树叶,得意地提裤子。第三个说,切!你们那算个鸟!解开裤子,冲着柿子树叶一泡尿打过去,打烂了柿子树叶。有农村生活经历的人都知道,柿子叶油亮厚实密度大,要一泡尿打烂它,那得多么强大的前列腺啊!

话说回来,那强大的前列腺,是喝车前子喝出来的。

应该认真读读本草了。读了几年,我几乎把它当神话来读,把它当古代社会的小百科全书来读。一本快乐而又荒唐的书。但是我忽略了它的主要价值。

## 2. 故　乡

没有闰土,魏连殳,
没有长妈妈,祥林嫂。

每一次返回,总有人不在了。
总有些人出生,我同样看不到。

那时他们谈论麦子和苹果园,我觉陌生。
现在,他们说着我在城市每日听到的话,
钱,离婚,县里歌厅的小姐,
我熟悉他们谈论时发亮的眼睛,脸上闪烁的油光。

## 3. 民办女老师

小学三年级,她来到我们学校。
我冲她撒尿,
她脖子都红了,扭头而去,
她的红围巾在风中向我招手,
送来一阵好闻的雪花膏香味。

第二天,她没来学校。
第三天,直到第四天,
我们才见到美丽的女老师。
村书记找到我家,跟我妈说,
管好你娃。把老师气走,
咱村就没老师了。

一年后,女老师嫁给村书记儿子。
我挤在大人堆里看新娘,
她在疯抢的人群里喊我,
她挤到我跟前,紧攥的手伸开,
是一粒喜糖。
我伸出的手落空,另一只手抢走了。
人群簇拥她挤向别处,
我再没能靠近我的女老师。

零六年回乡,听人议论,
女老师当了媒婆。
她每晚骑电动车,驮着女人往来附近村落。
那些女人,城里叫小姐。

## 4. 秋风起,缓缓归

秋风起,缓缓归。明日携臭暖、臭蛋、玄六,与臭蛋妈、二老、妻姊膝下小厮,入古唐国、古晋国、古灞国。老家文友联系,共谋小微醺,不大醉。

院门外,菜地的菜长得不错。回去要带点。进院,门楼下一只小青蛙瞪着大眼睛迎接我。它好像有点瞌睡了。老弟说,大门口时常有刺猬出现。我赶紧去找,没见到。或许车灯晃得它逃跑了。

第二天,拍各种草,识别一些常见草本,很美妙。

天啊,有一个老家,是多么幸福的事……即便诚如梁鸿兄所著,天下村庄已千疮百孔。城市长大没老家的朋友们,你们慢慢羡慕吧。最后一棵是刺芥,小时捅马蜂窝,被蜇得头肿如斗,意识有点糊涂。小伴们赶紧弄这种草,揉出绿汁液来满头涂抹,一两小时就恢复正常。

附近有两棵树灵,上千年的银杏树,依然根深叶茂。每次回老家要去拜访它们,在太原也常想着它们。一会儿带女儿温暖去问候它们。

感触一,朋友们以后喝酒节制些。我弄不清排行多少的一个表姐夫,喝酒喝死了,年49岁。我姐夫亲往洪洞料理此事。厂方赔偿38万元。我一会儿去他家里看看。

感触二,村里没男人了。男人们分赴全国各地打工,新疆、贵州、南京、云南、东北均有。连建房这样的村中大事,都是女人雇人操办。

感触三,冒水两三千年的盛大的泉水滦池,快干了。它供应方圆百里的农田浇水,还形成两个大水库。

少时常去游泳,滦池水最深处三五米,清澈一眼可见底。恒温20℃,小时大冬天也在岸边烤了火跳入戏水。但它现在干了,我很悲伤。今年大旱,玉米矮小,近半月始有雨水。

## 5. 封　桐

房后桐树茂密。剪桐封弟事见于史记,是关于晋国开创者唐叔虞封于翼的故事。老家桐树比比是,户户院落均有。太原桐树何其少。

这村子隶属另一叫故城的村,著名的晋国国庙原本就在此地,也就是现在太原的晋祠。北宋时村里仍建有晋祠。今人仍建有晋祠,但简陋无甚可观。主神唐叔虞是一位佑护人造反的神,事见拙著《晋祠书》。我的姓氏温姓出自唐叔虞。

这里风水与太原晋祠惊人一致。有山有泉,方圆沃野百里。太原最早的城池晋阳城,是我老家人尹铎、董安于战国初年所建,建时把老家祖庙同时建起,便是太原晋祠前身。

古晋祠所在的故城村的大水库,水自滦池而来。现在水库将干,库地杂草丛生。

滦池泉水已死,不复存在于世……斯地二十年水势浩大,我有两个发小,戏水时魂魄为它收去。在斯地,有泪随时将出……有女儿温暖同行,硬生生憋回去。

## 6. 树　祖

紧邻故城村的涧峡村,土语叫涧蛤。我初中时一校友坐在火车轨上打瞌睡,被火车斩作两截。事见拙著《八十年代的北方村庄》。

千年银杏在火车轨边。地下水位速降,树根吸不到地下水,树祖风范不再。雌树已多枝枯死。

不尽哀伤。在树下多驻留一阵陪你们。我以后每回家乡都定来拜访问候你们。为今年刚上大学就要去云南的女儿温暖拍照。求树祖保佑。

又携女儿温暖同去滦池。

我无法描述我心中的震惊。这泉水两三千年里,供应方圆百里的沃野浇灌。我二十岁时,它仍然清澈见底,泉眼冒水昼夜不舍。但它现在彻底死了。

哪怕像太原晋祠,架泵从泉眼里抽水也好啊……但不是。溇池里的绿水是从别处井里抽出引来的水,水中人工养殖罗非鱼。原来的泉眼在池底,但现在池底被水泥抹平了。泉眼彻底被抹在水泥下面。

## 7. 年少轻狂

我多年对家乡无甚感情,是因为儿时总搬家。现在这村子是我上高三时家里才搬来的。高三一年我没上学。因为我的所有课本、所有饭票等全被偷走兼早恋,愤怒陡然发作,接连半月,提棍子揣刀,追打欺负过我的教工子弟和欺负过我的有势者。据说有一个被打得头上有七八个窟窿。

学校开除了我。这一年我没上成学。高考时家人找关系,在另一所中学给我报名参加高考。当年只考中一个区区山大。我不肯去,我父亲认为我是因牵挂那个我早恋而没考上大学的女子,拿着棍子满村追我,棍子却并不打下去。

那年我家盖房子,我快开学时正好建起。我好像是这村里第一个大学生。父亲请人来放了一场电影。

当年打架的同学,现在都很好,其中一个成了著名富翁,时有往来。

## 8. 儿 时 事

到今天才来得及一一整理老家图片。看着图能忆起儿时事,放下就忘,赶紧补记。老家这些沟坎,不敢说儿时曾踏遍,但熟悉方圆三里每一处,应该可以说。

在崖上摘酸枣,快摔落时下意识抓电线,被打得滚落崖下。幸亏在崖上……怔怔坐半天,起来拍拍土回家去。家人不知,前年才说给母亲。

多次去池塘玩水,有三次险些淹死,灌了满肚皮水。母亲不知,她的检验方法是用指甲划我胳膊,能划出白印就是玩过水,我就得挨揍。但我回家路上不停地自己划胳膊。到了家,母亲再划也划不出印了。

至今记得淹水吃不下饭的恶心感。两三天吃不下,偷偷端着碗把饭倒给猪。

## 9. 彰　坡

家族庞大,几百户人是有的,散居于翼,近年多迁居于县城。但我其实是个伪乡村人,因家中只母亲一人有地,且地基本送给了村人去种,仅留不足一亩地种菜吃。

这个才是我真正家乡:彰坡。上大坡便是。村以坡名,可解;但坡何以名彰,我至今没弄明白。

来到这最老的老家,去邻居许家阿姨家做客。

奶奶在时,她喊我奶奶做姑姑。她丈夫喊我奶奶李家嫂。我母亲喊她许家嫂。辈分乱得不知该咋称呼。

我叫她姨,回家问母亲,母亲说不对,该叫姑。

看村里风景,女儿很激动,说太漂亮了。

我幼年体弱,每到冬日便咳嗽得让老师无法上课,老师说你站外面去晒太阳吧。初中起到五里外上学,每周回一次。立志锻炼身体,遂每次都背着书包、干粮,狂奔下坡,直奔往五里外的学校。每次汗透衣服。衣服少,只能穿着暖干。所以后来干脆脱衣狂奔,冬日依旧。今日每运动我不喜着衣,盖源于此。

这次返乡,身临其境乃忆起诸多事。遂行遂记,唯恐一旦离去便忘却。

## 10. 村子的小神

家乡满山遍野的柿子树。儿时每到秋天,我便是不吃饭的神仙。吃柿子。有一片地方柿子树集中,约有百棵。我说我熟悉它们每一棵的秉性,有人肯信么。

我曾在树上无意间,目睹树下男女的欢爱……那真是一件令人心跳目眩的事。我不敢动,拼命把自己藏在树叶里,蜜蜂在脖子上蜇也咬牙不动……

事见拙作《木梦》。

那时候整个村子的果树是我一个人的。再无人能像我这样善于攀缘,和偷。我是整个村子的幼王,是村子的小神。半夜我会悄悄起身出门,去多家摘果子。我幼年瘦小,唯手指力大。遇在树上有掉落危险时,单指钩树枝要挂住身体。

村里所有狗对我友好。我去谁家偷果子,谁家狗在暗里对我摇尾巴,并不吠叫。村里有狼,但我甚至不怕狼。一个有月亮的夜晚,我揣着果子走在没人的街上,有个我不熟悉的大狗拦在路中央,两眼绿光。我拿一个果子砸过去,它躲都不躲,我把所有果子都扔过去,它站起来一步一步向我逼近。我不记得我是否喊叫了一声,很快有很多狗四面八方围来,围拢我,向那狗狂叫。那原来是一头狼。

## 11. 老 宅

村里已没亲人,都搬走了。老宅如此破旧。我记忆中它很大,结果却这么小。同样的感慨也发自我六十多岁的四姑,她说,我记得房子特别大啊,怎么这么小了?

村里父老说,我家老宅的位置占的是凤凰头。爷爷遗言把老宅给三叔,但三叔也早已搬走。老宅以前是邻居许家阿姨住,但她家盖了新房就不住这里了。没人住的房子迅速败落下去。

三叔有意把宅子卖了或送村里人。家族一致反对。父亲执意要重盖房子,五个姑姑除已过世的大姑外都同意出钱,小姑有钱就多出些。小姑家的我二表弟在上海,学土木的,还专程实地测量绘了图纸。但随女儿在南非居住的二叔坚决不同意盖,他说你们想弄就弄,我不参与。我死了也不指望埋回村里去,一把火烧了装小盒子拉倒。

大家都说二叔自私。我儿时曾有段过继给他,我也说他自私。

## 12. 家　蛇

老家的房顶,我小时爬上去跳下来过。没事,但第二天开始,脚开始疼,一连一周多才好。

晋南房屋,房间与房顶间有夹层用来置杂物,那是我的天堂,时常爬上去翻得乌烟瘴气。家谱就那样被我毁了,撕开叠了纸元宝。上面还有鲁迅的书,一个个薄的小册子。我记得看过眉间尺。

还有灰白的大蛇。我看见过数次,我惊悸而不敢动。当夜,这大蛇再度潜入我梦里。第二夜,我不敢睡着,担心又梦见它,就数窗棂上的格子。

有一年夏天傍晚,奶奶端着碗在屋檐下吃饭,大蛇从房上掉下来砸翻了她的碗。

这是家蛇,不可以打死的。又有说法它是财神。小姑有一次在自己家铁厂遇蛇,仍是这种灰白的大蛇。她半夜醒来,觉手里凉飕飕,睁眼看,手里握一条蛇。小姑迷信,她听算命的说二儿子命硬,就在老家村里给儿子找了个命更硬的干爹,是一块磨盘,还举行了相关仪式。

## 13. 蝎　子

我记着小时很多事,有一次说给母亲,母亲惊奇到不肯信,说你那时小,怎么会记着?如图,在北房,我记得周恩来死时的事。那一年我四岁。小姑戴黑纱,我也要,哭着喊着要,后来的事忘了。

爷爷在世时宠我,我一直跟他睡。在北房里,我平生第一次也是唯一一次被蝎子蜇,时约五岁。那种疼是后来再未遇过也不知该如何形容的疼。现在想,当时蜇得我意识有些混乱了,嘴里爸呀妈呀奶奶呀乱喊。我从此惧怕任何刺痛,比如屁股上打针。三婶是乡土医生,我大约五年级时发高烧,她给我打针,我躲着不肯,磨蹭一个多小时。这时候突然发现,我躺着的炕上、撩起的被子里,有一个巨大的蝎子。若是我顺从地让打了针再躺下……

把蝎子打死扔给鸡,鸡疯了一般抢。能感觉到空气中陡然绷紧的紧张气息。无论公母,鸡的冠都变得很大,血红。蝎子很快被吃完了。鸡们还在后嗓子里,间断发出愤恨的或快意的咯咯声。

村里父老说,小男孩被蝎子蜇,长大后有可能阳痿。事实证明我并没有。

在北房的左侧,爷爷和大爷爷种着烟叶。我小时候常肚子疼,大爷爷就卷旱烟,说你抽一口暖暖肚子。这么说,我五岁就开始抽烟了。爷爷、大爷爷过世后,我多年不碰这东西。待高三时初试卷烟,我靠,好熟悉的感觉回来了。我戒过烟,每天戒十多次,都后来沮丧,常有失败感挫败感,觉得自己连这样一个事都无法做到。后来索性不戒了,省得闹心。

爷爷过世后,我和母亲姐弟等住东房。我父亲在外地工作。我小时奶奶总吓唬我,说小孩子干坏事,打雷下雨时龙就下来抓他。一打雷,我就赶紧躲起来。有时夜里雷雨不止,我不敢睡着,使劲把身体贴窗下,我觉得那是闪电看不到我的地方,就那样一直蜷着不敢动。

小时怕尿床也不敢睡着,但迷迷糊糊就睡着了。然后做梦,梦里拼命找没人处撒尿。好不容易找到一处,心里说,哎呀,这次可不是做梦。于是肆意地放松地尿啊尿,尿着尿着就醒了,身下热乎乎的。怕丢人也不敢说,就躺在湿处努力把被褥暖干。

## 14. 院里的神灵

院里有一口旱井,用来存天水。后园有一口枯井。这两口井我都下去过。第一次是因为我曾把鱼扔到旱井里,过了几个月我三叔打水时打出一条小鱼来。我很惊讶,决意下去看看还有没有鱼。

我太自信自己爬树的能力了,以为一会儿顺着绳子可以爬上来。我把一根长绳的一头拴在树下,另一头扔到井里,然后顺着绳子溜下去。幸好水不深,到我半腰。我没有摸着鱼,也爬不上去,一爬绳子就忽悠,然后身体摔落下来。井里喊,没人应。我就那样在水里站到天黑。母亲、奶奶找我找不到,发现了拴在树上的绳子,又叫了几个人才把我用绳子拽上来。

第二次下那眼枯井,是因为我的兔子摔落井下,我去救兔子。

儿时在整个村子和村子方圆三里之内,并不过分地讲,唯有一棵树我没有爬过。这棵树就在我家院里,在西南角上,是一棵榆树。它太高了,我每在黄昏出神地望着它,它的树冠在冥昧的天光中没入云端,数不清的乌鸦翔集,似乎是方圆三五里地的乌鸦全飞来落到树上了。我每天都跃跃欲试,想攀到树顶端去,但没敢。我想象如果爬上去,那么多乌鸦一起啄我……

一直到那树被伐倒我也没有爬。我不知家人为什么要伐它,但记得自己一直很不开心又无法左右此事,我也不知自己为何不开心。

伐倒树时,我紧张地在一边盯着看。它从云端呼啸而下,砸落了北房东北角的屋檐。我离得很远,但树砸落时带动的强风让我瞬间出不上气,如短暂的窒息一般。多少天后我依然时常望着院子的西南角,那里空落落的。我觉得院里的一个神灵死去或离开了。

## 15. 冥　婚

老家屋后这棵树的根部裸露着。三十多年前它就这样,现在依旧,没有死,也不见长大。这是一种生命力强大的树。看到它我百感交集,它是故园中几乎唯一不变如昨的物。是棵榆树。

故园的房子背后,有一个二三亩地大的园子,在儿时,它便是我的百草园。现在如图,园子被邻居家盖房侵占了。

这园子虽则只有二三亩地,但它和邻居、邻居家的邻居的园子通着,中间只隔矮墙。一路跳跃着奔跑过去,有二十亩地大的空间。

我家故园有两棵枣树,一棵核桃。它们几乎是我一个人的。枣树果实熟了,摇一摇能落几个,但总有坚韧的枣子在枝头挂着,在飘雪的天空中不妥协地暗红着。我很得意。大我三岁的姐姐和小我四岁的弟弟要吃枣,得巴结我。我于是蹿上去,摘给他们。邻居家园子里有一棵桑葚树,它归我独享。我姐弟们没有吃过。我甚至没告诉过小伙伴们。

我在园里养兔。它们最后泛滥成灾了,只好卖掉。我经常把刚生下几天、没长毛没睁眼的小兔子,从母兔埋着的土洞里刨出来,数数有几只,观察它们。我太好奇了。

有一棵洋槐树,不大,在一个稍高的土坡上。有一年大姑把自家的狗吊死在槐树上,好像还给它灌水。我至今记得那紧张的气氛。一条大黄狗,顺从地被大姑父牵到树上,套上绳子,然后突然开始蹬腿,拼命挣扎,但叫不出声来。

那时候爷爷患癌,村里父老说须吃狗肉续阳。但那时候好穷……

时间应该是秋日微雨的黄昏。在一个光线昏暗的烟雾缭绕的房间,所有人都躲走了,只有我和大姑父。他不说话,只是抽烟。

大姑父养过不少狗。他是爱狗的人。在他家做客,我常见他把自己碗里饭拨小半碗喂狗。我们家不让养狗,若母亲或奶奶看到我把碗里饭喂给外面某狗,我会挨揍。

大姑父过世早,五十岁左右突然暴毙。下葬当日,他养的一条大狗跳入两米深的坟坑,不肯出来。表哥哭着抱出它。这狗活得很长,后来有几日不见,表哥去大姑父坟上找,它老死在坟头了。

我的大爷爷,腿坏着,听奶奶说是十六七岁时给地主放羊,晚上睡青石板,受凉以后腰就毁了。他一生就右手抓着一个小板凳走路。他少年时在地主家干活,听少爷读书,就那样学会了识文断字。他是村子里最有文化的人,善于说故,就是讲故事。我儿时经常见屋里一群村里百姓,央求大爷爷讲故事,有人还带着烟卷递给他。

大爷爷,是我文学修养的源头之一。我约九岁的时候,他非要去后园里种点地瓜,说孩子们可怜的,吃不上点水果。那时候他快七十了。有一天中午,母亲喊他吃饭,到处不见,就让放学的我找。我去后园,见他滚倒在一个斜坡下,只有微弱的呻吟。

村里缺水。一夜暴雨,他是趁雨后去后园种瓜,一大早就去了。他没来得及种,地滑,他就那样摔落小坡下,躺了一上午。写到这里我落泪了。大爷爷知道我最贪吃,知道我为摘野果,常去非常危险的地方。他只是想种点瓜给他的孙儿们,竟遇不测。几天后,大爷爷故去。他一生没有娶妻。约十年前,我父亲张罗,在老家买了一副女人的骨殖与大爷爷合葬,给他举行了冥婚。

这次回老家,我带女儿去坟上,给他们磕头。我也给那个我们不知的女人磕头,请她照料好我大爷爷。回家后母亲说,已经过了七月十五,不知他们能听到吗。我说,他们知道我平时回不来,我小时候他们那样亲我,我带女儿去磕头,他们一定能听到看到。

## 16. 如法炮制

表哥辞掉村长,在这里买了个山沟养羊。他去年的收入是30万,高于我在太原的收入,但我疑心他还是有所隐瞒。这次急,就不去他那里了。

这表哥大我两岁,小时捣蛋。乡村孩子,夏天午睡是趴书桌睡的。表哥于是趁一同学睡得香,把人家小鸡鸡用线绑住,拴桌腿上。老师进来上课,一声起立,剩下的事你就想吧……

这办法好,我如法炮制。我9岁,三年级,拴的是一个十五六岁还上五年级的男生,村里所有年级只一个教室。起立时他疼哭了。

下学我就挨揍。他个高,差不多是我两个的高,但我才不怕他。我被他打得滚地上,就抱他腿咬,夏天衣单,我咬下一块肉来。我站起来拍身上土,看见他第二次哭了。

我咧着被打歪的嘴回家去,等着我的是第二顿打。奶奶和母亲一顿美揍。第二天我没去上学,因为屁股肿得不能坐。

我在村里长到十一岁。得到的最高评价有以下:

一、一位七八十岁的老爷爷,摇头对我爷爷说,你孙子那样的哈屄嘎屄,咱村一百年也就只能出一个。

二、我小学一年级的女老师找我母亲,说,你儿子一下午瞪着我一直看,眼睛都不眨,我有点怕……他是不是要干啥?

三、我奶奶:你就是根搅屎棍。

四、村里小女孩美女:我喜欢你,咱们像爸爸妈妈那样搂着睡觉,长大了咱俩结婚。

五、我大爷爷:你要是在隋朝,可以做瓦岗第二十条好汉。第十九条是丑牛。

丑牛,是我们村一个力大无穷的大汉,脑子有点傻。

## 17. 砍条猪腿

去村里猪场,为我的罗威纳犬玄六弄吃的,这家伙太馋,包子、剩饭不动,宁饿两天不肯吃。猪场有刚生的小猪,每母猪只有共两排12个乳头,每小猪一个乳头。若猪生崽多于12只,多余的就得处理。

猪场主人林奇,养猪20年,是懂猪的人。他的种猪,长得几乎是牛了,咬人咬猪,凶猛,有次把猪栏的钢筋棍居然搞断了,跑得满猪场院里是。所有人躲起来在房里不敢出去。后来不知怎么抓起来的。

林奇不多言语,我开了个关于猪的话头,他竟滔滔不绝,聊了很多关于猪的事儿,还有山猪和猎山猪。他老家在历山大山深处。少时冬日上学,一起床就见满院挂着的猎回来的山猪,冻得硬邦邦。他用斧头砍条猪腿,带到学校,小伴们就烧水煮着吃。

## 18. 风 一 吹

老家菜园里柿子树,柿子正红。父亲说,你拍拍柿子嘛。一会儿又问我,你拍了没有?我要剜点大葱带回太原。再随便摘点什么别的菜。

路边野草,茂密的车前子,有益于前列腺。但秋天的车前子药用价值不大。

菜园子邻着村人的苹果园。风一吹,苹果就滚落到我家园里了。有时是村人摘一些,手捧着隔栅栏递过来。

父亲抱着我儿子臭蛋和村人聊天,旁边是我家一亩菜地。一亩地好大,若我在太原院有一亩,那有多好。唉,做美梦吧。

家乡仅留数日,我已渐行渐远。此时过洪洞大槐树,在霍州服务站发微信。家乡亲爱的朋友们,多谢盛情。这次未及,且待下次小聚,并可约些有志写作的年轻朋友。

## 19. 田野即生命

秋草高而茂。晨露很快打湿了鞋子。玉米缨子,幼年时常拽来粘作胡子。唉,现在胡子太多了,或者可蓄须充大爷。

这一长道黑,横亘在秋天的田野里、高大玉米林里,突兀和不祥。它们应该是焚烧过的麦秸。呈入眼中的意象如此,但它是极好的钾肥,对作物有益。

我通过园艺,略知植物和土地的皮毛。但我现在只是在田野的边缘。

生命有限。我决意放弃更多的事物。比如放弃人事的虚与委蛇和对浮名的追求,把精力集中在做一些有意义的事上。养生当然有益,但生命的价值不是让自己活得更长,想命长不如去做植物。

要进入田野,持续而深入地进入田野。但我才不写什么农村调查之类。田野即生命,是应沉淀、流入血液中的东西。我之所见,多少人、多少写作者丧失了这些伟大而重要的东西,托言自己没办法、做不到。有什么做不到的?

唉。我之所知,即便住在县城的写作者,也疏离了这些事物。即便住在乡村的农人。

# 跋：称先生

有一些朋友称我先生，这让我感动，但更多的是惶恐。我一个人走路时，似乎都扭捏装×起来。先生是一个了不起的词，当代中国，我真心愿意称之为先生者，不超十人而已。我自己又如何当得起这二字。

我猜一些朋友愿意尊重我，不仅因为我所书写的文字，还因为我力主的身体力行，努力而为但甚微的担当，以及我在公众号"小众"中的倾力之追求。

但我可不愿做圣人，谁愿做谁做去。在我看来，圣人就像泥胎木偶，需要放在庙堂里让人供着，他不吃不拉不性交，人们说什么他也不能答，他假装在微笑。像人们愿意他成为的那样，他永远假装在微笑。

而我只是一个无比真实的人。有热爱，有愤怒，有莫名其妙的小感伤和大情绪，还会骂人。我暴饮暴食，抽烟凶猛；养烈性犬，跟狗摔跤；种十万朵花，弄一千斤酒喝；我育女又生儿，著书杂乱，读书不求甚解，从古英语史诗《贝奥武甫》、《古兰经》到米沃什到《本草纲目》到《樱桃栽培指南》。我写史又写当下，写从散文到小说到古诗到新诗到说不清什么文体的作品。我有七情六欲，有太多一般人没有的小毛病。古人会拔剑而起杀人，魏无忌会帮如姬割来杀其父者的头颅，我当然不能杀人，但偶尔生气了也会打架。比如前年还打架又打不过一群人只好咬，把三个门牙都咬得松动,最近受不了只好治牙。

发冠上指之怒,只是一时,本人过去就忘了,也不是什么大度,只是不想记而已。

我认为今人数典忘祖,我们的祖宗不是现在这样生活,对中国一词而言,今人已像另一种人。换句话说,今人早已背离了祖宗,或者今人文明传统已断流。

而我努力找回古人身上的东西,它还存留在伟大典籍之中,曾经真实发生,用心者可以感触到它并未被禁锢在汉字之中,而是栩栩如生。

人生苦短,我乐意尽可能真实地生活,做自己,为此甘愿舍弃一些东西。我绝不蝇营狗苟。我尽可能去做一些于社会有益的事,尽可能多一些担当。尽可能写真实的文字,不粉饰,不无病呻吟。人的认知会有谬误,我也不断学习,随时修正自己。

总之,我想尽可能做一些事。我想我不是螳臂当车,而是希望像一块石头一样,在时代浊流中沉着,不漂起来,不随波逐流。

愿大家尽可能支持做事的人,忽略其种种小毛病,而不是苛求他成为圣人。

如果我之所为,能感召一些朋友,那么我还是快意的。